La selva bajo mi piel

FÁTIMA FRUTOS

La selva bajo mi piel

VII PREMIO DE NOVELA ALBERT JOVELL.
FUNDACIÓN PARA LA PROTECCIÓN
SOCIAL DE LA OMC.

ALMUZARA

OMC §

ORGANIZACIÓN
MÉDICA COLEGIAL
DE ESPAÑA

FUNDACIÓN PARA LA
PROTECCIÓN SOCIAL

VII PREMIO INTERNACIONAL DE NOVELA
ALBERT JOVELL. FUNDACIÓN PARA LA
PROTECCIÓN SOCIAL DE LA OMC

Jurado compuesto por:
Espido Freire
Alberto Infante Campos
Óscar López Hernández
José María Rodríguez Vicente
Javier Ortega Posadillo

© Fátima Frutos, 2022
© Editorial Almuzara, S.L., 2022

Primera edición: marzo de 2022

Fátima Frutos, autora representada por Marcapáginas Agencia Literaria.

Editorial Almuzara • Colección Novela
Director editorial: Antonio Cuesta
Edición de Javier Ortega

www.editorialalmuzaracom
pedidos@almuzaralibros.com - info@almuzaralibros.com

Imprime: Romanyà Valls
ISBN: 978-84-18952-43-2
Depósito Legal: CO-1353-2021
Hecho e impreso en España - *Made and printed in Spain*

A Klaus, por descubrirme a Hölderlin.

Nuestros muertos son muertos con espíritu. No son muertos que se destruyen, que se matan, que se olvidan, sino muertos que continúan profundamente activos y vivos en la sociedad a la cual pertenecieron y continúan generando espíritu humano, generando dignidad humana, generando capacidad crítica, capacidad constructiva, imaginación.
José María Tojeira

Salimos al nacer, entramos al morir. Vivir es llegar y morir es volver.
Lao Tsé

Índice

BAJO EL SOL DE NOVIEMBRE

La universidad permanecía extrañamente tranquila. El sábado anterior, poco después de empezar la ofensiva, un grupo de cuatro guerrilleros logró forzar el portón del ángulo sureste haciendo estallar una bomba para, a continuación, desaparecer en mitad de la noche. Sin embargo, aquel lunes la principal preocupación de los jesuitas era la de si Ellacu quedaría atrapado en el aeropuerto bajo el toque de queda. Finalmente, el rector llegó antes de las seis. Los soldados apostados en la Autopista Sur habían detenido su automóvil, pero, al reconocerle, dejaron que siguiese su camino. En cuanto sus compañeros le tuvieron en casa llamaron a la comunidad de la calle Mediterráneo y guardaron, en un portafolio marrón claro, el dinero que acompañaba al galardón recibido en Barcelona, cinco mil dólares. Se emplearían en una universidad nunca sobrada de recursos.

La última conferencia que pronunció Ignacio Ellacuría con vida fue en el Saló de Cent, en el ayuntamiento de la ciudad condal, con motivo de la recepción del Premio Internacional Alfonso Comín. Y en ella enunció una de aquellas aseveraciones suyas cargadas de sentido común y sabiduría: «El mundo está gravemente enfermo, en trance de muerte. Hay que revertir la historia, subvertirla y lanzarla en otra dirección». Siete días después de esta afirmación tomaba el avión que le traería de vuelta a El Salvador (antes había sido advertido por familiares y amigos sobre el recrudecimiento de la guerra en la capital). Media hora después del regreso de Ellacuría, el recinto de la UCA fue invadido por fuerzas militares que registraron todo minuciosamente. Incluso, la víspera de su llegada, en Radio Cuscatlán a través de un programa tipo «micrófono abierto» se profirieron amenazas hacia la UCA y su rector: «¡Mátenlos! ¡Refugio de subversivos! ¡Ellacuría es un guerrillero! ¡Córtenle la cabeza!». Así fue como se puso en el centro de la diana a la institución y al hombre; a la persona que llevaba tiempo siendo el puente mediador entre las dos partes del conflicto.

Queridos televidentes, ahora mismo nos encontramos en los Jardines de Guadalupe, muy cerca de donde todo ocurrió. En la actualidad ha comenzado una nueva ronda de diálogo entre el Gobierno y el Frente Farabundo Martí para la Liberación Nacional (FMLN), mientras en El Salvador se vive una tensa espera, previa a la celebración de la vista pública en la Corte Suprema de Justicia. Nueve militares, cuatro oficiales y cinco soldados rasos serán formalmente procesados por la masacre de la UCA. Sobre la autoría intelectual de aquellas muertes la Fuerza Armada guarda un total silencio, cómplice, sin duda alguna, de la ignominia. Les invito a reconstruir, gracias a las imágenes que graba junto a mí Íñigo Santolaya, nuestro cámara, los sucesos que hace casi dos años conmocionaron al mundo. Todo ello, basándonos en el trabajo de investigación que, desde julio de 1989, lleva realizando en la UCA Teresa Whitfield para la que será su obra *Pagando el precio*.

Aquella tarde apenas circulaban automóviles por las calles; los pocos que lo hacían llevaban banderas blancas colgadas de sus ventanas. Los viandantes se apresuraban para llegar cuanto antes a sus casas, contraídos y cabizbajos. Se sabía que la ofensiva llamada «Hasta el tope» del FMLN agravaría la contienda y daría lugar a más muertes. En torno a las cuatro y media de la tarde, el padre Ibisate leía y preparaba apuntes en una de estas mismas mesas al aire libre, dispersas por todo el campus. Aquí detrás, en el barrio

Antiguo Cuscatlán, se desarrollaba un enfrentamiento y las balas pasaron rozando los edificios y silbando por encima de su cabeza. Decidido a regresar con prontitud a su casa, en la parte trasera de la UCA, enfiló la calle Mediterráneo, vacía y desolada, mientras las familias se preparaban para una interminable noche de hambre, pánico y horror.

Para Ibisate el sueño fue turbulento. A media noche el ruido de un avión le despertó. Casi conciliando de nuevo el descanso, a eso de las dos de la madrugada, una ráfaga de tiros le volvió a desvelar. Se levantó, se fue a la cocina a hacerse un café y, fumándose un cigarro, intentó identificar de dónde procedía el tiroteo. Se acercó al ojo de la cerradura de la puerta para ver qué pasaba y pensó que el combate se estaba produciendo cerca de este mismo supermercado que les muestro, justo en la esquina de la calle. Se oían constantemente silbidos de balas perdidas y decidió que era mejor terminarse el café y regresar a la cama. Eran casi las tres de la madrugada cuando el sonido de los disparos se hizo cada vez más tenue, hasta que desapareció por completo. De pronto, un total silencio se impuso: se acababa de perpetrar el asesinato de los jesuitas de la UCA. Y el amanecer se iba abriendo paso, lentamente, en medio de una paz aún lejana.

El edificio que ustedes pueden ver a mi espalda es la Escuela Militar Capitán General Gerardo Barrios. A las diez y cuarto de la noche del quince de noviembre de 1989 Espinosa, teniente que comandaba una unidad del batallón Atlácatl, recibe por radio la orden de reunir aquí a sus hombres. Pocos días antes de ese llamamiento la compañía de Espinosa había estado siendo entrenada por trece expertos de las Fuerzas Especiales estadounidenses de Fort Bragg.

Al llegar a la capital, procedentes de la base del batallón Atlácatl en el departamento de La Libertad, Espinosa y su subteniente Guevara se dirigieron al Estado Mayor. La unidad quedó bajo la dirección del coronel Benavides, miembro destacado de la tanda más poderosa de la Fuerza Armada, la del 66, a la que en El Salvador se le conoce coloquialmente como «la tandona».

La víspera Benavides había asistido a una reunión con el jefe del Estado Mayor, René Emilio Ponce y varios altos oficiales. El clima fue tenso, por la incapacidad de repeler la ofensiva iniciada días antes por el FMLN. El cenáculo, en el que también estuvieron el ministro de Defensa y los viceministros, concluyó a las diez y media de la noche, no sin antes despertar al presidente Cristiani para que firmara una orden autorizando el uso de la Fuerza Aérea y la artillería. Según publicaron mis colegas de *The Boston Sunday Globe*, Cristiani habría permanecido en las estancias del Estado Mayor Conjunto hasta las dos de la madrugada del día siguiente, 16 de noviembre.

Pero volvamos al encuentro entre Espinosa, Guevara y Benavides. La petición cursada por esta cadena ante las autoridades gubernamentales para poder grabar la sala de oficiales, donde se produjeron las conversaciones de planificación del asalto a la UCA esa noche, nos ha sido denegada sin razón alguna. Por tanto, desde las inmediaciones les relatamos lo que conocemos hasta ahora, a través de las confesiones extrajudiciales de ocho de los acusados.

Benavides, en su despacho, sin dar muchos rodeos, espetó a sus subordinados: «En esta situación son ellos o nosotros. Vamos a comenzar por los cabecillas. Dentro de nuestro sector tenemos la universidad y allí está Ellacuría. Ellos han sido los intelectuales que han dirigido a la guerrilla durante mucho tiempo». Benavides remató instando a Espinosa a que fueran él y sus hombres los que acudiesen a la universidad, ya que ellos habían estado allá haciendo un registro hacía dos días. Los acompañaría otro teniente, Yusshy Mendoza, como refuerzo del operativo militar. Sus últimas palabras antes de que los oficiales partiesen fueron: «Hay que eliminarlos. Y no quiero testigos».

Antes de salir de la Escuela Militar, Espinosa le pidió a Yusshy Mendoza una barra de camuflaje, como esta que tengo en mi mano. El teniente había sido bachiller en el colegio jesuita San José, estando por aquel entonces de director el padre Segundo Montes y temía ser reconocido por él en su «segunda visita» a la UCA.

Espinosa y Guevara acudieron de inmediato a informar a sus hombres. En primer lugar, se dirigieron al subsargento Ramiro Ávalos, que mandaba la segunda patrulla de la unidad de comandos. Ávalos, al que todo el mundo conocía por el apodo de Satanás, fue el primero que supo que «debían encontrar y matar a unos sacerdotes en la UCA», porque eran «los dirigentes de los terroristas». Más allá de la medianoche, con una luna salvadoreña preñada de rojo, todos los comandos del Atlácatl se reunieron fuera de ese puesto de guardia que pueden ver allí. Se trataba de unos treinta y cinco hombres, uno de los cuales, el soldado Amaya Grimaldi, más conocido como Pilijay, que en náhuatl significa verdugo, era el único capaz de manejar el fusil AK-47, el cual fue blandido por Mendoza con el brazo en alto, mientras todos los efectivos montaban en las camionetas. En todo El Salvador, un AK-47 hecho en la URSS tenía el marchamo del FMLN, a diferencia del M-16, que era el arma ordinaria del ejército salvadoreño.

A nuestra izquierda, como ustedes pueden observar, se encuentra la Basílica de Guadalupe, lugar de peregrinación para los católicos salvadoreños. Por aquí, Espinosa y Mendoza condujeron en un primer vehículo y Guevara en otro fue siguiéndoles. La comitiva se dirigió hacia la Autopista Sur y, más adelante, cuesta arriba, llegaron hasta el Banco Hipotecario justo detrás de la UCA.

Ahora Santolaya y yo les mostraremos el lugar exacto donde los militares descendieron de sus vehículos junto a esos edificios de apartamentos. En aquel momento se encontraban abandonados y a medio construir.

Espinosa dio un silbo y más de veinticinco hombres se congregaron a su alrededor. Se dirigió a Pilijay y le dijo: «Vos sos el hombre clave». Les instruyó sobre cómo sería la retirada: tras la señal luminosa de una bengala aparentarían un enfrentamiento entre ellos y el FMLN. Poco después ordenó la formación de una columna para marchar hasta la UCA cruzando la calle Mediterráneo.

A la una de la madrugada la noche solo era vigilada por una oscuridad teñida del color del llanto. Espinosa, que caminaba junto a Pilijay, rozó su brazo con el AK-47 que este portaba y de inmediato masculló: «Escondé esa mierda».

Los soldados entraron por este mismo portón que ven tras de mí y estuvieron un rato de espera junto al aparcamiento de automóviles mientras un avión pasaba a muy baja altura, tanto es así que despertó al padre Sainz, director del Centro Loyola de ejercicios espirituales. Justo ahí enfrente comenzaron a fingir un primer enfrentamiento entre la guerrilla y el ejército con el lanzamiento de una granada y el destroce de varios vehículos. Luego, bajaron unas escaleras, y siguieron por este mismo camino donde yo me encuentro ahora hasta llegar a aquel edificio de dos pisos detrás de la capilla: era la casa de Ellacuría y los jesuitas.

Una vez rodeada la casa, los militares empezaron a golpear las puertas. El sargento Zarpate logró entrar y avanzó unos metros, como yo estoy haciendo ahora, por este mismo pasillo. Se paró al escuchar el ruido que provenía de la habitación que les abrimos a continuación. La luna alumbraba a dos mujeres. Celina, la más joven, se encontraba acostada en esta cama y Elba, su madre, permanecía sentada junto a ella. Mendoza apareció por detrás de Zarpate con una lámpara y, al distinguir a las empleadas que estaban allí, le ordenó permanecer vigilándolas y no permitir que nadie saliera de la estancia. A continuación, Mendoza pasó por la cocina, el comedor y el lavadero: todo estaba vacío. A la vez, dio inicio a un recorrido de rapaz nocturna en busca de presas. Sabían de antemano que los cuartos de los jesuitas daban al pasillo en el que estamos ahora. Ante los gritos de insistencia para que abriesen, mientras asestaban golpes a diestro y siniestro, un hombre apareció junto a una hamaca colgada. Vestía una bata color marrón. Se dirigió a ellos y les dijo: «Espérense, voy a abrirles. No hagan desorden». Era Ignacio Ellacuría, el gran filósofo de la Liberación, el vasco universal. Tras más de diez minutos aporreando puertas y ventanas, el padre Segundo Montes abrió el portón y les indicó que eran plenamente conscientes de lo que estaba sucediendo en torno a ellos.

Cuando Amaya Grimaldi se percató de que Ellacuría ya estaba con el sargento Solórzano, Ávalos y otro soldado en la zona de césped que pueden ver al fondo, Segundo Montes era conducido al parterre y su compañero Martín-Baró, escoltado, abría la puerta que comunica la residencia con la capilla, momento en el que gritó: «Esto es una injusticia. Son ustedes carroña».

Estas palabras fueron escuchadas por una testigo, Lucía Barrera, empleada de limpieza de la Rectoría, que había buscado refugio con su familia en la residencia de otra comunidad jesuita, la de la calle Cantábrico, a unos treinta metros de aquí.

El sargento Solórzano hizo entrar a varios hombres de su patrulla, a la vez que los otros dos compañeros de Ellacuría, Juan Ramón Moreno y Amando López, eran sacados de sus cuartos y traídos hasta este lugar a punta de fusil. Hoy en día a este sitio, por la razón que ustedes mismos pueden contemplar, se le conoce como el Jardín de las Rosas.

Fue Ávalos quien dio la orden de que tiraran al suelo a los cinco jesuitas, hasta que llegaran los refuerzos, porque no se fiaba de esos hombres, mayores y desarmados, que portaban pantuflas, sandalias y pijamas. A Amaya Grimaldi le habían advertido de que lo verdaderamente peligroso eran sus cerebros y estaba convencido de que eran terroristas. Joaquín López y López, el único de los jesuitas que era salvadoreño, se encontraba en una de las habitaciones sin ser detectado por los asaltantes. Los tenientes Espinosa y Mendoza permanecían a unos diez metros de sus hombres. Cuando vieron a los sacerdotes tendidos en el suelo, Espinosa llamó a Ávalos y le dijo que procediese. Entonces, este se dirigió a Pilijay y le susurró algo al oído. Justo antes de que comenzase la masacre una salmodia de amor y muerte, una oración acompasada besó la hierba.

«¡Rápido, rápido, démosle!» fue el grito con el que Pilijay inició la matanza, disparando en la cabeza de los tres hombres tendidos delante de él: Ellacuría, Martín-Baró y Montes. Remató a cada uno con un tiro de gracia. Ávalos también disparó su M-16 a la cabeza y al cuerpo de los dos que tenía más cerca: Moreno y López. Luego, Pilijay siguió vaciando su arma contra los cinco jesuitas y algunas de las balas dieron en la pared posterior del jardín, como se puede apreciar. A poca distancia, el teniente Espinosa asistía a esa escena dantesca en la que uno de los hombres acribillados en el suelo, Segundo Montes, era parte de su vida de estudiante. Pero esos segundos rememorando el pasado como alumno de los jesuitas no le impidieron ordenar que metieran a rastras los cadáveres de nuevo a la casa.

El cabo Cotta solo acarreó uno de los cuerpos hacia el corredor, dejándolo junto a esta habitación, sin notar que un zapato se desprendía del cuerpo inerte, quedando en el suelo junto a este libro ensangrentado que les descubro ahora, caído desde una estantería con el estruendo del tiroteo. ¿Su título? *El Dios Crucificado.*

Zarpate seguía custodiando a Elba y Celina y, tras la balacera, escuchó que alguien le daba la orden de matarlas. Sin reparar en más descargó toda la munición de su arma, hasta que ambas enmudecieron. Después salió por la puerta que daba a la capilla creyéndolas muertas.

Vidrios estrellados con la culata de los fusiles, llamas que devoraban libros y documentos, golpes que desbarataban muebles, ordenadores taladrados a balazos y cuadros inermes ante el desastre. Los soldados habían entrado en el Centro Monseñor Romero, muy cerca de la residencia donde se acababan de perpetrar los primeros crímenes, dispuestos a devastar el conocimiento en forma de objetos que allí se guardaba. Poco antes de salir de la borrachera destructora, un soldado apuntó y disparó hacia el corazón de la imagen de monseñor Romero, que permanecía dignamente sostenida en una pared. Por segunda vez acertaron y volvieron a matarle.

Cuando los tiros cesaron, tanto en el Centro Monseñor como en la residencia, el padre Joaquín López y López salió de su escondite. Era un hombre débil y enfermo por un cáncer que padecía. Al ver a todos sus compañeros asesinados se dio la vuelta para intentar resguardarse de nuevo en la casa. El cabo Pérez Vasquéz, que había escalado un empinado banco de tierra para acceder a la segunda planta de la residencia, vio como una ráfaga de disparos acababan con él. Al ir a comprobar el crimen y pasar por encima de aquel anciano masacrado, una mano le agarró con fuerza un pie y disparó dos veces más para desasirse de él. Luego, se dedicó a descargar toda la munición sobre el cadáver, como queriendo clavarlo a la muerte.

Concluido el exterminio se tiró la bengala acordada como señal de retirada, de la que algunos no se percataron, y por eso fueron dos las que se lanzaron. El objetivo principal de la operación que les habían encomendado estaba ya cumplido y se iban de allá, pero al pasar Ávalos frente a una de las habitaciones escuchó un sonido amortiguado. Se paró en el umbral de esta misma puerta y encendió una cerilla. Elba y Celina estaban abrazadas, jadeando en un charco de sangre que se expandía por el suelo hasta sus propias botas de militar, por lo que ordenó al soldado Sierra que las rematara. Sierra disparó una ráfaga con su M-16 que las dejó inmóviles para siempre.

Una cerveza Tecate era degustada por Pilijay en la parte posterior de la residencia cuando llegaron los tenientes y ordenaron al cabo Cotta que disparara al cielo su lanzagranadas de 40 mm, para que por fin se dieran por enterados de que ya debían salir de allí. Al terminar su refrigerio, Amaya Grimaldi tiró la lata y se ofreció a quedarse con la patrulla del subsargento Córdova, para fingir la «supuesta» confrontación con el FMLN. El Centro Monseñor Romero ya estaba siendo incendiado bajo las órdenes de Guevara y, desde enfrente, era apuntado por una ametralladora M-60 que instalaron en el edificio CIDAI de investigación. El propio Pilijay tuvo tiempo de disparar de nuevo su AK-47 y un cohete antitanque, que estalló contra la verja de hierro de la residencia de los jesuitas, mientras dos granadas hacían diana en el edificio.

Al salir, los comandos vieron un cartel colgado en el portón en el que se leía: «Hoy no hay clases». El subteniente Guevara lo quitó y escribió al lado: «El FMLN hizo un ajusticiamiento. Vencer o morir. FMLN». A las tres de la mañana estaban todos de vuelta en la Escuela Militar. Uno de los soldados portaba una cartera color beige con cinco mil dólares.

Era jueves, dieciséis. En el penúltimo mes del año, a punto de iniciarse una nueva década, ocho mártires de la justicia amanecían en El Salvador bajo el sol de noviembre.

Libertad Arregui, desde San Salvador, donde persiste una guerra agonizante, para Euskal Telebista.

A una señal del cámara con la frente en alto la reportera logró apaciguar la mirada y diseminarla por la tierra, tras la escueta despedida del largo reportaje. Al instante, volvió a levantar de súbito sus enormes ojos, abiertos de par en par, se colocó de nuevo el micrófono pegado al pecho, que le latía desbocado, y concluyó:

Acabamos de ofrecerles una de nuestras *Crónicas desde La Libertad*. Después de más de dos años en esta tierra transmitiéndoles información y vivencias para el *Teleberri* y para el programa *Munduz Mundu* desde este increíble país que merece la paz. Desde aquí, donde cada instante sabe a vida y sabe a muerte, nos despedimos hasta la próxima. Saludos. Y no olviden ser felices.

EL VIAJE DE ASIER

—*Liberté, Liberté. Léve-toi, s'il te plaît. Léve-toi, chérie. Il est déjà tard.*

—*Je veux voir la mer. Je veux voir la mer.*

Esas fueron las palabras con las que me despertó *madame* Révoil aquel veintitrés de diciembre. Con la dueña del hotel *La Palombe* habíamos convivido durante varios años. Esa mañana sabía que era la de nuestra partida y había madrugado para prepararnos ella misma chocolate caliente y *croissants*. Yo era una niña de diez años, inquieta, que siempre anhelaba ver la mar. La mar era mi hogar. Siempre lo ha sido. Como ahora quiero que lo sea.

Aquel fue un día en el que no precisé fijarme en la quietud de las despedidas, ni en la desolación de los semblantes que se alejan. Tal vez fue entonces cuando aprendí a renunciar a los afectos dóciles y a adoptar un modo de vida en el que el amor tuviera una pureza intermitente.

Mi infancia fue un litoral de soledades difusas y, en aquel frío invierno del setenta y cinco, no quería salir hacia San Sebastián sin echar un último vistazo a la bahía de Chingudi, borrosa a mis ojos por la aguanieve, que caía incesante aquella mañana.

Detuve la lectura del manuscrito en ese punto, al final de un párrafo escogido al azar. Con una lentitud que revelaba pesadumbre, me acerqué al ordenador y saqué el cedé que acababa de ver. Se trataba de un trabajo por el que mi madre había sido premiada cuando tenía tan solo veintiséis años y ejercía como corresponsal de la televisión vasca en El Salvador. El día anterior había sido extremadamente duro para mí, un chico de dieciséis años para el que su madre lo era todo. Acompañado por unas pocas personas, periodistas y amigos, su compañero en El Salvador, el cámara Íñigo Santolaya, que no se apartó de mi lado ni un instante, nos dirigimos a pie hasta el crematorio de Polloe en San Sebastián. Mi madre, famosa reportera, que había logrado prestigio internacional en vida con sus *Crónicas desde La Libertad* y con documentales de un claro compromiso social, la única persona que me quedaba en el mundo, fallecida dos días antes con cuarenta y tres años, se encontraba por aquel entonces en la plenitud de una prolífica carrera periodística.

Cogí la mochila en la que había guardado dos mudas, su móvil, algo de dinero y el manuscrito encuadernado con finos aros de metal que, dentro de un sobre color sepia, en el que también me pareció ver un par de cartas, ella me entregó antes de entrar en aquel funesto quirófano del que nunca logró salir. Bajé hasta la mitad las persianas de las ventanas en el piso de la Torre de Atocha. Lo hice con los ojos cerrados y apretados, como queriendo evitar una punzante despedida. Allí, en el barrio de Amara Berri, justo enfrente del estadio de la Real Sociedad, mi equipo de toda la vida, había transcurrido mi vida esos últimos años. Después subí del todo la cremallera de mi anorak, pues esa mañana la nieve hacía acto de presencia. Comprobé que la llave del agua estaba bien cerrada y que había apagado la luz de la vivienda, para después salir hacia el *topo*; tren con el que solía ir a Hendaya de veraneo desde pequeño. Aquel itinerario, tan familiar en otras ocasiones, esta vez se presentó ante mí como el principio de algo desconocido, una senda solitaria que me produjo temores y expectativas a partes iguales.

Pasé la noche en vela, sin fuerzas para el llanto y con un dolor muy acentuado en mitad del pecho que persistía y dificultaba mi respiración y que, a veces, me producía un jadeo entrecortado. Solo, desnudo y con un edredón de plumas cubriéndome entero, decidí, ya de madrugada, tumbarme en la cama de mi madre. Sin saber si aquello era la búsqueda de un refugio o la vuelta a su útero, para quedarme allí lo que me restase de vida. De pronto, casi cuando despuntaba el amanecer, tuve una llamada.

—Hallo, ¿Assierrr?

—Sí, soy Asier. Sí. ¿Eres Helmut? Mi madre me dijo que me llamaría…

—Hallo, Asier. Sí, Helmut al habla. Ah, sé lo sucedido a tu madre. He visto en Internet la noticia. Mira, esto se cortará rápido, no tengo cobertura. Toma mañana el TGV de las dos y media en *Hendaye*. Cuando llegues a Montparnasse, a las ocho y media, te volveré a contactar. Estoy en la Universidad de Le Havre dando un ciclo de conferencias. Tu madre me llamó aquí antes de ir al hospital. Nos veremos en París. Tranquilo, no estás solo, Asier.

«No estás solo, Asier». Fueron las mismas palabras que mi madre acertó a decirme cuando se la llevaban en la camilla por aquel pasillo, lleno de potentes luces blancas que no me permitieron ver con nitidez su rostro por última vez. Sin embargo, yo sentía al deambular por la cocina, la sala y las habitaciones que en todas las estancias había una soledad silente que me recorría el cuerpo entero. La conversación por teléfono con aquel hombre resultó ser breve y concisa, sin tiempo para congojas o emociones a ras de lágrima. Cuando recibí la llamada de Helmut Kuntz, sin que me pareciera nada extraño, como si la hubiese estado esperando toda mi vida, un halo de esperanza me circuló por el rostro. Me levanté, me puse en cuclillas junto a la cama y, así, con el rostro tapado con las palmas de las manos, traté de pensar qué planes tendría mi madre para mí, ahora que ella ya no estaba.

Helmut, amigo íntimo de Líber Arregui, según la llamaban sus compañeros más allegados, al que nunca había visto, me pareció al teléfono alguien cercano, aunque mi madre solo me hablara de él cuando supo que la operarían a corazón abierto. Era, por lo que yo sabía, un arquitecto bávaro, especializado en sistemas de edificación sostenible, al que mi madre conoció cuando él trabajaba para ACNUR y daba clases en la UCA de San Salvador durante los últimos años de una guerra.

Cuando salí del portal con el equipaje al hombro, al cruzar el paso de cebra hasta el *topo* de Anoeta, aún me dio tiempo de comprobar cómo en el bar de la esquina un grupo de parroquianos se arremolinaba en torno a una mesa cercana a un televisor de pared. Habían decidido reponer, en horario matutino, un programa en el que la reportera Arregui había realizado uno de aquellos documentales cargados de compromiso social. Era un homenaje a su persona tras el fallecimiento.

Miré de soslayo hacia el lugar desde donde provenía la voz inconfundible de una Libertad veinteañera y llena de vida. Casi sin querer, resguardándome con la capucha, antes de entrar en la estación, vi a mi madre de nuevo: joven, resuelta, micrófono en ristre. Estaba en medio de un campo de refugiados, con una camisa arrugada pero con una pose firme, llena de esa solemnidad, lo cual le había convertido en alguien irrepetible frente a las cámaras. «Ella es así», me dije en ese mismo instante. Y decidí que fuera esa precisamente, y no otra, la visión de ella que me acompañase el resto de mi vida. Cerré los ojos con fuerza para retenerla en la mente y alojarla en mi memoria para siempre, con ánimo de eternidad. Fue como desear permanecer en ella, en su imagen, para no despertar.

COLOMONCAGUA,
EL REFUGIO DE LA ESPERANZA

—Líber, Líber, despierta. Despierta, hoy tenemos que grabar para que emitan mañana en el informativo. ¡Despierta, joder! ¡Cagüen sos! ¡Líííberr! ¡Espabila, que a este paso nos envían de vuelta al Cantábrico sin haber contado la guerra!

Íñigo Santolaya era un veterano cámara, bregado en mil lides, que había pasado ya por distintas guerras y que se jactaba de ser el único de su profesión que, en veintitantos años, y tras pasar por Líbano e Irán, jamás se había quejado de los destinos —casi siempre bélicos— a los que le enviaban las cadenas de televisión. A sus casi cincuenta años las canas cubrían por entero su abundante cabello y barba rizados. Su rostro, cetrino y con más arrugas de las debidas, recordaba el de un viejo filósofo romano a quien solía citar en los momentos de tertulia y ron. Enjuto y recortado, tenía andares de jinete descabalgado, desde que una granada había dañado sus rodillas, mientras grababa la caída de Saigón para Radio Televisión Española.

Aquella mañana del dieciocho de noviembre de 1989, como tantas otras, despertó a «la niña». Así llamaba a su compañera de trabajo, a voz en grito, ya que sabía de la querencia de esta por remolonear en la cama, el saco o lo que se terciase.

—Joder, Santolaya, luego dices que estoy malhumorada el resto del día. ¿Dónde tienes la cámara? ¿No te la habrán birlado los gringos? Mira que esos se las gastan así...

—A mí los gringos no me quitan ni la sarna. Tenemos muy buena luz para grabar, vamos. Por cierto, te está buscando un alemán que han enviado desde la UCA. Está alojado con el padre Rogelio. Se llama Jarmut o Jermut o vaya usted a saber. Otro gringo de pega, seguro. Desde que vas a dar clases con los jesuitas estás más solicitada que la Chelito.

—Y tú más deslenguado. Anda, deja que me adecente un poco. ¿O quieres que salga con legañas en la tele?

Libertad Arregui dejó su saco de dormir enfurruñado y soñoliento, como ella misma, en un rincón del habitáculo y de pie, a ritmo de bostezo, se colocó las sandalias, los *jeans* desgastados y la camisa blanca, que ya se habían convertido en auténticas señas de identidad entre el público que seguía sus andanzas. *Crónicas desde La Libertad*, un espacio dentro del programa de actualidad *Munduz Mundu* de la televisión vasca, contaba con gran aceptación entre la audiencia, aun sin tratarse de conexiones en directo.

En un aguamanil de madera se lavó la cara y se peinó con su característica cola de caballo. Sus ojos color miel, recónditos y llenos de reflejos inexplicables, fijaban la mirada en la cámara trasladando el mundo en el que ella vivía con cada palabra, con cada gesto, con cada bocanada de aire que siempre le venía a faltar al final de las emisiones.

Ese día dio comienzo a la grabación con una entereza que recordaba a la dignidad frente a la cámara de su maestra, Carmen Sarmiento, a la que idolatraba desde que la viera iniciando una conexión en directo pistola en mano, porque había sido víctima de una emboscada por parte de *la contra* nicaragüense.

A Colomoncagua se la conoce como la prisión sin rejas. Tal vez sea porque los habitantes de este campo de refugiados han sufrido un cerco militar desde el año 1980.

Aquí son las seis de la madrugada. A esta hora da comienzo el trasiego de las mujeres cociendo leche en grandes cacerolas y niños que esperan sentados en las piedras, dentro de las chozas, un pedazo de pan que llevarse a la boca. Desde hace tan solo tres años Colomoncagua cuenta con un médico que se desplaza en bicicleta todas las mañanas desde una posta sanitaria, ubicada al otro lado de la frontera, en Morazán. El doctor Roberts, cooperante de una ONG británica, ayer mismo nos relató cómo a diario se encuentra con enfermedades y cuadros clínicos que solo conocía de oídas, soplos cardíacos descritos en libros de medicina antiguos, partos complicados, mordeduras de serpientes, terribles heridas de machete e infecciones respiratorias y diarreas en los más pequeños. La malnutrición persiste, a pesar de la ayuda externa y de los esfuerzos organizativos de los propios refugiados, que producen y racionan alimentos para que todo el mundo tenga un mínimo cubierto. Cada dos mil refugiados existe una cocina comunitaria, donde se reparten dos huevos por persona y semana y se prepara la comida diaria. Durante estos nueve años, gracias al sistema de autogestión que se lleva a cabo desde los comités de campesinos, han existido servicios básicos como el agua y la luz.

Las áridas laderas de los cerros fueron, poco a poco, transformadas en terrazas para el cultivo de hortalizas y fruta, tal y como ustedes pueden ver a lo lejos. Alimentos como el arroz, el maíz y los frijoles, indispensables en su dieta, son suministrados por ACNUR. Se han creado granjas de pollos, cabras, conejos y patos. Además existen talleres de metal, madera, ropa de lana y algodón, calzado y cerámica, suficientes para el consumo interno, cuando hay materia prima disponible en este olvidado lugar del orbe, donde no circula moneda alguna. Aun y todo, les aseguro que aquí el hambre es una muerte lenta y desalmada; un goteo incesante de miseria que carcome a los más débiles.

El padre Segundo Montes, sociólogo y profesor de la UCA, visitó Colomoncagua hace ya cuatro meses, estando nosotros recién llegados a esta tierra que se atreve a mirar de frente a la justicia social y, por ello, arriesgan su vida los humildes de entre los humildes.

El padre Montes y yo pasamos juntos tres días y me contó que conocer estos campamentos era la experiencia sociológica más excitante de su vida, ya que la organización estaba increíblemente planificada. Aquí existe una participación igualitaria de toda la población, sin diferencias de género, y una asignación de trabajos y funciones en beneficio del conjunto de la comunidad. El analfabetismo en estos años se ha reducido del ochenta y cinco al quince por ciento, por el proyecto educativo popular, iniciado gracias a educadoras como Mercedes Ventura e inspirado en los postulados pedagógicos de Paulo Freire. Más de cuatrocientas maestras están implicadas en la educación y la alfabetización de niños, jóvenes y adultos, en los que para algunos son, a pesar de todas las penurias, refugios de la esperanza.

Cerca de diez mil personas viven en nueve campamentos y, aunque es imposible buscar un empleo fuera de ellos, lo verdaderamente dramático es que todos los logros del esfuerzo colectivo que les estoy contando se ven empañados por una feroz represión ejercida contra estas gentes durante años.

Estas almas son, en su mayoría, madres solteras con más de dos hijos a su cargo. Aquí habitan cerca de cinco mil criaturas. Desde el principio se les acusó de ser la retaguardia del FMLN. Cualquier persona encontrada fuera de los límites del cerco militar era automáticamente capturada y eliminada. Hace exactamente dos semanas desaparecieron dos muchachos de dieciséis años. El reguero de violaciones de los derechos humanos por parte del ejército hondureño tuvo su punto álgido en 1985. Cáritas fue la organización que denunció la salvaje incursión de militares el veintinueve de agosto de 1985. Se capturó, torturó e hirió a más de cincuenta residentes en los campos de Colomoncagua. Hubo dos muertos, entre ellos un bebé de pocos meses, que fue asesinado a patadas, y varias violaciones de mujeres. Este caso, que como les digo no es el único, se niega por parte del Gobierno hondureño y se está estudiando en la Comisión Interamericana de Derechos Humanos. No perdemos la esperanza de que los culpables de esas atrocidades paguen por ello.

Hoy, que estamos grabando para ustedes desde primera hora de la mañana, es una jornada conmovedora para toda esta comunidad de refugiados. Llevaban bastante tiempo manteniéndolo en secreto, pero sí, hoy es el día en el que empieza la marcha de la repatriación, aun sin haber finalizado la guerra, pero con el FMLN fuertemente posicionado en San Salvador, la capital.

Nosotros fuimos informados ayer a la noche. Apenas hemos tenido tiempo de prepararnos ante lo que es ya noticia al otro lado de la frontera. Meanguera es el lugar elegido para el proyecto de una ciudad comunitaria, de la que ya se tienen los planos. Siete mil personas se quedan en el campamento, esperando las noticias del primer grupo, que saldrá al terminar el frugal desayuno. Nosotros les acompañaremos en la caminata hasta el final de nuestras fuerzas.

La marcha, como pueden comprobar, se inicia en silencio. Una patrulla del ejército hondureño se ha puesto a la cabeza del grupo y chequea los bultos que son portados por mujeres y niñas. Muchas de ellas, como ven, lloran por los familiares que dejan enterrados en los campamentos. La presión y la sensación de encierro durante casi una década hizo que varios niños se ahorcasen, que muchos hombres perdieran sus facultades mentales, que los ancianos muriesen sin haber visto el regreso a sus hogares. Posiblemente en San Fernando, ya territorio salvadoreño, un representante gubernamental les solicitará que entreguen alguna documentación. El miedo ha hecho que utilicen dos o tres nombres ficticios, por temor a las listas negras que se manejan desde el ejército. A lo lejos se ve el pico del campanario de la iglesia de San Fernando, destruida por los helicópteros. Con seguridad, en la campa que hay junto al templo estará el padre

Rogelio, al que todos llaman padre Tomate por la rojez de su rostro. Preparará una bienvenida, rodeado de líneas guerrilleras, para dar las gracias por todos los abrazos que se salvaron de esta guerra, en la que no resiste el más fuerte, sino el de mayor coraje.

Hasta la próxima crónica. Gracias, porque ustedes hacen posible con su interés estos espacios de libertad informativa. Saludos salvadoreños. Sean felices.

Con un gesto afirmativo de barbilla Santolaya indicó que ya no estaban en el aire. Apoyó la cámara en su torso y observó con sus propios ojos el lento transitar de la gente con sus cachivaches sobre las testas.

—Ni siquiera en los últimos días intuí que iniciarían el regreso a Morazán —rompió el silencio la reportera, a la vez que recogía el micrófono—. Todo estaba en calma. Tanto que llegué a pensar que jamás abandonarían los talleres, las chozas, todo lo construido…

—Ay, niña, la tierra siempre lo llama a uno. Más aún cuando quien nos ha echado ha sido la violencia. Volver significa vencer. También para ellos que son víctimas —apuntó Santolaya, con una sombra oscura meciéndose en su mirada.

—Sí, supongo que sí. ¿Vamos? Quisiera coger el todoterreno e ir hasta las campas de San Fernando para ver al padre Rogelio.

—El alemán que te busca dejó su *pick-up* al lado de nuestro bólido. Venía de parte de él con algo muy urgente que decirte —objetó Santolaya, señalando el lugar donde habían aparcado su vehículo.

—Vamos pues. A ver qué quiere el misterioso teutón —dijo Arregui, acelerando el paso con esfuerzo inusitado y en sentido contrario a la marcha de los refugiados, mientras respiraba con dificultad, ávida de oxígeno.

Nadie sabía con certeza qué hacía Helmut Kuntz en El Salvador. Era un hombre de unos cuarenta y cinco años, de grandes ojos y porte distinguido, aun en tiempos de guerra, en que todos se encorvaban. Unos decían que era cooperante de ACNUR, otros que colaboraba con mandos de la guerrilla, adiestrándolos, otros que le habían visto dando clases a los niños en los suburbios de San Salvador, y hasta se comentaba que había participado en las voladuras de dos puentes sobre el río Lempa. Lo cierto es que sus entradas y salidas del país y sus diversas tareas, desempeñadas a lo largo y ancho de la geografía salvadoreña desde que estalló la contienda, habían propiciado todo tipo de conjeturas. Rumores alimentados en parte por la falta de costumbre que tenía el alemán de facilitar explicaciones sobre sus andanzas. Su carácter sobrio, más un físico marcadamente germánico, con un rostro de frente prominente y una barba a ratos descuidada, le habían valido el sobrenombre de «el Chele», que era el apelativo que se reservaba a los blancos rubios.

Cuando Helmut Kuntz vio desde el espejo retrovisor cómo se aproximaban Santolaya y Arregui por una de las veredas que llevaba a la zona de las chozas salió del *pick-up* y fue a su encuentro. Al dirigirse hacia ellos vislumbró en su mente la razón de la premura por la que los jesuitas le habían insistido en ir a recoger a aquella joven mujer, de sutil contoneo al andar. Le pareció larguirucha y demasiado pelirroja para no ostentar el peligro al que aluden los dichos. Creyó ver, a través de su forma de caminar, un férreo empeño por desplegar una fortaleza natural y, sin embargo, algo la hacía parecer extremadamente vulnerable. Era como si algo, la soledad, el desamparo, la nostalgia, no sabía muy bien el qué, algo indefinible pero cierto, se hubiese puesto a tejer en torno a ella un aura desasosegante.

—¿Líber? ¿Líber Arregui?

—Sí, aquí me tiene.

—Soy Helmut Kuntz. Estoy dando clases de Arquitectura

en la UCA. Me envían a por usted. Debo llevarla de regreso al campus de inmediato.

—¿Cómo que le envían? ¿Quién le envía? ¿Ha ocurrido algo? —dijo inquieta Arregui mientras le estrechaba la mano.

—Sí.

—¿Qué ha ocurrido en la UCA?

—Me envía Tojeira. El padre Tojeira, quiero decir.

Helmut venció la cabeza ligeramente hacia su pecho y dejó que su mirada circulara por la tierra ardiente antes de revelar lo que le había traído allí:

—Han matado a Ellacuría.

Libertad miró a Santolaya buscando su reacción, pero un repentino vahído hizo que se tambalease y él la sostuvo, agarrando su cintura.

—¿Cómo que han matado a Ellacu? ¿Pero qué dice? ¿Está seguro?

—Han matado a seis jesuitas de la UCA, anteayer. Ellacuría entre ellos. De madrugada. Y a dos empleadas: Elba y Celina.

Arregui empezó a notar que todo se movía, que la tierra que pisaba estaba sacudiéndose como en un terremoto y, a la vez que negaba con la cabeza, se apoyó con las manos en la cabina del vehículo del alemán. Este prosiguió:

—A Comalapa ha llegado un avión Hércules de Madrid para repatriar a todos los españoles que quieran regresar. Me dicen que usted, especialmente, debería volver a España —anunció Helmut casi titubeando.

—¿Yo volverme? ¿Volverme yo ahora? ¿Pero quién se cree que soy? ¿Una cobarde? Me está diciendo que han matado a ocho de mis… de nuestros compañeros en la UCA, esos malnacidos del Atlácatl. ¡Seguro! ¡Me juego el cuello a que han sido ellos! ¡Y me dice que debería volverme! ¿Acaso usted va a volverse a Alemania? ¿Tú, Íñigo, vas a irte? En este caso, volver no es vencer, amigos…

Helmut abrió la puerta del *pick-up* con ademán pesaroso. Detestaba dar malas noticias. Se había visto en muchas situaciones complicadas a lo largo de su vida. Había participado en emboscadas, persecuciones, ofensivas; contemplado la crudeza del hambre, de la desolación de los desahuciados; sorteado francotiradores y minas-trampa… pero, definitivamente, lo que abominaba era ser mensajero de desgracias.

—Siéntate adentro y tuteémonos: somos compañeros docentes —continuó pausado—. Tu nombre y el mío andan puestos en las dianas que los militares tienen en los cuarteles. En la UCA temen que los próximos en caer acribillados seamos alguno de nosotros. ¿Comprendes? Me dice Tojeira que tan solo tienes veinticuatro años, que viniste hace meses desde el País Vasco. Ve a tu país y cúrate de todo esto —concluyó.

Mientras Kuntz utilizaba un tono suave y neutro, tratando de eludir cualquier intención de discurso paternalista sin conseguirlo, Íñigo Santolaya ya había guardado su cámara en el todoterreno y contemplaba aquella escena con la calma que le daba haber vivido la amenaza durante décadas.

—A esta no la convences —afirmó de repente—. Tiene la cabeza como un empedrado. Yo no sé qué les dan de comer en San Sebastián de pequeños, pero es así. A esta no la haces volver ahora, ahora no —certificó moviendo la cabeza de un lado a otro.

Libertad, con una especie de temblequera, se sentó de lado en la cabina del *pick-up* e intentó reunir fuerzas con las que asimilar la terrible noticia.

—¿Quiénes? ¿A quiénes se han cargado? —acertó a preguntar la reportera, tras unos minutos.

—Segundo Montes, Martín-Baró, Moreno, Amando López, Joaquín y a Elba y Celina. Además de Ellacuría…

—Dios mío. ¡No! ¡No puede ser! ¡No puede ser! —gritó desesperada.

Con un gesto de recogimiento que indicaba un dolor devastador, Arregui se encogió sobre el asiento del *pick-up*, plegando las piernas hasta su pecho y abrazándolas. Solo al llegar a esa postura, con la cabeza vencida entre las rodillas, rompió a llorar.

—Ellacuría era como su padre —explicó Santolaya—. Ya le contará durante el camino de regreso al campus. Mire, yo me voy a quedar en San Fernando un poco más de tiempo. Hay una salvadoreña a la que debo visitar. Usted ya me entiende… Llévela a la UCA. Nosotros tenemos nuestro habitáculo para edición de piezas y reportajes en una casa del puerto La Libertad, pero creo que, tras esta matanza, no se atreverán a acercarse por la universidad. Ahora mismo la UCA debe de ser el lugar más seguro de todo El Salvador.

—Bien. Arrancamos. No nos da tiempo de despedirnos del padre Tomate, de Rogelio. Dígale que volveremos a verle. A esta guerra le queda poco. Estas muertes, por paradójico que parezca, van a traer esa paz de la que tanto se habla. Ellacuría y los suyos son ya mártires, como pasó con Romero. Estas gentes los hacen renacer como héroes de la verdad, se lo aseguro. Hoy abren todos los noticieros del mundo con las imágenes de sus cuerpos tendidos sobre la tierra. Cientos de telegramas de condolencia llegan desde todos los rincones del planeta…

—¿Manolo Alcalá habrá dado la noticia ya para Televisión Española? —soltó de repente Arregui, en un arranque que no esperaban en medio del entrecortado lloro.

—¡Anda esta! ¡Y Radio Venceremos! ¡Y la BBC! Y todas las cadenas gringas. Pero tú y yo estábamos a otra cosa, Líber. Ya habrá tiempo de informar cuando sepamos todos los detalles y, sobre todo, cuando se pruebe quiénes son los cabrones que han montado esa carnicería —le espetó a su compañera.

—Bueno, venga, nos movemos. Nos veremos todos en San Salvador mañana —ultimó Helmut.

Santolaya tomó la cara de la joven reportera entre sus callosas manos y le plantó un beso en mitad de la frente. A continuación, se subió en el todoterreno e inició su trayecto siguiendo la estela dejada por los refugiados. El alemán se colocó en el asiento del conductor y esperó a que Arregui deshiciese el ovillo en el que había convertido su cuerpo.

—¿Preparada, Líber? La UCA está en estado de *shock* en estos momentos, pero mañana en los funerales se esperan miles y miles de personas.

—Libertad.

—¿Cómo dices?

—Que me llames por mi nombre, digo.

—Eso he hecho. ¿Y sabes una cosa? Cuando Tojeira me dijo que tenía que encontrar a Líber Arregui pensé que se trataba de un varón. Creí que eras otro de esos testarudos vascos, como Jon Cortina, de férreas convicciones... Pero mira, me encontré con una jovencita. ¿Estás mejor?

—No. Estoy peor. Y no me has llamado por mi nombre —gruñó Arregui. ¡Llámame Libertad!

—¿Libertad? ¿No Líber? —indagó con cierta sorna el alemán.

—Llámame Libertad, que es como me puso mi abuela y como me llamo. Y arranca de una vez, que como nos paren en la frontera no llegamos a tiempo de verlos. Y quiero hacerlo antes de que los entierren. Aunque para mí van a estar vivos siempre.

—A sus órdenes, Libertad.

EL CEMENTERIO DE BIRIATOU

—*À vos ordres, jeune homme. Et bien, vous avez quelqu'un là bas, dans le cimetière?*
—*Oui, monsieur, ma grand-mère.*

«Asier Beltrán Arregui». Eso rezaba en el distintivo que colgaba de mi mochila. Solo el nombre, sin dirección alguna. Cuando llegué a Hendaya ya sabía a qué iba a dedicar el poco tiempo con el que contaba antes de montarme en el tren que me llevase a París. Durante el trayecto entre San Sebastián y la localidad fronteriza francesa había seguido leyendo el manuscrito que, como una especie de testamento vital, mi madre me entregó en mano. En él había cartas introducidas en sobres, entre las páginas, también confesiones, tramos de vida y, en la media hora que duró el recorrido, descubrí detalles sobre nuestros antepasados que me eran desconocidos. Se despertó en mí la necesidad de visitar el cementerio de Biriatou, donde yacía enterrada mi abuela, Juana Asuet. Jamás mi madre me había explicado que estaba tan cerca, a tan solo unos veintitrés kilómetros. Y nunca antes había imaginado que aquel lugar, mágico y doliente tal cual ella relataba, podía llegar a producir emociones tan puras.

Bajé del taxi, que quedó aparcado cerca de la iglesia de San Martín de Biriatou, no sin antes pedirle al conductor que esperara. Debía regresar a la estación de Hendaya en una hora. No podía perder aquel tren a Montparnasse por nada del mundo. Después de lo que había leído me urgía poner el pie allí y percibir qué era lo que se respiraba en aquel paraje. Atravesé un pequeño túnel situado bajo la iglesia, tras subir varias escaleras y, mirando al suelo, sentí los anhelos cautivos bajo esas piedras.

A mi derecha, un mármol recordaba a los once jóvenes de Biriatou muertos en la Gran Guerra: el *Orhoit Gutaz*; tal vez un grito más que un lamento, que traduje como *Acordaos de nosotros*. Siempre había pensado que aquello era solo el título de un poema de Unamuno mencionado por Tomás, mi tutor en el instituto, pero ahora sabía que su autor, como yo, había estado allí, quieto y meditabundo, entre esas mismas paredes rociadas de destierro. Seguí caminando despacio, mientras le daba la bienvenida a una ringlera de estelas funerarias vascas y, cuando levanté por fin la vista al frente, un Cristo pulcro y blanco sobre un madero hosco hizo que crujiera el ensimismamiento en que me hallaba. Permanecí un instante inmóvil, pero el sirimiri que daba comienzo me espabiló y me rebeló toda la verdad de aquel lugar. Era una naturaleza en pendiente que por envolver todo cubría hasta la muerte. Desde ahí se divisaba el curso final del Bidasoa y un sol sobre amenazantes nubes bañaba a los apátridas que lograron amar su exilio. Aquel sitio sumergido en un verde portentoso parecía, tal y como describía mi madre, más un parque de silencios que un camposanto. Tras descender entre las cruces y los *lauburus* que presidían las tumbas y pararme en fechas y flores que reposaban allí en serenidad me pregunté si, quizás, la *amatxi* Juana estuviera bajo una de las humildes lápidas que de refilón había visto al inicio del tránsito. Subí de nuevo por el camino y me senté en un banco de piedra junto a cinco losas que formaban una especie de polígono estrellado. Busqué entre las letras borradas por el viento y la lluvia, con una mirada en la que se posaba un barniz de desaliento y, justo en el centro, al lado de un cuadrilátero cubierto de guijarros la descubrí: *Jeanne Asuet Arranz 1940-1965*.

Sin saber por qué unas lágrimas se pusieron a nadar por mis ojos. Ahí estaban los restos de la mujer a la que no habíamos conocido ni mi madre ni yo. No pude hacer otra cosa que susurrar los versos de Baudelaire que simulaban un epitafio: *Mon désir gonflé d'espérance/ Sur tes pleurs salés nagera. Mi deseo henchido de esperanza surcará tu llanto salado.* Eso mismo repetí en castellano para mí y, a continuación, afligido, pesaroso, rememoré lo leído hasta llegar a Hendaya.

Tu bisabuela siempre decía entre risotadas tabernarias que el día en que muriese el carnicero —así llamaba ella a Franco— iba a ser la primera en pisar de nuevo la calle de la Salud. El San Sebastián que había dejado atrás, en el sesenta y cinco, estaba muy cambiado, pero cumplió su palabra y un mes después de la muerte del dictador, la Aurori, conmigo de la mano, retornaba a ese mismo barrio en un ferrocarril al que ya por entonces denominaban *el topo*.

La vida de Aurora Arranz, te lo aseguro, hijo mío, da para mucho, pero lo que siempre me sorprendió de tu bisabuela, más que las historias familiares que contaba con toda suerte de pormenores en medio de una exuberante gestualidad, era su carácter firme y risueño.

Había aprendido francés a duras penas y tenía dificultades para leer y escribir en los dos idiomas, el materno y el adoptado. Era la cuarta de quince hermanos de una familia pobre de Requejo de Sanabria. Su padre, ferroviario de la CNT, murió en la cárcel de Zamora durante el verano del

36, al poco del golpe de Estado. Su madre incluso agradeció que Aurori, una vez enterrado el padre, marchase hacia Fuenterrabía a servir en casa de una aristocrática familia del norte con posesiones en Zamora. Se habían brindado a emplearla «por piedad». Al fin y al cabo, eso suponía una boca menos que alimentar y podría enviar algún dinero para sacar adelante a sus hermanos pequeños.

En la mansión de los Artieda entre pañales, papillas, biberones y sonajeros, ejerciendo de *iñude*, pasó la mayor parte de la guerra, hasta que en el 39 conoció a tu bisabuelo: Nicolás Asuet.

Las campas de la ladera del monte Jaizkibel, cerca del Santuario de Guadalupe, en Juskiz, era el lugar elegido por muchas niñeras de Fuenterrabía para disfrutar de su día libre. Allí, entre tamboriles y chistus, al abrazo de la brisa marina, junto a las olas rompiendo en las rocas bailaban las *iñudes* con los mozos que se acercaban desde las proximidades. Tu bisabuelo Nicolás era un hombre largo y huesudo de pocas palabras y grandes hechos. Según contaba tu bisabuela, tenía una penetrante mirada verdeazulada, como si el Cantábrico se hubiese ido a vivir tras sus pupilas, y unos cabellos rojizos y ensortijados que le daban un aspecto a ratos de bandolero a ratos de loco. Había llegado a Fuenterrabía desde el Pirineo oscense, donde en el 38 ya no le quedaban ni hermanos ni padres vivos. Anarquista de la FAI, herido en la ofensiva de Alerre, algún fascista erró al rematarlo con el tiro de gracia. Evacuado del campo de batalla y llevado a un tren-hospital junto a George Orwell (sí, el escritor británico del libro que te regalé para tu cumpleaños sobre los animales de la granja), cuando cicatrizaron las heridas de sus piernas, decidió marchar con su perenne pero leve cojera hacia la frontera.

Llegó a Fuenterrabía con lo puesto y a los pocos meses ya había montado una carpintería, pues trabajaba con maestría la madera que recogía en el monte. Nunca se supo cómo consiguió aprender el oficio, ni de dónde salieron las herramientas con las que bregaba a diario, porque nadie fue a preguntárselo.

Cuando sacó a bailar a tu bisabuela en la campa de Jaizkibel todos se rieron por el atrevimiento del cojo, pero la Aurori, muy ufana, con ese carácter suyo, leonés e indómito, agarró con fuerza de los hombros a tu bisabuelo y bailó con él esa tarde y muchas más. Durante los casi treinta años que estuvieron juntos él se dedicó a hacer mesas, sillas, puertas, cunas y tu bisabuela a atender a la clientela que iba a hacer los encargos hasta el barrio de Zimizarga, en el cual se instalaron al poco de nacer tu abuela Juana.

Juana Asuet Arranz nació al otro lado de la *muga*, el primero de abril de 1940, un año después del final de la guerra, en el llamado año del hambre. Aquel invierno murieron muchos de lo que llamaban tuberculosis, aunque en realidad debía de tratarse de un hambre demorada. Tus bisabuelos cultivaron una pequeña huerta para su autoabastecimiento y, entre eso y unas pocas gallinas y conejos, fueron tirando. El estraperlo y los cupones de las cartillas de racionamiento, tal y como te enseñaba Tomás en sus clases de Historia, eran lo común en aquella época: el pan de cupo, los gramos de arroz contados, el cuarterón de aceite, el café que era maíz tostado, la leche «bautizada». Así transcurrió la infancia de mi madre y la vida de tus bisabuelos, que no se atrevieron a tener más hijos. En el cincuenta y dos acabó el racionamiento, pero dio comienzo la desesperanza para miles de republicanos a ambos lados de la *muga*. La Guerra Fría y las alianzas de Franco con Estados Unidos legitimaron un régimen que nadie había elegido en las urnas y que llenó las cunetas de cadáveres y las fronteras de supervivientes a pie de exilio.

Tu abuela Juana estudió hasta los catorce años en una *ikastola* clandestina, donde también se enseñaba francés. Aurori y Nicolás nunca quisieron que su hija se educase en un colegio religioso o en una escuela presidida por una fotografía de Franco. Con dieciséis años, sabiendo que sus padres no podrían costear más estudios, marchó a San Sebastián y consiguió trabajo como dependienta en una famosa *boutique* que, mira tú por dónde, estaba en la avenida del Generalísimo. Era, según me contaba la abuela Aurori, tan alta, bella y elegante que las señoras de Miraconcha le pedían que pasase modelos y la clientela más distinguida de Biarritz elogiaba con frecuencia su exquisito francés y su amabilidad en el trato.

Tu abuela conoció a Domingo Arregui durante la inauguración de la sala de fiestas de La Perla, en la bahía, adonde le habían invitado unas clientas. Tenía veintiún años y un porte afrancesado que a tu abuelo siempre le pareció dulce y apabullante a la vez. Espigada y con una larga melena pelirroja, tan pronto la veía como a la Deborah Kerr de *Quo Vadis* como a la de *De aquí a la eternidad.* Así que Juana Asuet, harta de esperar a que él se decidiese, un buen día le pidió que salieran juntos. Domingo, al que todo el mundo llamaba *Txoritxu* porque imitaba los sonidos de los pájaros, era un joven de su misma edad, recién llegado de Oñate, que vivía de patrona en Gros. Su madre le había enviado a estudiar a la Escuela de Ingenieros Industriales de la calle Urdaneta.

Poco a poco, durante largos paseos por La Concha, Juana se fue enamorando del último Arregui que quedaba en aquel caserío, sito en algún punto cardinal alrededor de la vieja capital guipuzcoana. Era hijo único, como ella. Su padre había muerto la Nochebuena del cincuenta y nueve, tras una copiosa cena. Se quedó dormido sobre la mesa, junto a las fichas de dominó con las que acababan de echar una partida, y no despertó más.

El día de los Santos Inocentes, tras dar sepultura a su padre, unos efectivos fueron a buscar a Domingo, ya que andaba metido en un grupo de lucha antifranquista. Por aquel entonces había llegado a España Eisenhower y un grupo de policías fueron becados por el FBI y la CIA para poner en marcha el llamado «Método Americano»: infiltración, investigación, intimidación, tortura y presión psicológica. Todo ello como forma de represión. Consiguió escapar del *baserri* al galope y un tío suyo, franciscano, lo pudo ocultar varios días en la sacristía de Aránzazu.

Domingo y Juana se casaron en la basílica de su pueblo el catorce de julio de 1964. Fue una boda sencilla y con poca gente. Se fueron a vivir a un pequeño piso de la calle de la

Salud, en San Sebastián, que un amigo les había ofrecido en alquiler.

A tu abuela no le gustaba que su marido anduviese metido en temas de política. Se relacionaba con comunistas y nacionalistas vascos que cruzaban la frontera cuando la cosa se ponía fea. Asistía a asambleas, escribía cuadernos de formación en los que se exponía ideología marxista y fue amigo de dirigentes de organizaciones clandestinas. Él mismo perteneció a Comisiones Obreras e hizo amistad con Patxi Iturrioz. Juana siempre intuyó que alguna desgracia les iba a suceder con aquellas andanzas de tu abuelo. Ella se había criado entre historias de la guerra, relatadas por su padre y su madre: huidas, emboscadas, torturas en las cárceles franquistas, el frente... Sabía de la fuerza que pueden despertar en un ser humano las ansias de liberación. La lucha por la justicia y la libertad sigue siendo, yo lo sé bien, todavía hoy, el más potente sustento del alma en todo ser humano. No olvides esto nunca, hijo. Sé libre, sé justo, sé tú.

Y sí, un diez de abril de 1965, estando tu abuela embarazada de mí de ocho meses, se presentaron unos agentes de la Secreta para llevarse a tus abuelos a la Comisaría de San Sebastián. Mi madre le contó a tu bisabuela Aurori que quiso morir al escuchar los alaridos de Domingo *Txoritxu*, torturado por Melitón Manzanas, jefe de la Brigada político-social de Guipúzcoa, y sus esbirros. A ella la introdujeron en una habitación contigua a la de su marido, para que pudiera escucharlo todo y padeciese. A él le propinaron golpes, patadas e insultos. De seguido vino la picana y la bañera. Le gritaban a Juana que el bebé que esperaba no era suyo. Mientras, tu abuela, sentada en un taburete, trataba de taparse la cabeza con las manos. Se resistía a que los guardianes conociesen de sus lágrimas y las tentaba con los labios para tragárselas en silencio. Atado de rodillas, desnudo y apaleado, tu abuelo fue interrogado acerca de una asamblea que se terminaría celebrando en la casa parroquial de Gaztelu a finales del sesenta y seis. Él pertenecía a una línea de lucha obrera con su amigo Iturrioz, exiliado en Bélgica.

De repente, hubo un fuerte golpe contra la pared y los aullidos de dolor cesaron. Tu abuela se levantó de un respingo, se abrochó muy lentamente la rebeca que llevaba puesta y pidió que le abriesen la puerta de inmediato. Un sicario de Manzanas vigiló sus pasos por el largo pasillo, hasta la salida. Ella sabía que no le devolverían a su marido y cuando llegó a la puerta de la calle se dio media vuelta, miró a aquel torturador y le dijo: «Al menos quemadle y que vayan sus cenizas a la mar». Nunca se supo qué paso con el cadáver. Mi madre jamás llegó a ver a su esposo muerto. Le dio sepultura en su corazón; allí fue donde lo albergó, sin tener otro camposanto donde llorarle. Desde entonces hizo versos, pues era la única manera que tenía de llevarle flores.

A punto de dar a luz, Juana Asuet decidió ir a casa de sus padres. Cuando tu bisabuelo la vio llegar desde el alféizar del desván donde arreglaba una ventana, empapada en sudor, casi sin aliento y agarrándose la tripa, tiró el martillo al suelo con gran estrépito y se fue corriendo hacia ella, creyendo que pariría en plena calle. Pero no, yo me propuse nacer en la bahía de Chingudi, quizá porque desde el vientre de mi madre pensé que si venía al mundo en el mar mi padre podría hacer de comadrona.

Frank Hiriart era el patrón de un barco llamado *Askatasuna II* y amigo de tu bisabuelo. Nicolás había trabajado para él en arreglos ocasionales de su embarcación. Frank se ofreció para trasladarlos de noche, desde Fuenterrabía hasta Hendaya, al día siguiente de la llegada de mi madre. Aurora y Nicolás sabían que, tras lo de su yerno, Melitón Manzanas, que vivía a pocos kilómetros de allí, en Irún, podría hacer de nuevo acto de presencia con sus matones y acabar con toda la familia en un santiamén. Así que prepararon tres petates con ropa, herramientas y utensilios de cocina y se embarcaron hacia Francia la noche del trece al catorce de abril del sesenta y cinco. La mar en marejada y olas encrespadas predijeron un parto prematuro. Como así sucedió.

Mi madre rompió aguas cuando faltaba poco para atracar en Hendaya. Las tensiones vividas los días anteriores por las torturas y muerte de mi padre la tenían exhausta y dolorida. Tras el amarre del barco, el patrón fue corriendo en busca del médico, pero aquella noche venía preñada de albores compungidos. Tus bisabuelos hicieron lo que pudieron: colocar paños salinos en su frente, apretar su mano y acomodarla entre redes y sacos dentro de la cabina. Pero su corazón se rompió. No pudo resistir el esfuerzo del desconsuelo abriéndose en ella. Yo quedé con la cabecita fuera como el atisbo de una esperanza asediada.

Sí. Nací de una madre muerta dentro de un barco. Esa soy yo, en resumidas cuentas: hija del quejido marino de medianoche. Sé que nunca antes te lo había contado, que sabías poco de la abuela y de los bisabuelos, que siempre te criaste siendo nieto de los Beltrán y de nadie más. A veces, no es fácil encontrar el momento para relatar el destino a un hijo y una espera a que este la lleve entre sus brazos para hacerlo.

El médico utilizó un fórceps para sacarme del vientre de tu abuela y salvarme la vida. Fui una niña que no lloró al nacer, porque ya lo hacían por mí todos los demás. Y lo siguiente ya lo sabes: Libertad, Liberté, Líber, los tres nombres con los que he andado por el mundo. Fue el patrón del barco quien dijo enseguida: «*Elle s'appelera Liberté comme mon bateau*» y estando tu bisabuela muy de acuerdo me inscribió en el registro como Libertad, porque le sonaba mejor en castellano-leonés.

La abuela fue enterrada en un parque de silencios, un lugar mágico y a la vez doliente: el cementerio de Biriatou. Allí donde yacen también decenas de exiliados que huyeron del horror y el hambre durante décadas de dictadura. A esa pequeña localidad se trasladaron a vivir tus bisabuelos, conmigo recién nacida, rotos de dolor por la muerte de su hija y su yerno, tras pasar un par de semanas acogidos en casa de los Hiriart.

El caserío que les cedieron era antiguo y había estado abandonado durante más de una década. Amplio, de planta rectangular y tejado a dos aguas, venía aparejado de mampostería y de unos buenos sillares en las esquinas. Se entraba a la parte baja por un soportal adintelado. Allí tu bisabuelo montó su taller de carpintería, en lo que antaño habían sido graneros y establo. En la parte de arriba rehízo la vivienda y puso especial mimo en una gran sala de estar, toda hecha de madera de pino, que miraba sin rubor hacia una balconada florida.

Mientras el abuelo estuvo ocupado, acondicionando la estancia para que viviéramos en un lugar digno, logró soterrar la congoja que sentía por la ausencia de su hija. Hasta que una tarde de septiembre del sesenta y ocho, tras permanecer días y días balanceándose sin cesar en una mecedora frente al balcón, se levantó sin decir una palabra, cogió su *txapela* de los domingos, se puso con parsimonia su mejor traje y se fue hacia los acantilados de *La Corniche*, en *Urrugne*.

Esa misma noche el cura del pueblo tocó el portón para dar la mala nueva. Tu bisabuela les recibió a él y a un automovilista, que había sido testigo del suicidio, vestida ya de luto y conmigo en brazos. Al parecer, se arrojó al vacío cerca de los restos de unos búnkeres que formaron parte del Muro Atlántico en la Segunda Guerra Mundial. El cuerpo fue zarandeado por la pendiente escarpada y el furibundo oleaje hizo el resto, tragándoselo mar adentro. Tenía cincuenta y nueve años y una pena demasiado grande para encontrarle acomodo dentro de su corazón.

Nunca supe muy bien cómo hizo mi abuela para domar la angustia de tanta pérdida. Tenía una extraña forma de llorar a los suyos. Lo hacía en total silencio, con una mirada deshilachada. Cuando no podía evitar que el llanto hiciese acto de presencia en su garganta, todos los catorce de abril y los dieciséis de septiembre, sacaba un rompecabezas de los muñecos de *Rue Sésame* y me pedía que buscase una pieza verde o una nube rosa para completar el juego: era su manera de distraer la desdicha.

Aquel invierno de ausencias, Aurora consiguió sobrevivir gracias a la ayuda y el apoyo de la dueña de *La Palombe*. Aquella señora, viuda sin hijos, se había enterado de lo sucedido a mi abuela a través del cura y decidió ofrecerle trabajo en su hotel de Hendaya. Desde entonces tuve dos madre-abuelas. La postiza se llamaba Louise Révoil y era descendiente de una famosa poetisa francesa que había sido la amante de Flaubert. Presumía de haber tenido de joven amores con Unamuno, que vivió cuatro años en el cercano hotel Broca. En su pequeño pero coqueto hotel, Louise organizaba veladas literarias para honrar el nombre de su antepasada. Así que desde que nos trasladamos a vivir a una habitación del desván de *La Palombe* pasaba mis días trasteando en medio de tertulias, donde los huéspedes divagaban con *madame* Révoil sobre Verne, Saint-Exupéry, Víctor Hugo, Dumas, Moliére, Zola y Flaubert. Entre el trasiego de la cafetería del hotel y la escuela —aquella frente a la que me paraba contigo cuando íbamos juntos a la playa de Hendaya en verano, la del *boulevard du Général de Gaulle*— fue como transcurrió mi infancia.

En la escuela de Hendaya estuve hasta el quinto curso de la *école élémentaire*, en aulas sin crucifijos y con maestras que me enseñaron no solo a leer y a hacer cuentas en dos idiomas, sino a amar la libertad que nace del sentimiento de justicia.

Hasta que un buen día Franco murió. Un viajante que andaba alojado en *La Palombe* le mostró a mi abuela un periódico de Bilbao. En la portada un titular: FRANCO HA MUERTO. Y más abajo un breve: «Más información en la página 7». Pero al ir a la séptima página, Aurora se desternillaba con estentóreas carcajadas, una y otra vez, zarandeando a diestra y siniestra la hoja del periódico: «Celebre las fiestas con L'aixertell». Un anuncio del cava catalán con una botella que desbordaba chispas y espumosas burbujas copaba toda la página. Todo el mundo se sigue preguntando desde entonces qué fue del director de aquel tabloide.

Al día siguiente, el veintidós de noviembre del setenta y cinco, ya estaba la mujer planeando el regreso al barrio donde habían vivido mis padres en San Sebastián.

—*Líber, Liberté, léve-toi, s'il te plaît. Léve-toi, chérie. Il est déjà tard.*

—*Je veux voir la mer. Je veux voir la mer.*

Fueron las palabras con las que me despertó *madame* Révoil aquel veintitrés de diciembre. Con la dueña del hotel *La Palombe* habíamos convivido varios años. Esa mañana sabía que era la de nuestra partida y había madrugado para prepararnos ella misma chocolate caliente y *croissants*. Yo era una niña de diez años, inquieta, que siempre anhelaba ver la mar. La mar era mi hogar. Siempre lo ha sido. Como ahora quiero que lo sea.

Aquel fue un día en el que no precisé fijarme en la quietud de las despedidas, ni en la desolación de los semblantes que se alejan. Tal vez fue entonces cuando aprendí a renunciar a los afectos dóciles y a adoptar un modo de vida en el que el amor tuviera una pureza intermitente.

—*Retournons à la gare, si non on va rater le train!*

Salí de forma repentina del recogimiento al escuchar las palabras del taxista que, desde la iglesia, me apremiaba haciéndome gestos con las manos en alto. Guardé el manuscrito y las cartas de mi madre en la mochila, junto al *Diario Vasco* de aquel día. Me dirigí a toda prisa hasta el lugar donde estaba aparcado el vehículo que me llevaría de vuelta a la estación. París, con aquel hombre misterioso del que casi no sabía nada, me esperaba. No estaba solo; tenía en el equipaje el corazón de mi madre hecho palabras y, sin embargo, sentí como nunca antes la ferocidad de su ausencia al leer la esquela que yo mismo había redactado y que aquella mañana estaba ya impresa en toda la prensa vasca.

LAS ROSAS DE LOS MÁRTIRES

LA FUERZA ARMADA DE EL SALVADOR CONDENA EN FORMA ENÉRGICA Y TERMINANTE

La criminal acción terrorista perpetrada este día, en horas de la madrugada, en el interior de la Universidad Centroamericana José Simeón Cañas contra los sacerdotes jesuitas:

DR. IGNACIO ELLACURÍA

DR. IGNACIO MARTÍN BARO

DR. AMADO LÓPEZ

DR. JOAQUÍN LÓPEZ Y LÓPEZ

DR. JUAN RAMÓN MORENO

DR. SEGUNDO MONTES

Y DE ALBA JULIA RAMOS Y DE SU HIJA CELINA RAMOS

(Q.D.D.G.)

Y presenta a sus familiares dolientes, así como a la comunidad universitaria, instituciones religiosas y centros culturales del país, sus muestras de condolencia por tan infame e irracional crimen, que ha venido a enlutar la cultura de nuestra patria.

San Salvador, 16 de noviembre de 1989.

Libertad tiró el ejemplar de *La Prensa Gráfica* tras leer aquella esquela y volvió a la habitación que le había sido asignada. Tomó la pastilla de jabón y la toalla que le dejaron para su aseo y se metió bajo un chorro de agua fría al que llamaban ducha mientras recordaba cómo había sido su llegada a ese lugar a primeros de junio. Santolaya y ella se dirigieron al campus nada más arribar su vuelo desde Madrid. En la UCA todo el mundo era siempre bienvenido. Allí habían estado unas semanas hasta montar su estudio de trabajo, la pequeña sala de edición en una casa junto al viejo muelle del Pacífico, en el municipio de La Libertad. Y a partir de entonces, cuando recalaba en la UCA para preparar estudios y clases de Comunicación dirigidas a los estudiantes, siempre tenía una habitación a su disposición en la casa de huéspedes. Alternaba su estancia en La Libertad con su cuarto de docente en la UCA.

En aquella mañana del diecinueve de noviembre, a media hora escasa de que dieran comienzo los funerales, Helmut Kuntz apareció en el salón de la casa entrando por el patio que se asomaba a la calle Cantábrico. Con su barba bien arreglada, camisa añil impecable y unos decorosos tejanos. En medio de un gran estrépito se puso a buscar a Arregui por el largo pasillo de las habitaciones, golpeando fuertemente con los nudillos en cada una de las puertas.

—*Guten Morgen, Freiheit?*

—Estoy en la ducha, camarada Kuntz. Deje de aporrear, que tengo la cabeza como un timbal —se quejó Líber desde el fondo del pasillo.

—Están todos los féretros en el auditorio —dijo parado frente al baño—. Líber, voy a portar el de Ellacuría junto a Rubén Zamora. Vengo ahora de la embajada de México. Saldrá de allá, aunque teme ser eliminado.

—Ya no se cargan a Zamora. Alguien como él, del FDR, con pedigrí en la lucha, ¡hace falta para la paz que se avecina! —voceó Libertad tras la puerta mientras se secaba el cuerpo con premura.

—¿Llegó tu compañero, el camarógrafo?

—Sí, el camarógrafo, como tú dices, llegó, y sin dormir siquiera ya debe de estar por ahí haciendo tomas de exteriores.

—Bien. Te espero. Mientras vamos y con la de gente que hay en el recorrido… ¡deberías darte prisa!

—Desde que se os cayó el muro hace dos semanas los germánicos tenéis prisas para todo, ¿no? —adujo la reportera en tono provocador.

Helmut se daba media vuelta para ir al salón cuando Libertad quitó el pestillo de la puerta y salió envuelta en una toalla, con el pelo empapado y descalza. La miró de reojo, antes de acomodarse en el sofá y de estirar el periódico que había recogido del suelo. Al minuto la vio aparecer con sus sandalias roídas y descoloridas, las mismas de los días anteriores, pero con un largo vestido de tirantes blanco que realzaba su bronceado. De pronto, sintió que una manada de tacuacines le subía desde las rodillas hasta el cuello. Pensó que tal vez la humedad que ella desprendía se soterraba, para nacer luego bajo su nuca e ir a desembocar en la espalda, deslizándosele por la columna como un río excitado.

Partieron a la par hacia un auditorio que intuían abarrotado, con la conmoción que acompaña todo homenaje a los ausentes. Prefirieron caminar despacio entre las plantas floridas que se zambullían, tintadas de rojo y verde, en aquel día en el que el amanecer solo se asomó con un sol pálido.

Cuando Libertad Arregui vio la hilera de féretros en el suelo, un oscuro torrente de rabia se deslizó por su frágil serenidad. Apretó los puños contra el cuerpo y quedó inmóvil, en una especie de íntimo sigilo. Por primera vez tras el viaje desde Colomoncagua apreció la robustez de sus silencios y decidió tomar a Helmut Kuntz del brazo, en parte por el mareo que le sobrevino al oír el murmullo embravecido de la gente, en parte porque le apetecía tocar al hombre cuya sonrisa no se agotaba durante la escucha. Helmut permaneció sin pestañear ante aquel rosario de muerte y, cuando se volvió hacia ella, los ojos le centelleaban debido a un oculto sentido del dolor.

—No te lo dije antes: vuestra embajada ha sido tiroteada esta madrugada. ¿Estás segura de no querer volver a tu Cantábrico?

—No ahora. Existen motivos para no retirarme, ¿no crees? Contar lo que pasa aquí no solo es trabajo; es un compromiso de vida con estas gentes. Tú ya sabes de eso.

—No todo el mundo puede ser un héroe del pensamiento, pero él sí lo es —dijo Kuntz señalando el féretro de Ellacuría—. Vente a mi lado cuando le lleve a hombros a la capilla, ¿quieres?

—A la salida del funeral tendré que grabar para el informativo de mañana. En cuanto Santolaya me haga la señal de cierre, nos ponemos a tu vera en la comitiva —respondió ella con un ligero pestañeo de agradecimiento.

Dentro del auditorio la multitud parecía un mar de nieve en medio de aquella tierra tropical. Gentes con ropas inmaculadas, una inmensa pared alba de fondo, sacerdotes vestidos de blanco en torno a los ataúdes… y todo en un tenso ascenso, como si todos ellos fueran *La gran ola* de Hokusai. Desde la esquina izquierda, el búho de la UCA había dejado de ser una insignia para convertirse en vigía, junto a las paredes laterales de ladrillo, convirtiéndose ese marco en un cuadro pintado para la posteridad allí mismo.

Al final de la ceremonia, al darse los asistentes el apretón de manos en señal de paz, Santolaya, que estaba en primera fila, desmontó con celeridad su cámara del trípode, buscó a Libertad entre el grupo de periodistas y le hizo una señal con la mirada para que saliera afuera.

—No sé si voy a poder articular palabra ante la cámara, Íñigo. Estoy en el entierro de un padre, de alguien de mi familia, de todos los míos —titubeó la reportera, visiblemente afectada.

—Ni lo pienses, empezamos. Sé valiente. Quiero ver a mi Líber, la mujer del alma en pie. Vamos, bonita. Grabamos en tres minutos —dispuso el cámara, saliendo ya del auditorio.

Libertad inspiró profundamente para tratar de aflojar el nudo que le oprimía la garganta. Retiró hacia atrás su melena, colocó el vuelo de su vestido, apretó con fuerza el micrófono en su mano, miró el logotipo de la ETB durante medio segundo y alzó el rostro.

Dolor, indignación y coraje en el funeral por los jesuitas de El Salvador y las dos trabajadoras, Elba y Celina. La voz entrecortada por el llanto de José María Tojeira ha abierto este acto de despedida ante miles de salvadoreños que han aplaudido, puestos en pie, las palabras del provincial de los jesuitas en Centroamérica: «No han matado a la Compañía de Jesús, ni a la Universidad Centroamericana: ¡no las han matado!».

Ni los combates en la capital, ni el temor que pesa en el ambiente por el recuerdo de la matanza de más de una veintena de personas durante el sepelio del arzobispo de San Salvador, monseñor Romero, ha podido parar la avalancha de almas que se han acercado hoy hasta la UCA para rendir homenaje póstumo a estos padres de la Liberación y a estas mujeres de bien. Cerca de tres mil personas han participado en esta misa oficiada por el actual arzobispo de San Salvador, monseñor Rivera y Damas, auxiliado por cuatro obispos y más de cuarenta sacerdotes, en una universidad rodeada de militares.

Zamora, el histórico dirigente de izquierdas y profesor de la UCA, ha sido recibido a mitad de la homilía con una estruendosa salva de aplausos. Todo lo contrario ocurría con el presidente de El Salvador, Alfredo Cristiani, al que se ha increpado y proferido gritos por ser considerado uno de los autores intelectuales del sangriento crimen. A sus escoltas y a los de William Walker, embajador de Estados Unidos, les ha sido negada la entrada al recinto; para entrar al funeral y al entierro había que estar desarmado.

No obstante, la ceremonia ha estado fuertemente custodiada desde el exterior, por contar con la presencia de diferentes representantes diplomáticos. Al frente de la delegación española, el subsecretario de Exteriores Inocencio Arias que, en contra de la opinión generalizada entre la población, ha expresado tras su entrevista de ayer con Cristiani, «que el presidente está seriamente dispuesto a llegar al fondo del asunto y tiene un sincero deseo de esclarecer los hechos». Deseo que, de momento, hacia lo único que se encamina es a una «investigación» encargada a Estados Unidos y al Reino Unido debido a «la gran experiencia y el prestigio en este tipo de sucesos», según declaraciones del propio Cristiani. Arias también ha restado importancia al hecho de que un grupo de militares disparase la pasada madrugada contra la embajada de España y ha dejado entrever que no existe preocupación entre los más de quinientos españoles que viven en El Salvador.

Llegados a este punto, cabe señalar que al parecer existen testigos oculares de la matanza. Estos señalan a una unidad del ejército formada por treinta militares, entrenados por fuerzas especiales estadounidenses, como ejecutores de la masacre. Fuentes que no podemos desvelar por cuestiones de seguridad apuntan a que el Alto Mando podría haber ordenado asesinar a Ellacuría y a sus compañeros por ser «cerebros subversivos». Todo ello con el consentimiento del presidente Cristiani, el conocimiento de la embajada de Estados Unidos y la connivencia de la propia CIA.

Mientras tanto, el FMLN se repliega presionado por la contraofensiva. Ante los masivos bombardeos del ejército, centenares de guerrilleros abandonaron ayer el estratégico enclave de Mejicanos, al norte de San Salvador. Los rebeldes cedieron este importante bastión, que ocupaban desde el inicio de la ofensiva del once de noviembre. Se centraron en recuperar algunas zonas de Soyapango al noreste. El FMLN también combate en San Miguel y en Zacatecoluca. El número de víctimas en estas últimas luchas puede rondar las setecientas, por cada una de las partes en conflicto, aunque esto es imposible de determinar con exactitud por la disparidad de cifras existente. El jefe de la delegación de la Cruz Roja acaba de asegurar que cada día que pasa hay personas que mueren por falta de asistencia sanitaria, pues el Gobierno de El Salvador no les permite entrar en las zonas de combate, y la evacuación de heridos se realiza poniendo en riesgo las vidas de los voluntarios.

Me despido de todos ustedes, hasta la próxima, transmitiéndoles la convicción de que este pueblo no se amedrenta, que «vive en la esperanza de la libertad», tal y como ha afirmado hoy el presidente del Comité Permanente Nacional por la Paz en El Salvador.

Hay quienes han querido acabar con los máximos representantes de la Teología de la Liberación, pero me permito decirles que no será suficiente. Este exterminio no ha acabado con ellos. No lo han logrado. No lo lograrán. Ellacuría vive: en su aportación al mundo, a través de una mente prodigiosa y una bondad sublime.

Desde este San Salvador que no se resigna, Libertad Arregui para Euskal Telebista. No olviden ser felices.

La pieza informativa terminó, pero Santolaya quiso seguir grabando en plano americano a una Arregui bella en su dolor, que permanecía con los ojos radiantes y todo el cuerpo en tensión, esperando la señal que le confirmase el cierre. Ella lo advirtió, esbozó una sonrisa compungida e hizo ademán de lanzarle el micrófono.

—No estoy para poses ante *voyeurs*, compañero —soltó la reportera, mientras echaba su brazo por los hombros de un sorprendido Santolaya.

—Menos mal que estabas sacudida por todo esto del entierro; si llegas a estar bien nos explicas el asesinato de Kennedy, niña —acertó a decir el cámara en tono de sorna—. No sé si las «fuentes consultadas» han ido en tu busca a la ducha de la casa de huéspedes o has estado todo el funeral pasándote notas con el Ibarz, ese de *La Vanguardia* que te hace ojitos.

—¿Ibarz? Menuda enganchada ha tenido con el impresentable de Paco Cádiz, que se ha pasado toda la misa diciendo ordinarieces. Con razón el padre Pedraz le llamó cobarde por no recibir a los jesuitas que pedían refugio. Un articulito en *La Vanguardia* del colega sobre el bochornoso papel del embajador y a ver dónde acaba el susodicho…

—Aparta, que ya salen. Estaré por aquí grabando el recorrido y el entierro en la iglesia —anunció resuelto Santolaya.

—En la capilla Monseñor Romero —le corrigió Arregui.

—Capilla, iglesia, ¿qué más da? Ya sabes que yo de curas sé poco. Nos vemos luego, niña. No te me enternezcas con el alemán, que te veo yo a ti revoltosilla —le soltó mientras guiñaba un ojo—. Podría ser tu padre, como yo mismo, valga la «rebuznancia». Te me casas a la vuelta, cuando hayamos salido todos de esta maldita guerra —le advirtió, cambiándose la cámara de hombro a la vez que le volvía a guiñar el ojo por segunda vez—, cuidadito.

Ella se mordió los labios para no contestarle. Su compañero percibió el gesto de contrariedad y decidió salir raudo hacia la cabeza de la comitiva, que ya asomaba por la puerta.

A cada caja fúnebre seguía otra más y otra, así hasta ocho. Eran llevadas por jesuitas, profesores, líderes sociales y estudiantes. Helmut Kuntz se colocó tras Rubén Zamora, para portar sobre los hombros a Ignacio Ellacuría. La concurrencia y la emoción le nublaban la mirada y no logró ver cómo Libertad se acercaba a él, con una turbada seriedad, llevando entre sus manos parte de las flores que habían estado sobre el féretro durante el funeral. Caminaron juntos en silencio, solo roto por el murmullo de los salmos que surgían en homenaje a los muertos y por llantos ungidos de contención. La reportera tenía en los ojos una sensación ardorosa y, aún fatigada por la lenta marcha, con paradas donde los hombres se relevaban, consiguió oír su propio sollozo interior y algún latido lejano.

Desde el auditorio hasta el templo, las columnas de gente eran inacabables, formadas por ancianos, jóvenes, monjas, guerrilleros, mujeres con niños, autoridades, campesinos; todos en torno a la hilera de ataúdes como si fueran la estela de un cometa anunciador.

Al llegar a la capilla, una vez colocados los féretros dentro de la pared excavada, en sus nichos, Helmut se palpó el cuerpo y se asustó de lo frío que lo tenía. A continuación, sacó un pañuelo del bolsillo y se lo ofreció a Arregui.

—Sécate esa frente, que la tienes empapada…

—Gracias. No quisiera ver cómo los tapan —dijo Arregui echando la mirada hacia el techo mientras se secaba las sienes—. No sé tú, pero yo necesito descansar un poco antes de ir de vuelta a La Libertad con Santolaya. Estamos editando un reportaje y…

—Volvamos —interrumpió Helmut—. Demasiadas emociones por hoy, sí. Toca reposo y avituallamiento.

La reportera y el alemán se despidieron de los allí presentes y dirigieron sus pasos hacia la cercana residencia de huéspedes. A mayor distancia de la capilla Monseñor Romero, las oraciones y los versos de despedida se diluían hasta convertirse en suspiros del aire. Al llegar a la entrada que daba acceso a la cocina les abrió Ernesto Novoa, que los había visto acercarse desde la ventana. Novoa era un sociólogo uruguayo seguidor de Segundo Montes, que había cogido un avión nada más enterarse de la noticia de la muerte de su colega. Alto, de formidable frente y mentón y pómulos sobresalientes, parecía un indígena charrúa metido a pinche. Les recibió con delantal y cuchara de palo en mano, ya que ultimaba un revuelto gramajo.

—Pasen —les dijo con una ligera bajada de cabeza en señal de respeto—. Por lo visto el olor del guiso atrae a nuevos comensales. ¿Vienen solo ustedes dos?

—Sí, solo dos —contestaron al unísono Helmut y Libertad.

—Ah, es que tengo acá adentro a otros dos jacos hambrientos. Cascaremos más huevos y añadiremos papas —resolvió el rioplatense.

El salón-comedor, al contrario que la cocina, era un lugar amplio y diáfano. La luz entraba desde el ventanal que daba al patio de piedra, repleto de plantas exuberantes. Allí era donde los huéspedes de la UCA se reunían a conversar y a tomar café durante las horas tropicales. Un sofá de escay frente al televisor y ocho sillas de altos respaldos en torno a una gran mesa de nogal completaban la estancia. Esta se comunicaba con las habitaciones mediante un vano arqueado al que seguía un pasillo recto.

Los otros dos comensales eran un filósofo brasileño y un economista catalán, que permanecieron taciturnos durante el almuerzo, rumiando entre bocado y bocado las causas del crimen acaecido en aquella universidad a la que tanto apreciaban. De pronto, el silencio que se guardaba, apenas roto por el sonido de los tenedores sobre los platos, dio paso a una pregunta de Novoa en voz baja:

—¿Cómo llegaron acá ustedes? ¿Vía Miami o vía Costa Rica?

—Vía Costa Rica —respondió el filósofo tras levantar la mirada de la mesa con languidez—. Pertenecí de joven a la guerrilla Araguaia y no puedo entrar en Estados Unidos —hizo una pausa y continuó—: Me consideran un terrorista.

—A mí también —añadió de inmediato el economista—. He sido jesuita y representante del FMLN en Europa y, aunque ahora estoy casado con una norteamericana, nunca pude pisar el país de mi esposa ni acudir a la boda de mi hijastro, porque para ellos soy un terrorista.

De repente, todos dejaron de comer y miraron con expectación a Novoa, que cogió su servilleta y comenzó a limpiarse las comisuras de los labios con una solemnidad un tanto teatralizada.

—Ché, amigos, a mí no me miren... —dijo encogiéndose de hombros—. ¿Qué esperaban? ¿Íbamos a encontrarnos aquí un coro de ángeles? ¡No sean boludos! La CIA tiene fotos mías hasta de cuando era chico y usaba bombachos... Fundé Juventudes Marxistas en el Uruguay, ¿qué quieren? ¡Claro que no puedo venir hasta acá vía Miami! Pregúntenle a la joven, que tiene cara de buena chica, y verán... —allanó resuelto y con una ligera hilaridad que se apoderó de todo el grupo—. ¿Cómo vinieron ustedes dos?

—Por San José de Costa Rica siempre. Trabajé en labores de apoyo a los insurgentes hace tiempo. Me temo que ninguno de nosotros seremos bien recibidos en el imperio de las barras y las estrellas —contó Kuntz entre risas y volviendo su mirada hacia Libertad—. A no ser que nos sorprenda nuestra compañera. Díganos, Líber, díganos cómo entró en este país...

—Por Costa Rica, por supuesto. Pero podría haberlo hecho vía Miami a pesar de ser vasca y periodista —remató Arregui provocando una carcajada general.

Tras el rato de distensión, Libertad se puso a recoger la vajilla para llevarla al fregadero. Enseguida Helmut la acompañó en esa tarea, pues los demás habían decidido agarrar una botella de ron y dar cumplida cuenta de ella sentados a la sombra de un atardecer de ramajes polvorientos y follajes en rapiña, junto al patio.

Ella enjabonaba la loza y Helmut la enjuagaba y colocaba en el escurreplatos. El uno junto al otro repetían de manera armoniosa esa mecánica: quitar desperdicios, jabón, agua, escurrir. Libertad sentía los dedos mojados de Kuntz al pasarle vasos y platos. Cuando llegó el momento de los cubiertos decidió dárselos de uno en uno y no todos en manojo. El vello se le había erizado casi sin darse cuenta y notó que estaba rozando el brazo del alemán, a la vez que hacía rotar su hombro desnudo con lentitud. Él mantuvo su mirada fija en la vajilla limpia para no interrumpirla en su gesto y ordenó a su mente concentrarse en ese trozo de piel acariciado.

Obdulio Ramos, esposo de Elba y padre de Celina, que acababan de ser enterradas, pasó en ese instante por delante de la ventana de la cocina con unos esquejes de rosales en las manos.

—Pobre hombre, ¿adónde irá con eso? —preguntó Libertad sin despegar su brazo del de Helmut.

—A plantar rosas. Ya ves, al final todos somos sangre germinada.

—Las rosas de los mártires… Qué buen título para un artículo —pensó la reportera en voz alta.

—Belleza y sacrificio. Rosas y mártires. Amor y muerte. Sí, podría ser el título de muchas obras.

Y volviéndose hacia Libertad Arregui, Helmut posó tembloroso sus manos en los hombros de ella y, muy despacio, como queriendo atesorar para siempre ese momento, la besó.

BIARRITZ – BORDEAUX

Nuestro primer beso fue una noche en el cine Savoy. Tu padre y yo teníamos veintiún años y la película narraba la historia de amor entre una sordomuda y su profesor. En parte era algo parecido a lo nuestro: Imanol Beltrán, hijo de los dueños de la óptica San Martín; yo, nieta del exilio y la miseria. Él llamaba la atención por su altura y sus grandes ojos negros; yo estaba siempre temerosa de que se notasen al andar la curva de mi espalda y las palpitaciones con las que el corazón me avisaba de lo efímero de la vida.

La imagen de la protagonista del *film* moviendo los brazos como alas al intuir el compás de una canción, a la vez que el docente la observaba, excitado y procaz, hizo bullir nuestras retinas. Nos habíamos conocido aquel agosto del ochenta y seis en la fiesta del Real Club de Tenis, tras colarme con un par de amigas. Aquella noche salimos del cine agarrados de la cintura con esa sensación juvenil de querer vivirlo todo y creer saberlo todo.

El Savoy tenía todavía el olor de los cines de barrio: butacas roídas por el tiempo, pasillos angostos y un terrazo cobrizo en el vestíbulo con rayas blancas que nos invitaban a saltarlas como cuando éramos pequeños. Salíamos a la calle intentando pisar solo las baldosas rojizas; tal vez nuestra infancia no fuera un episodio muy lejano.

Al llegar al puente del Kursaal nos habíamos dado tantos besos como pasos dejábamos atrás y, cuando entramos a la Parte Vieja por la calle Aldamar, aún tuvimos ganas de detenernos en un portal, mirar las luces encendidas de las farolas modernistas y tocarnos con avidez, como si la vida transcurriera a la velocidad de la luz.

Pasamos la noche en el recorrido típico de todas las cuadrillas donostiarras un viernes. Del Mendaur al Txalupa y de ahí, a lo largo de la calle Fermín Calbetón, por el Tiburcio y el Itxaso para terminar como siempre en el Sport. El camaleónico ambiente de los bares de nuestra juventud parece continuar de aquel modo: lugares de *poteo* en las mañanas y tardes, improvisadas discotecas con canciones a todo volumen durante las madrugadas.

El desayuno, tras toda una noche de farra, solía hacerse en una chocolatería junto al puerto. Llegábamos dos o tres parejas con las voces quejumbrosas y afónicas, el sudor pegado a las camisetas, ojeras humosas, manos que resbalaban en los bolsillos por la efímera cuantía de las pagas y un hambre feroz que nos hacía rugir las tripas. Devorábamos los churros y paladeábamos el chocolate como si fuera un espeso bálsamo que curase todos los excesos nocturnos, para así devolvernos a la claridad diurna con cierta energía.

Aquella mañana de sábado, Imanol y yo nos entretuvimos más de la cuenta en la chocolatería. Continuaban los abrazos, las caricias y las confidencias. Fuimos andando hasta el Boulevard abrazados por la cintura, sintiéndonos uno parte del otro. A la altura de la calle Legazpi, justo cuando íbamos a cruzar un semáforo, vimos un Peugeot parado ante el paso de cebra. A su derecha se colocó una motocicleta con dos jóvenes, uno de los cuales estaba ligeramente erguido sobre ella. Cuando el automóvil se disponía a reanudar la marcha uno de ellos dejó una bolsa en el techo del vehículo. Contuve la respiración y estrujé de forma instintiva el brazo de mi novio. Los motoristas apretaron el acelerador y huyeron. Apenas nos dio tiempo de agacharnos y cubrirnos la cabeza. En cinco segundos la enorme onda expansiva nos tiró a la acera, desplazándonos varios metros. Permanecimos tendidos en el suelo, inconscientes, durante no sé cuánto tiempo. De pronto sentí un ruido atronador de sirenas y el sonido de ambulancias acercándose. Abrí los ojos y me incorporé, apoyándome en los codos, sin percatarme de la sangre que cubría mis piernas inmóviles. Busqué con la mirada a Imanol, pero no lo vi. A mi alrededor un niño de unos siete años yacía con los brazos destrozados, un joven tendido bocabajo pedía auxilio con un gran boquete en el hombro. Escuché entrecortados llantos, gritos de rabia... Distinguí el coche del semáforo completamente destruido. Las dependientas del comercio de enfrente se afanaban en extender un gran rollo de tela blanca sobre las víctimas. Vociferé desesperada, pues no encontraba a Imanol en ningún punto de mi campo de visión. De repente una señora que salió de una tienda de mariscos comenzó a hacerme un torniquete en la pierna izquierda, mientras trataba de calmarme con palabras medidas y repetitivas. Perdí el conocimiento en el instante en que dos camilleros me subían a una ambulancia. Las puertas se cerraron tras de mí y la oscuridad se cernió sobre mi mente como un manto pesado.

Desperté en una sala blanca. Las sábanas que rozaban mis brazos eran esparto. Una luz azul parecía hacerme señales desde la puerta. Volví mi rostro hacia un lado, desde el que conseguí escuchar un breve murmullo. La larga cortina que separaba a los pacientes inundó de nuevo mi mirada de un albo canso e inoportuno. Sí, era Imanol quien se encontraba junto a mí, en la cama contigua. Lo supe porque me musitó unas breves palabras al notar que me movía.

—Líber, nos recuperaremos. Tengo los ojos tapados, una contusión craneal y heridas por todas partes. Me evacuaron antes que a ti del lugar del atentado. Vendrá el doctor a explicarte. No te van a intervenir, pero tienes los dos peronés dañados y deberás estar inmovilizada un tiempo. Paciencia.

—¿Atentado? ¿Quién ha sido? —acerté a preguntar.

—¿Quién va a ser, Líber? La ETA.

Todo el invierno, cayese lluvia o nieve, subí por la cuesta de Errondo con la abuela Aurori hasta el hospital San Juan de Dios para realizar la rehabilitación. Nos enfrentábamos a esa pendiente como a un muro. No había recuperación que pudiera superar ese ascenso, pero debíamos subirlo por no tener dinero ni para el billete de autobús. Nadie podía prever que, tras meses de estar en aquel hospital haciendo ejercicios rehabilitadores, sería tu bisabuela la que ingresase allá. Nunca más saldría de aquel hospital. Ya sabrás un poco más adelante algún detalle de aquello, aunque tú y yo lo hayamos hablado en ocasiones.

Ser hija de Domingo Arregui *Txoritxu* nunca fue fácil. Detenido, torturado y asesinado por Melitón Manzanas, que su única descendiente estuviera como testigo y víctima, aunque este último aspecto nunca lo consideraron, en un atentado perpetrado por ETA contra el gobernador militar de Guipúzcoa levantó algo más que suspicacias entre las fuerzas de la lucha antiterrorista. Recuerdo el interrogatorio al que me sometieron como una auténtica vejación.

Entré a la habitación de la Comandancia con muletas. Nadie me identificó ni ofreció asiento durante la espera. Apareció un agente de aspecto mohíno que, una vez sentado, se transformó en un bárbaro con preguntas sin tregua, que nada tenían que ver con lo acaecido y sí con la historia de mi familia. Nuestra familia, sí, una familia que jamás había participado en episodios violentos. Y que, sin embargo, padeció en carne propia la terrible represión franquista. El hambre de muchas familias, caídas en desgracia antes de que Franco comenzase a agonizar, también era un arma generadora de muerte. Hambre que se prolongó incluso durante la llamada transición a la democracia y ya entrados los años ochenta.

En mi barrio había edificios enteros de mujeres solas al frente de media docena de hijos, donde la necesidad era algo más que no poder llegar a fin de mes. Pero el horror del hambre es demasiado fiero como para ser narrado. Solo se puede sentir. Nada más que sentir.

Bordeaux se asomaba por la ventanilla del tren. Levanté la vista del manuscrito e inspiré. Los mares de viñedos a lo lejos, las almenas boscosas me hicieron añorar el semblante de mi madre cuando juntos paseábamos, siendo yo niño, por Bodegas Ochoa en Olite al final de agosto, en vísperas de la celebración de la vendimia en Navarra.

Una señora mayor no dejaba de observarme desde el asiento contiguo al mío.

—*Voulez-vous sortir?*

—*Oui, madame, s'il vous plaît.*

Recorrí un pasillo tras otro hasta encontrar en la parte central el vagón-cafetería. Apoyándome en la esquina de los cabeceros de los asientos, miraba las caras de las gentes que hacían viaje conmigo hasta París. Absortos hombres de negocios que no retiraban la mirada de las pantallas de sus ordenadores, familias venidas desde lejos hasta Francia, viajeras solitarias y algún joven que, como yo, desconocía qué planes tendría la Ciudad de la Luz para su vida.

La camarera me sonrió y ofreció una cuartilla plastificada con la carta de cafés. No pude devolverle la sonrisa, tan solo pedí un descafeinado en vaso grande y me quedé en una esquina de la redondeada barra, al albur del traqueteo.

Muchas veces, de pequeño, había escuchado esa vieja historia, sin percatarme del verdadero alcance que tuvo en la vida de mis progenitores. Entonces, de repente, casi sin querer, me empecé a hacer una pregunta que hasta el momento tan solo había planeado por mi mente de manera difusa: ¿era Imanol mi padre?

Un año antes de la muerte de mi madre me habían surgido dudas al respecto. Eran pequeñas incertidumbres alojadas en lo más profundo. Casi no quería tocarlas ni plantearme de forma clara la cuestión, por temor a no obtener respuesta alguna.

¿El hombre con el que viví hasta los once años era mi padre biológico? Durante el divorcio escuché en casa muchos reproches, cuentas pendientes, interrogantes sin resolver, y era evidente que si bien el matrimonio se había gestado de forma precipitada tras un noviazgo más bien intermitente, la convivencia entre ambos no resultó satisfactoria para ninguno. El trabajo fue para ambos siempre una escapatoria. El viaje que había emprendido tendría que darme la respuesta sobre si mi padre era Imanol o aquel alemán que había compartido avatares con mi madre en El Salvador.

Ya cerca de Bordeaux miré las vías que se aproximaban a la estación de St-Jean. Un escalofrío recorrió mi espalda y me hizo dar un respingo: era la inquietud que me producía el pensar que quizá en la estación de Montparnasse en París, en la siguiente parada del tren, vería a… ¿*aita* o *Vater*? ¿Cuál era mi realidad de hijo? Me retrepé sobre la barra e intenté fijar de nuevo la mente en la reciente lectura.

En aquel lejano atentado, acaecido en San Sebastián durante los años más duros, hubo tres víctimas mortales y un montañero, amigo de mi ¿padre?, Imanol Beltrán, quedó huérfano. En las ocasiones más dispares, siendo muy pequeño, el *aita* venía y me relataba aquello como un episodio de guerra. A tan corta edad, no comprendía muy bien el grado de ira que se expandía entre víctimas y victimarios. Yo pertenecía ya a una generación en la que la violencia del País Vasco y Navarra se atemperaba y daba sus últimos coletazos. Recordé, de pronto, la Nochevieja en la que surgió una discusión a costa del relato de ese y otros sucesos. ETA acababa de hacer estallar una bomba en el aparcamiento del aeropuerto de Madrid. El *aita*, como en otras ocasiones en las que ETA actuaba, saltó del sofá profiriendo todo tipo de improperios, amenazas y peticiones de pena de muerte. Luego, le veía derrumbarse en la misma butaca, maldiciendo la postura de mi madre. Como periodista había estado amenazada por la banda armada, dada su inquebrantable defensa de los derechos humanos. Y yo, esa situación vivida por ella, siempre la conocí sin querer saber, sin aspirar a que nadie me contase los detalles. Vivía en una ignorancia autoimpuesta, para no permitirme sufrir.

Libertad mantuvo siempre la plena convicción de que la mejor forma de educarme era dándome a conocer las múltiples violencias que tuvieron lugar en nuestra tierra, que era el hogar de nuestros abuelos, el que adoptaron nuestros bisabuelos venidos de León y Aragón para trabajar.

Mi familia materna sufrió esa maldita violencia, ejercida desde distintos flancos. No olvidábamos la muerte de *Txoritxu*. La violencia nunca supo de bandos ni de victorias. La violencia es siempre descarnada y espantosa. La misma de la que ella fue testigo en El Salvador durante su juventud. El mismo terror callado e injustificable de las torturas, de la extorsión, de la muerte. La violencia, antítesis de la vida. Esa vida que tanto amaba mi madre.

> *Nuestros muertos son muertos con espíritu. No son muertos que se destruyen, que se matan, que se olvidan, sino muertos que continúan activos y vivos en la sociedad a la cual pertenecieron, generando espíritu humano, generando dignidad humana, generando capacidad crítica, capacidad constructiva, imaginación.*

Era el párrafo que me leía con asiduidad cuando en los informativos daban malas noticias sobre la marcha del proceso de paz en el País Vasco. Eran las palabras del rector de la Universidad Centroamericana de El Salvador, pronunciadas con los cadáveres aún calientes de sus compañeros jesuitas.

—Los que mueren en situaciones violentas —me decía, mirándome fijamente— son testigos de las acciones que llevaremos a cabo para resarcirlos. Jamás una vida arrebatada es una vida en balde. Los muertos nos apelan, hijo. Tocan las puertas de nuestra alma, la sacuden.

Nuestros muertos son muertos con espíritu..., repetí en voz baja, la frase insignia con la que Libertad instruía sobre la dignidad de las víctimas. No quise velar con otros pensamientos la imagen que me venía de ella, de nuevo directa a la mente. Una vez más estábamos juntos, recostados en el sillón del apartamento que compartimos durante los últimos años, el uno junto al otro, frente al televisor. Ella con sus imperecederos *jeans* y una camiseta *hippy* color lila, esbozándome una sonrisa esperanzada, mientras pegaba su cara a la mía y el flequillo se le arremolinaba al acercarse, cálida y maternal, para darme un beso de esquimal. Era entonces cuando yo la abrazaba, apretándola con todas mis fuerzas, como si no hubiera persona más importante en el mundo.

La camarera se dirigió a mí, al iniciarse la marcha el tren, ya directo a París. No se percató de que tenía las manos cubriéndome el rostro para que nadie pudiera ver cómo las lágrimas acechaban mis pupilas. A esa edad me daba vergüenza que los adultos me vieran llorar.

—*Un euro et demi, s'il vous plaît, monsieur* —me dijo diligentemente.

Nuestros muertos no son muertos que se destruyen..., le respondí en castellano sin que me entendiera. Después ya no pude contener por más tiempo el llanto.

EL MOZOTE, LA VOZ
DE LOS MUERTOS

—Tres, dos, uno. Grabando.

Libertad Arregui se colocó la coleta dejándola caer sobre su hombro izquierdo. Respiró hondamente y se tentó el micrófono, prendido a la blusa.

Los muertos de El Mozote viven. Se levantan y salen de la tierra donde se les masacró para reclamar justicia. Sus asesinos se regodean aún en la impunidad, mientras ocupan altos cargos como mandos dentro de las Fuerzas Armadas o piden un precipitado asilo en Estados Unidos.

Fue Pedro Chicas, un humilde campesino, quien el veintiséis de octubre de este mismo año denunció a los militares que ordenaron y ejecutaron la masacre cometida en estos cantones y caseríos entre el diez y el trece de diciembre de 1981. Aún hoy, casi una década más tarde, por muy increíble que parezca, la justicia no ha pasado por estos lares.

Les hablo desde El Mozote, un lugar rodeado de montañas y ríos de una inmensa belleza, a algo más de doscientos kilómetros al noreste de San Salvador, en el departamento de Morazán. Les narraremos sobre el terreno los pormenores de lo que fue el mayor atentado contra civiles inocentes y desarmados en América Latina. Un genocidio sobre el que nadie responde y sobre el que todos se lavan las manos.

Era nueve de diciembre, como hoy, un día antes el gran operativo militar se desplegó por toda la zona. Un comerciante se topó con oficiales del ejército. Estos le dijeron que no iban a causar ningún daño a la población con tal de que se mantuvieran encerrados en sus casas, ya que solo iban a «limpiar la zona de guerrilleros». Lo que nadie sabía en La Joya, Cerro Pando, Jocote Amarillo, Ranchería, Toriles, Arambala y Cerro Ortiz es que el ejército tenía la orden expresa de poner en marcha la «Operación Rescate» siguiendo la estrategia de «tierra arrasada» en una zona, como es el oriente del país, bajo control insurgente. Esta maniobra de contrainsurgencia consiste en devastar todo: cultivos, animales y personas.

Tras tres días de matanzas en la aldea de El Mozote y siete caseríos más, el número de víctimas asesinadas se calcula que pudo ascender a más de un millar, de las cuales cerca de la mitad fueron niños menores de doce años.

Pero vayamos desgranando qué es lo que ocurrió, según los testigos supervivientes. Nos internamos por este camino de tierra que se inicia detrás de la ermita. Este paraje es de un verde sobrecogedor, que nos recuerda al País Vasco. Los árboles nos abren paso hasta la casa de la familia Márquez, donde fueron masacradas casi veinte personas que todavía no se han podido exhumar. Al fondo de este terreno está la entrada a El Mozote, síganme; en su plaza central comenzó la más terrible barbarie jamás vista en Centroamérica.

A lo largo de la tarde del diez de diciembre y, tras un bombardeo aéreo y de artillería, alcanzaron este llano militares que exigieron hacer de guía a un joven de dieciocho años, Óscar Antonio, el cual había llegado a casa justo cuando asesinaban a toda la familia. Una vez alcanzaron El Mozote, bayoneta en mano, aporrearon casa por casa para que sus habitantes salieran a la plaza. Tirados al suelo bocabajo, maniatados y con los ojos vendados, hombres, mujeres y niños fueron interrogados según las técnicas de tortura aprendidas en la Escuela de las Américas.

Esas gentes eran solo campesinos que vivían del frijol, del maíz, de los cañales y que nada sabían de armas o insurgencia. Tras ser torturados, y a la espera de recibir órdenes sobre qué hacer con esos pobladores, volvieron a encerrarlos en sus casas.

El holocausto campesino comenzó al día siguiente, el día once de diciembre. Entre las cinco y las seis de la madrugada un helicóptero tomó tierra en este mismo círculo de polvo, por aquel entonces rodeado de simples casas de adobe. Era el mensaje del espanto: la orden de que nada podía quedar vivo. El mandato del exterminio absoluto de la vida.

Santolaya desprendió su mano izquierda del foco de la cámara por temor a que Libertad no pudiera continuar e hizo con el dedo índice un gesto de rotación, en señal de que siguiera. Ella cerró los ojos unos segundos, era consciente de que el aire no penetraba en sus pulmones de forma satisfactoria, de que sentía ahogo, angustia. Intentó recomponerse. El cámara improvisó durante esos segundos eternos una panorámica en barrido, para después enfocar de nuevo a la reportera, esta vez en un primer plano, mientras le levantaba el puño izquierdo. Ella respondió con garra, miró a la cámara y reanudó la ráfaga informativa.

Esa terrible mañana el operativo dividió a la población en tres grupos. Los hombres fueron aprisionados en la ermita. Justo aquí detrás, ustedes pueden ver los restos, sígueme Íñigo, vamos a mostrárselo a nuestra audiencia.

En una edificación a la que denominaban el convento fueron encerrados centenares de niños con un grupo de madres. A las mujeres más jóvenes y a las más ancianas las llevaron hasta la casa de Israel Márquez, el médico. Uno de los primeros en ser degollado fue Domingo Claros, el marido de Rufina Amaya, única mujer superviviente, sin la cual nada de lo que les estamos contando hubiera salido a la luz. Domingo se enfrentó a quienes le maltrataban y pagó con la vida por ello.

Dentro de la iglesia fueron golpeados, mutilados y, finalmente, tiroteados. A falta de cal viva, sus cuerpos fueron amontonados y quemados, generando una columna de humo que desató el pánico entre las personas que permanecían vivas. Los aún supervivientes se debatían entre la imposibilidad de la huida y un olor insoportable a muerte.

A eso de las cinco de la tarde les llegó el turno a las mujeres. Puestas en fila, los soldados las iban eligiendo. Las mayores de doce años fueron desplazadas al cerro La Cruz. Allí se las violó sistemáticamente durante los días que duró la «Operación Rescate». Degollamientos, decapitaciones, violaciones múltiples con palos y fusiles, trepanaciones, estupros y toda clase de violencia sexual tuvo lugar en ese cerro que ven al fondo. No se respetó ni a las embarazadas, a muchas de las cuales se les provocó el parto para, a posteriori, obligarlas a ver sus fetos colgados en las ramas. Pasados tres días, amaneció una nueva pilastra de humo, ya que los cadáveres de todas ellas también fueron abrasados en una pira.

Sin embargo, en medio de esta rueda criminal, en medio de este compendio del horror, en medio de este infierno en la tierra, el capítulo más horrendo, si es que más terror tenía cabida ya, vendría a perpetrarse en el llamado convento, donde niños que apenas habían empezado a vivir fueron objeto de las mayores barbaries imaginables.

Se estima que más de quinientos chiquillos y media docena de madres fueron ahorcados con los cordones de las botas de los propios soldados, lanzados al aire bebés que se fueron clavando en las cuchillas de las bayonetas, golpeados hasta quebrarles brazos y piernas. Los niños gritaban a sus madres pidiendo auxilio y llorando sin consuelo: «¡Mamá, nos están quemando! ¡Mamá, nos quieren matar!». Fueron abiertos en canal, disparados a bocajarro y, al final de toda esta cadena de inmundicia humana, arrinconados y quemados vivos.

Libertad Arregui se irguió más de lo usual en ese punto de la narración. Con una barbilla desafiante frente a la cámara, sus ojos brillaban a medio camino entre la ira y el desconsuelo. Santolaya se alejó con la cámara para relajar la tensión y dio comienzo a un desplazamiento en círculo para grabar el escenario desde distintos puntos. Arregui prosiguió, ya para concluir:

Desde Arambala, municipio donde las cinco compañías del batallón Atlácatl iniciaron el ataque, junto a la Tercera Brigada de Infantería de San Miguel, más los comandos del Centro de Instrucción de San Francisco Gotera y paramilitares, el degolladero se extendió en forma de herradura los días doce y trece por el resto de caseríos. Se emplearon fusiles, bombas y granadas contra toda la población de El Mozote y aledaños, incendiando casas y tierras, matando el ganado. Efectivamente, nada quedó vivo, excepto los verdugos.

¿Quiénes ordenaron estos crímenes de lesa humanidad? ¿Quiénes son los responsables de tan graves violaciones de los derechos humanos? ¿Los autores de esta masacre responderán algún día ante un tribunal? El primer mando del operativo era Domingo Monterrosa, teniente coronel que luego fue ajusticiado por unidades guerrilleras especiales. Su helicóptero estalló al iniciar el vuelo debido a una bomba colocada en un radio-transmisor decomisado por sus tropas al pensar que era la emisora de Radio Venceremos. Con él se encontraban el mayor Azmitia y otros doce efectivos, entre los que había siete oficiales. Sus restos quedaron desparramados por el municipio de Joateca, cercano a El Mozote. Nadie aquí le lloró ni rezó por su alma. Nunca antes un verdugo había caído descuartizado sobre los esqueletos de sus víctimas.

Los generales Flores Lima, Bustillo, García, los coroneles Flores Grijalva, además de Cisneros y el mayor Cáceres Cabrera, alias el Carnicero, también ejercieron el mando durante las matanzas. Podríamos seguir nombrando hasta más de una docena de ellos: teniente coronel Landaverde, capitanes Méndez, Rodríguez, Salazar… Y por encima de todos los oficiales y los soldados rasos el ministro de Defensa general José Guillermo García Merino. Ninguno se ha sentado hasta el día de hoy en el banquillo de los acusados. Una luz de esperanza se abre en el caso 238/1990 con la ayuda de la activista María Julia Hernández y el asesoramiento de la ONU. Y aquí estamos para contárselo. Los supervivientes salieron de las cuevas arrastrándose, superaron las cuestas de los barrancos, sortearon las quebradas, recorrieron los cerros en busca de refugio. Han vuelto y claman justicia.

Al lado de estas ruinas evocamos las fotografías de Susan Meiselas, las informaciones de nuestros colegas Raymond Bonner y Alma Guillermoprieto que, un mes después del holocausto, llegaron hasta aquí para realizar sendos reportajes encargados por *The Washington Post* y *The New York Times*. Poco después, la administración Reagan les tachó de locos. Se les apartó de sus trabajos en Centroamérica, a la vez que nuevas ayudas de más de un millón de dólares al día eran donadas a las Fuerzas Armadas salvadoreñas con la excusa de frenar el comunismo, cuando lo que se estaba produciendo era un exterminio planificado de pobres de solemnidad.

Recordando a Pedro Chicas, a Juan Bautista, a Sotero Guevara, a Antonio Pereira y, sobre todo, a la valiente Rufina Amaya, todos ellos supervivientes que han dado el paso definitivo para que se haga justicia en esta tierra llena de desolación nos despedimos. Gracias, porque son ustedes con su atención quienes hacen posible estas *Crónicas desde La Libertad*. Espero que tengan una buena jornada. Y, sobre todo, no olviden ser felices.

Santolaya subrayó el cierre con un gesto de mano horizontal y seco a la altura del cuello para, a continuación, apear la cámara al suelo en un ademán que a Libertad le resultó violento y, por ello, se le quedó mirando con una fijación interrogativa y desconcertada.

—Puta salvajada, colega. Puta salvajada —soltó el cámara.

—Ahora me vas a decir que es la primera vez que ves esto, ¿verdad?

—Anda ya, niña.

Santolaya iba arrastrando los pies, apesadumbrado, sujeto con ambas manos al aparato como queriendo aferrarse a lo registrado. Siempre que grababa en lugares donde habían ocurrido grandes matanzas se acoplaba a su cámara con avidez, con una destreza áspera, un tanto obsesiva. A Arregui le resultaba extraño, porque sabía que no era lo más terrible que él había grabado a lo largo de su vida profesional. Ni sería lo más cruel que a ella le tocase narrar.

Libertad le había interrogado muchas veces por aquella actitud. Ella entendía el celo profesional de Santolaya, pero no la jerarquía que establecía con las imágenes grabadas, ni su actitud según se tratase de una masacre, un tiroteo, un huracán o un funeral. Tan solo conocía, por sus compañeros de ETB, que Íñigo había dejado de trabajar para RTVE tras la caída de Saigón, en donde perdió a su mujer y su hija.

Sus problemas con el alcohol comenzaron justo después de volver de Vietnam y, por ello, fue despedido, aunque consiguió reactivar su carrera como uno de los cámaras de guerra más importantes de España. Se prometió a sí misma averiguar qué escondida motivación había tras aquellas predilecciones de Íñigo en cuanto a las grabaciones de reportajes, compactados, piezas informativas… Quería interrogarle sobre ello. Con esas cábalas circulándole por el pensamiento de forma vaga, imprecisa, Arregui se dirigió hacia el todoterreno. Observaba solo el suelo, el caminar de sus pies al pisar una tierra rojiza, blanda. Sin levantar la mirada, apremió a su compañero:

—Quiero llegar pronto a la UCA, hoy tengo clases de Comunicación. Y tú deberás ir al habitáculo de La Libertad, a la sala de edición, a...

—Shé, shé, shé —interrupió Santolaya—. Párame ahí eso, guapa. ¡Hay que joderse! O sea, que la niña se va a dar sus clasecitas y yo me voy a tragar todo el curro de la edición...

—Tengo clase...

—¡Y yo tengo planes! —gritó a la vez que trajinaba con la cinta de vídeo de la cámara.

—¿Con quién tienes tú planes? Vamos a ver, que yo me entere... —curioseó Arregui con una media sonrisa dibujada en el rostro y cierta chanza en el tono—. Arranca el bólido, que tenemos más de cuatro horas por delante...

—Eso si no nos paran —apuntó Santolaya—. Y no arranco nada: conduces tú, guapetona, que estoy deslomado. Y espero que almorcemos en el desvío de San Vicente, aunque sea carne de chucho...

Libertad se acomodó en el asiento del conductor. Vio cómo su compañero colocaba la cámara con un cuidado infinito en la parte trasera del vehículo. Le sonrió con complicidad para, a continuación, señalarle que se tenía que colocar el cinturón de seguridad y, tras ponerse en marcha y recorrer un camino de tierra de unos cuatro kilómetros, enfilaron hacia la carretera Panamericana.

El trayecto hasta el desvío de San Vicente transcurrió tranquilo: una frondosa vegetación a ambos lados de la carretera, un tráfico moderado y nubes al paso que coronaban los picos de los volcanes. Arregui, que estuvo atenta a la carretera y no tanto a su adormilado compañero —quien iba dando buena cuenta de una petaca con licor de nance—, sintió un pinzamiento en el pecho a pocos metros de divisar los primeros comedores populares junto a la calzada. Le solía pasar a menudo y, cuando ocurría, lo disipaba con algo de dulzura en el pensamiento y varios ejercicios de respiración profunda. Íñigo notó la repentina indisposición, se incorporó en su asiento y le marcó con el brazo fuera del vehículo dónde podrían estacionar.

—Para frente al comedor Las Palomas. Y hazme el favor de respirar bien, que cualquier día me das un susto, niña —refunfuñó quejicoso—. ¿Vas bien ya o te voy a tener que hacer un boca a boca? ¿Mucho calor húmedo para ti o qué pasa?

—Cállate ya, pesado.

—Anda esta, haciéndose la dura... Solo a ti se te ocurre venirte a la guerra con la patata averiada...

—Que te calles.

—Ay, mírala qué estirada se pone. Claro, como el corazoncito, el otro, el *cuore dil amore*, lo tienes bien cubiertito con el alemán ese... —rezongó divertido Santolaya—. Pero te me cuidas esa patata —señaló al pecho de la reportera— sin hacer más esfuerzos de los debidos, o me chivo en tu boda de los homenajes que te estás pegando aquí con material germánico. Y aparca ahí de una puñetera vez, que me rugen hasta las almorranas.

Al frente del comedor Las Palomas estaba una mujer de unos cincuenta años a la que todo el mundo conocía como niña Dalia. El lugar tenía una techumbre endeble y dos largas mesas de madera con bancos para los comensales. Al fondo, un horno de piedra sostenía una bandeja redonda repleta de tortillas de maíz y dos largos pinchos asaban carne ensartada a fuego lento sobre las brasas. Varios cubiletes de plástico contenían aguacates, arroz, chimol, tomates, cilantro y limones. Las cuajadas reposaban sobre un plato llano y el olor que se expandía por todo el lugar procedía de una enorme cazuela de frijoles que también esperaba, desde hacía años, el final de la guerra en la parte menos caliente del fogón.

—Regáleme un completo, niña Dalia —vociferó Santolaya—. Y para esta muchacha lo mismo, que está en los huesos. Póngame también dos Pílsener y un fresco de coco para la pelirroja.

—Podré pedir yo, ¿no? ¿O vas a pedir tú siempre? ¿Y qué es eso de que nos lo regalen? —protestó Arregui—. ¿La carne es de chancho o de chucho?

—Parece que llegaste ayer, niña. Regalar, o sea, pedir la comanda, que hay que explicártelo todo. ¿La carne? *Amos, nomejoas*, te comes lo que te pongan, que no estamos en Arzak.

—¿Y dos Pílsener? Después de los trabucazos de licor que te has metido entre pecho y espalda por el camino... A veces no sé si bebes más que refunfuñas.

—Mira, bonita de cara, tú métete en tus asuntillos y a mí me dejas en paz, que podría ser tu padre. Bueno, como el alemán...

—¡Ya vale con el alemán, Santolaya! —cortó Arregui—. Estás todo el día con él en la boca. Que si el alemán por aquí, que si el alemán por allá. ¿A ti qué te importa si yo tengo una relación antes de volver a San Sebastián? ¿Acaso me meto yo con Olga y tu amancebamiento? ¿Te he dicho yo algo cuando estáis juntos en la casa del puerto? Somos compañeros —prosiguió—, un equipo. No somos familia ni nada, así que ¡basta ya de comentarios improcedentes!

—Uy, uy, uy, cómo se ha puesto mi reportera favorita... —se regocijó el cámara con el enfado que mostraba de pronto Libertad—. Pues sí somos familia, señorita. Al menos aquí. Yo me ocupo de ti y tú, a juzgar por cómo controlas las cervezas que me trinco, también de mí. Así que vamos a ser niños buenos y a llevarnos bien, que Olga y Helmut desaparecerán algún día, pero a ti y a mí nos quedan más kilómetros en esas guerras que tomates hay en los agostos de Buñol —zanjó—. Brindemos por ello. ¡Por las guerras venideras!

—¡Vete a la mierda! ¡Serán tus guerras venideras, que yo a este paso no llego a la siguiente! —expresó ya en tono distendido Libertad, mientras hacía chocar su vaso con el de Íñigo.

Pagaron el avituallamiento con propina y prosiguieron el trayecto hasta la universidad de los jesuitas. Condujo pensativa, dándole vueltas a las reflexiones del cámara sobre lo que eran los apoyos de los reporteros de guerra. Era cierto, concluyó: los afectos que surgían durante los conflictos armados entre compañeros eran más fuertes que los de la propia parentela. Muchos corresponsales habían perdido a sus familias debido al ritmo de trabajo, pero el reporterismo de guerra siempre generó entre compañeros alianzas y lealtades con más enjundia que las de la propia sangre.

¿Qué pasó con la familia de su compañero? ¿Cómo fue que los perdió? ¿Quién acabó con ellos?, se preguntó Libertad mientras tasaba cuán profundo era el sueño en que se hallaba inmerso Santolaya, dormido a su vera tras el almuerzo, no sin antes haber departido juntos sobre lo que fue el antiguo puente Cuscatlán, en cuya voladura participaron vascos. Antes de llegar al desvío de San Vicente lo habían dejado atrás y rebajado la velocidad por transitar sobre una estructura provisional que sustituía al viejo puente volado. Entonces, Libertad Arregui se mostró interesada en tener más información del que fuera uno de los episodios de guerra más impactantes en El Salvador.

—Vascos hay siempre hasta en el último rincón de la selva —adujo Santolaya cuando su compañera le preguntó por los participantes en las voladuras de los puentes sobre el río Lempa.

—Pero estuvo ahí el tal Iruretagoyena, de ETA, con explosivos… ¿no es así?

—Eso dicen, pero fíate tú. Que también lo dijeron de tu Helmut, de Jon Cortina y quizá lo digan de mí mañana por la mañana cuando despierte con resaca —concluyó Íñigo—. Si algo hace el gobierno, además de lanzar al ejército contra el pueblo, es intoxicar.

Según se iban acercando a la calle Cantábrico por un San Salvador sumido en un caos de vehículos en dirección prohibida, mujeres a la búsqueda de víveres en improvisados puestos callejeros y una notable presencia militar, todo ello debido a los diplomáticos que aterrizaban en la capital del país, a Libertad se le notó una alteración un tanto enternecedora, como de adolescente en su primera cita.

Junto al patio de piedra, en mitad de la calle, se abrió la puerta tras la cual apareció Helmut Kuntz, alertado minutos antes por el ruido inconfundible del todoterreno aproximándose. Se secó las manos en un delantal con los colores de la bandera salvadoreña y se dispuso a dar la bienvenida a los recién llegados.

—¡Eso es un hombre, y lo demás es un cuento! —voceó Santolaya con guasa—. Ya comimos, *Jarmut*. Te dejo a esta lista para echar una siesta, pero no me la entretengas mucho que luego tiene clase —recalcó en tono burlón sacando la cabeza del todo por la ventanilla del vehículo.

—Quédese tranquilo, Íñigo, que yo acabo de fregar los platos de toda la tropa que ha comido hoy aquí y, como un bendito, me siento a ver el noticiero con Líber.

—Como un bendito ha dicho, niña —le susurró al oído el cámara a su compañera que maniobraba para aparcar— hoy no te comes un colín con el bávaro, te lo digo yo...

—Cierra el pico, Santolaya —decretó la reportera—. ¿No tienes tú que seguir hasta La Libertad para editar las imágenes? Pues calla y relévame al volante, si es que se te ha pasado la moña...

—¿Se queda con nosotros? —preguntó Helmut aproximándose al asiento del copiloto.

—Me espera una trigueña en el puerto, querido *Jarmut* —apuntó optimista el cámara—. Ah, pero no me envidie, amigo, que antes tengo que currar mientras ustedes le dan a la gozadera —continuó con voz engolada a la vez que echaba el brazo por encima del hombro al alemán—. Y hasta esta noche no recojo a la pelirroja para ir al Centro Internacional de Prensa: ¡Euskadi espera nuestras noticias! ¡No se pierdan a la reportera más dicharachera y sus *Crónicas desde La Libertad*! —concluyó en medio de risotadas y gestos teatralizados que imitaban los de su compañera en las grabaciones.

—¿Te cambias de asiento o qué? ¿O te bajas a pillar marihuana en la champa del chapín? —inquirió Libertad, señalando el final de la calle.

—Ay esta niña, que no sabe que uno tiene la casita de La Libertad con más provisiones que el Cuartel Central de la Cuarta Brigada —se regocijó Santolaya.

—Cualquier día tenemos problemas con la embajada y con ETB por tus vicios... —alegó Arregui, un tanto resignada.

—Quédate con los arrumacos de *Jarmut* y déjame ya de dar la brasa, niña, que me queda todavía una hora de viaje —le replicó el cámara desde el asiento del conductor, viéndola entrar en la casa de huéspedes de la UCA—. Paso a las nueve para cenar en el Centro Internacional de Prensa y enviarlo todo a la tele. Y hazme el favor de mirarte el anillito que llevas en la mano cuando te sueltes la melena de amazona. Prometo no decir nada cuando me invites a tu boda, pero al menos siente un poco de culpa, ahora que todavía estás cándida —le berreó, ya arrancando el todoterreno.

—Que no grites, pelma, que te va a oír todo el vecindario —zanjó la reportera.

Arregui tomó rauda y sonriente de la cintura a Helmut, se dieron media vuelta y ambos sacudieron el brazo en alto como displicente gesto de despedida hacia su compañero, que rodaba de nuevo con destino al puerto de La Libertad.

Cuando abrió la puerta para entrar al salón, primero observó cómo Helmut se quitaba el delantal con un meneo de caderas sensual y un punto de comicidad, después se le aproximó deseosa y, antes de besarle, se desabrochó varios botones de la blusa. Un hilo grueso desprendido de un botón se le enroscó en la alianza que lucía en la mano izquierda.

—Trae, que te ayudo a desliarla.

—No pasa nada. Ya está. Me queda grande.

LAS ALIANZAS DE LOS ASUET

Pasados unos minutos me senté en una de las altas banquetas situadas junto a las mesas con forma de ola adosadas en los laterales del vagón-cafetería. A mi lado, un ejecutivo ojeaba *Les Échos* con sus lentes en mitad de la nariz y sorbía un café en un vaso de cartón a punto de desbordarse. Instintivamente, toqué el bolsillo derecho de mis vaqueros. Sí. Allí estaban. No había olvidado llevar conmigo las alianzas de los Asuet: Aurori y Nicolás Asuet. Fue otro de los encargos de mi madre, que siempre me había recordado que esos anillos pasaron, al menos, por cinco generaciones. Y que yo, en ese año 2008, era el último de los Asuet que los portaba. Debía custodiar aquellas alianzas para cuando una hija mía se fuera a casar. Así gira la rueda de la vida en nuestra familia, así preservamos su memoria, así les hacemos sobrevivir al olvido. Un olvido que nos recuerda que en el valle de Castanesa, un pastor con posibles se prometió con una muchacha de La Ribagorza y le entregó estas mismas alianzas hace ya siglos.

Según me contó mi madre, Aurori y Nicolás jamás se casaron. Por eso mi abuela Jeanne había nacido en Hendaya, porque durante el franquismo no la quisieron inscribir como hija de madre soltera, que es como se registraba a los bebés nacidos de parejas sin casar. Sin embargo, toda la vida llevaron, cada uno la suya, en el anular derecho, estas mismas antiguas alianzas.

Imanol y Libertad también llevaron durante un tiempo las alianzas de los Asuet. No solo desde que se casaron en la iglesia de los Franciscanos, cuando mi madre acababa de regresar de El Salvador; una vez muerta la bisabuela Aurori y siendo todavía novios, se las pusieron en el anular izquierdo como promesa. Me enteré en ese mismo vagón, cuando París aún estaba lejos y yo no hacía otra cosa que enfrascarme en la lectura de aquel manuscrito heredado. Nunca supe cuándo había sido escrito, pero es cierto que me sirvió para ahuyentar los fantasmas de la incertidumbre, para calmar la ausencia, para cubrir con aquellas palabras escritas el vertiginoso vacío de la soledad en tránsito. Así que me fui a mi asiento a recogerlo, lo llevé bajo el brazo de nuevo a la cafetería, me volví a sentar en una de aquellas incómodas banquetas, hinqué los codos en la mesa y seguí leyendo durante otro tramo del trayecto, sin reparar en nada de lo que sucedía a mi alrededor. Ningún trasiego de pasajeros pudo distraerme de la lectura de aquel pasaje, que inicié sorprendido por su arranque. Recuerdo aún aquella sensación de tener los ojos enrojecidos, pero, a la vez, dispuestos a continuar con su testimonio de vida.

El invierno del ochenta y siete transcurrió de una manera lenta y abrupta. Habíamos tenido un mal año. Perdí a Aurori, mi única familia en ese momento, por culpa de un cáncer de páncreas fulminante. Se lo diagnosticaron y a los dos meses, después de las navidades, ya la llevábamos a enterrar a Polloe. La sensación de desgarro, de pérdida, fue la experiencia más dolorosa de toda mi vida. Aun habiendo estado en conflictos bélicos y habiendo visto la miseria en todas sus formas, nada se ha podido comparar nunca al hueco, al doloroso vacío que me dejó la muerte de tu bisabuela Aurori.

Imanol y yo llevábamos ya un año saliendo juntos. Hicimos grabar la inscripción «Siempre solo tú» en las alianzas de los Asuet, que portábamos de novios en el anular izquierdo, como una manera de reforzar una relación siempre inestable. Era una forma de prometernos continuidad en tres palabras.

Noticias como la del atentado de Hipercor, la mayor masacre de ETA, que ocasionó la muerte de veintiún personas y en la que hubo decenas de heridos, nos hacían rememorar lo acontecido en el Boulevard donostiarra justo el año anterior. El recuerdo de las heridas, la recuperación, el miedo que nunca se cura, nos acosaban cada vez que se producía un nuevo atentado.

Algo más de una semana antes de que muriera Aurori, otro zarpazo de ETA nos hizo temblar. La reacción siempre era la misma al ver ante el televisor, en los informativos, un atentado: sudor frío, peso terrible en la frente, presión ensordecedora en las sienes, sonidos de sirenas dentro de la cabeza, palpitaciones, sensación de ahogo, temblor de brazos y rodillas. A veces, Imanol y yo nos abrazábamos, apagábamos la televisión y llorábamos un rato juntos. Luego, nos soltábamos de forma repentina y buscábamos cualquier tarea a realizar. El resto del día procurábamos no hablar sobre lo que acabábamos de ver, pero se mantenía aquella ráfaga de imágenes en nuestra retina. Polvo, gritos, edificios hechos trizas, agentes con cara y cuerpo chorreando de sangre que llevaban en brazos a niñas víctimas de la barbarie, gente desorientada, efectivos de ayuda tratándose de coordinar... Dolor. Dolor. Dolor. Dolor y más dolor.

El tiempo nos ayudó solo en parte. No difuminó el duelo todo lo que hubiésemos querido. La experiencia del terror se lleva muy dentro durante toda la vida. Y es cierto que el odio es un animal que se empeña en anidar dentro de los corazones, tras hacernos trastabillar, caer y volvernos a levantar con nuestras almas magulladas, tocadas por el horror.

Siempre procuré no transmitirte el pesar de haber sido víctima del terrorismo. Primero, porque a las personas que proveníamos de familias represaliadas por el franquismo nunca se nos consideró como tales y una tiende a pensar que está equivocada considerándose víctima de ETA cuando su padre fue asesinado por Melitón Manzanas. Mucha gente nos miraba como si nos lo mereciéramos, como si el terror de unos pocos fuera la respuesta y el precio a pagar por el horror de otros muchos a quienes durante más de cuarenta años se nos negaron las libertades, los derechos, el pan, la tierra y la vida. Muerte y más muerte en un país deshojado, en un mundo convulso. Segundo, porque para mí la ocultación era una forma de olvido. Velar las llagas era una manera de convocar a la fortaleza. Me ocurrió también al regresar de El Salvador. Las *Crónicas desde La Libertad* estaban ahí, en el aire, habían aparecido por televisión muchas veces, no solo cuando se emitieron en el programa de ETB, sino también para ilustrar los fenómenos revolucionarios de América Latina, las injusticias propiciadas por la guerra fría en Centroamérica, el reporterismo en medio de acontecimientos bélicos. Y, sin embargo, qué poco hablé de ellas y de la experiencia salvadoreña al retornar en enero del noventa y dos a mi tierra, al aterrizar en el aeropuerto de Bilbao, donde Imanol me esperaba con los brazos abiertos.

Lo demás, más o menos, ya lo conoces: boda preparada en un mes a todo correr y tu nacimiento el treinta de agosto de ese mismo año, tras las Olimpiadas de Barcelona, a las que también acudí en calidad de periodista, aunque acompañada del que era ya mi marido. Los Juegos Olímpicos y sus retransmisiones los pude concluir a duras penas y acabé agotada, dado mi avanzado embarazo, de unos siete u ocho meses. Nunca quise ni pude tener más hijos. Solo uno. Solo a ti.

Oh, recuerdo ahora, y me viene una sonrisa, cuando venías del colegio y me preguntabas que por qué no un hermanito. ¿Te acuerdas? Justo cuando acababas de entrar en Infantil, con tres años, y chapurreabas palabritas con esa media lengua tuya que nos enternecía.

—*Máma, ¡los ninos tenen un hemanito!*

Ay, qué belleza de criaturita eras con esa erre que se te resistió hasta los cinco años y solo con la intervención del logopeda la pudimos pescar... Lo evoco como si lo viviese en este preciso instante. Te tocaba la naricilla con el índice, me agachaba en cuclillas hasta ti y te daba un beso en el moflete mientras tus bracitos rodeaban mi cuello.

—Ah, Asier, la *amatxo* no puede tener más niños porque el corazón le hace ¡pum! —te cuchicheaba al oído, en medio de tu regocijo infantil e inocente.

Y con el pum, pum. Y la repetición del pum y más pum, riéndonos y abrazándonos, nos tumbábamos en la alfombra a jugar con los peluches que aún conservo en el armario de la habitación, entre las maletas, arriba en el altillo.

El noviazgo con Imanol fue atropellado, sí, e intermitente. La decisión de casarse, imprudente. Pero si hubiese que salvar una etapa de mi matrimonio con Imanol, esa sería la de tu infancia. Tu niñez la disfrutamos con plenitud, como los padres jóvenes que éramos. Con veintisiete años no nos daban fatiga las noches en vela de biberones y lloros en tus primeros meses. Pudimos con todo: diarreas, neumonías, catarros, fiebres y sarpullidos. Tu llegada al mundo fue el hecho más feliz que podíamos imaginar. Sobre todo para mí, pues con tu llegada la vida se me ofrecía abierta, gozosa, entrañable, tras haberme quedado sumida en una negrura vital, en un eclipse de desconsuelo por la pérdida de la abuela Aurori.

Su fallecimiento fue como un naufragio. De repente, me vi sin barco, sin timón, sin destino, sin mapas, sin singladura. Solía soñar en las noches de soledad con el cuadro de Géricault, *La balsa de la Medusa*. Bajo la sequedad de mis ojos con legañas se movía un mar de muertos sobre un escueto número de tablones y una vela rasgada. El amanecer se presentía como un halo de dicha difusa. La figura acodada sobre una pierna unía su resignación al amarre instintivo de los muertos por el hambre, y una pirámide de vida se abría paso por entre mojados ropajes, salitre y viento. Los últimos hálitos de vida trataban de abrirse paso con banderas de socorro. Solo cuando llegaba a ver en sueños la ola frente a la balsa, encabritada y, a la vez, benévola, despertaba empapada en sudor, agarrada a la sábana con las dos manos y bocarriba, intentando asir con fuerza el aire que entraba en mis pulmones a duras penas.

Fue el día de Santo Tomás por la noche. Yo volví a casa desde la Plaza de la Constitución vestida con el traje típico. Había estado con las amigas llevando un puesto de bocadillos de chistorra en la Plaza de la Constitución. Los vendíamos para sacar dinero de cara al viaje de fin de carrera. Una luz en la ventana parecía avisarme de algo. Parpadeaba de una forma extraña, tan pronto brillaba como se ocultaba.

Cuando llegué al piso de la calle de la Salud, como siempre, me dirigí a aquel *txoko* junto a la ventana del único dormitorio. Ahí, en ese cuarto, habíamos pasado la abuela y yo los últimos años. La vivienda estaba destartalada. La madera crujía a mi paso, podrida por la humedad. El portero nos había colocado en el suelo Sintasol, porque decía que así se disimulaba la podredumbre bajo nuestros pies y, además, de esa manera se podría fregar el piso. Las paredes eran irregulares y estaban empapeladas con dibujos geométricos romboidales de los años sesenta. Dos camas de madera de ocume con respaldos sin filigranas y colchas deshilachadas miraban todo ese espacio con cierta aflicción. Sobre la mesilla un flexo de lata, que las monjas de la calle Prim me habían regalado de una tómbola, daba una tenue luz blanquiazulada. Ni alfombras, ni adornos, tan solo un recorte de calendario prendido en la pared con tres chinchetas, en el que se veía al Cristo de El Greco cargando una cruz. Todavía me pregunto quién lo habría puesto ahí y por qué la abuela Aurori lo mantuvo. Frente a esa imagen deslucida y estriada meses atrás había caído yo de rodillas al saber el diagnóstico que la apartaría de mi vera para llevársela al infinito.

Me puse a cenar un bocadillo de atún. La cocina estaba justo enfrente del habitáculo donde dormíamos. Tenía una pared ennegrecida por los años de fogón y chapa y, al lado, una mesa de formica marrón y dos banquetas que conferían algo de dignidad al lugar donde comíamos.

En el segundo bocado me empecé a marear, sentí un ahogo, una repentina indisposición. Dejé la cena sobre un platillo de cristal donde habían caído las migas, me abrigué y salí a la parada del bus que me llevaría al hospital San Juan de Dios. Aurori llevaba allí dos meses. El cáncer la había consumido, sobre todo en las últimas semanas. A veces pareciera como si la muerte esprintase, como si quisiera acortar el aliento de vida cuando esta ya no es posible.

Entrar a un hospital de anochecida siempre fue un acto triste. Los grises azulados de la oscuridad y la neblina no se combatían con la luz ámbar de las farolas. Los largos pasillos, a esas horas, permanecían silenciosos, salvo el trasiego del personal que retiraba bacinillas o empujaba carritos de material médico.

Entré en la habitación donde se encontraba mi abuela, mi madre, mi todo. Las cortinas estaban medio echadas y tan solo un foco de luz blanquecina, procedente de la mesilla, alumbraba el pequeño espacio. Aurori estaba tapada casi por completo. Se atisbaban, por entre los bordes de las sábanas, unos hombros famélicos y huesudos; ella, que había sido siempre de una fortaleza portentosa, una mujer robusta y lozana hasta mucho más allá de los sesenta, en esos instantes se la veía exhausta.

Me acerqué a la cabecera y me apoyé en la cama contigua, que permanecía vacía, ya que no le habían asignado compañera de habitación. Sin querer hacer ruido, ni siquiera con la respiración, le miré el rostro. Cada arruga, cada surco de su frente, su barbilla, sus pómulos parecían albergar un momento de lucha, de puños cerrados, de revuelta contra el hambre, de desafío a la muerte, de poder vital. De pronto, de forma muy lenta abrió los ojos, volvió levemente su cara y me miró.

«Libertad, Libertad, te llevo en el corazón». Esas fueron sus últimas palabras. No pude tocarla, ni apenas rozar las yemas de mis dedos en su rostro desvanecido y tierno. Me incliné un poco y puse las manos sobre mi vientre para ver cómo subían al respirar hondo, en la especie de émbolo improvisado que era mi abdomen.

Como noté que no iba a poder evitar las lágrimas y no quería que me viese llorando, despacio, casi tambaleándome, me dirigí al aseo que se hallaba en la propia habitación. Una vez dentro cerré la puerta y, de forma inconsciente, comencé a golpear mi frente contra los azulejos del baño. Apoyadas las manos en la pared, una y otra vez, lanzaba mis sienes contra aquel tabique. Cerrados los ojos y a punto de empezar a sangrar por los porrazos, paré y quise ver en ese cese un punto de reflexión en el que, por primera vez en mi vida, me percataba de qué leve es el dolor físico si se le compara con el emocional.

Salí del cuarto de baño y me topé con la enfermera que, con gesto de asentimiento, me dio a entender que una inyección de morfina la aliviaría en sus últimas horas, y me entregó las alianzas que la abuela llevaba unidas en su anular, tras habérselas deslizado con dificultad por su dedo. Las mismas que llevas ahora contigo, para que el día de mañana se las des a tu hija: las alianzas de los Asuet. Yo llevé la mía en la mano izquierda durante mi estancia en El Salvador. Al casarme la puse en el anular derecho y, tras el divorcio de Imanol, los anillos se quedaron en un cajón del dormitorio, a la espera de que otro Asuet las tomase.

Me senté junto a la enfermera en el *office*, a la espera de que la noche dictase sus horas, y a eso de las cuatro de la madrugada salí del sopor. Escuché un suspiro lánguido y rumoroso. Corrí hacia el lecho de Aurori y enseguida toqué el botón rojo de urgencias que colgaba del cabezal. Inmediatamente, el médico llegó atropellado y me hizo salir.

No la quise ver muerta. Tampoco cuando la caja de madera que contenía su cadáver descendía hacia la tierra, el día que le dieron sepultura.

Sin ella con vida sentía que el alma se me quedaba ensombrecida. Como si una parte de mí sobrellevara ya siempre su falta en el interior, dentro de un alma cada vez más huérfana.

Ese vacío en mitad del pecho fue un eclipse que me sumió en la más completa oscuridad. Lo único que pudo salvarme fue retener su amor a través del recuerdo, como ahora mismo lo atesoro en este escrito que tienes delante.

ECLIPSE TOTAL

A Santolaya le traía sin cuidado el anuncio del eclipse total en San Salvador. Así que durante varios días permaneció haciendo el zángano en la casa del puerto de La Libertad, sin preparar ninguna toma ni acudir al aeropuerto, que era el lugar desde el cual iban a transmitirlo.

Olga abrió el portón de la casa con dificultad, pues con frecuencia se trababa, ya que la bocallave estaba oxidada, al igual que el resto del herraje rústico. Y es que la humedad del puerto llegaba a hacer estragos por el paso del tiempo, aunque se notaba la forja de fragua auténtica. Enfiló el caminito de césped que daba entrada a la casa, no sin antes colocar la tranca interior, porque en la zona de la playa siempre hubo mucha peligrosidad. Esa mañana había salido pronto a buscar el desayuno, ya que la fresquera y la despensa estaban vacías. Compró en un puesto del muelle camarones, pulpo, calamares y caracoles y, al pasar por el malecón, en un restaurante medio abierto pidió café para llevar en un termo y media docena de tortillas de maíz.

Trasegaba con sigilo de gacela por la cocina, cortando despacio los ingredientes del ceviche que iba preparando, cuando de forma somnolienta se abrió la puerta del habitáculo que hacía las veces de sala de edición, dormitorio y picadero. Olga limpió sus manos bajo el chorro de agua del fregadero y se puso en jarras para observar la estampa de Santolaya volviendo a la vida tras una noche de sexo, alcohol y cintas de vídeo.

—A veces me pregunto qué he visto yo en vos, curcucho —le espetó Olga mientras miraba a Santolaya de abajo arriba, escrutando su deambular por la cocina en calzoncillos, a la búsqueda de un primer sorbo de café, como si fuera la última cosa que quisiera hacer en vida.

—Sh —se apresuró a señalar Santolaya mientras se atusaba el pelo con una mano y con el índice pulsaba su sien levantando el pulgar como si fuera a dispararse la cabeza—. No me digas qué hora es, que no quiero saberlo.

—Han matado a Amada Libertad.

—¿Cómo dices? —de súbito el cámara se despertó, enderezándose con la noticia y pálido, frunciendo el entrecejo, preguntó entre la extrañeza y el desconsuelo—: ¿Que dices qué?

—Que han acribillado a cañonazos a Leyla Patricia Quintana, la poeta-guerrillera en el cantón de El Salitre en Nejapa. A ella y al artillero del pelotón de Matías. Están cerca de las faldas del volcán San Salvador, por Guazapa —respiró profundamente—. No sé. Ha sido hoy a las siete de la mañana —Olga se detuvo para tomar aire y retomó el aliño que batía en un cuenco—. Me lo han dicho al venir. En el malecón la gente lo comentaba entre murmullos.

—Por un momento pensé que me hablabas de Líber… —Santolaya corrió a abrazarse a Olga e inspiró hondo antes de pedirle que le contase toda la información que tuviera.

Amada Libertad, Elena en la guerrilla, era la radista, la que transcribía los mensajes en clave del llamado "pelotón loco" dentro del Ejército Revolucionario del Pueblo. Al sentirse acorralada, ya que siempre fue objetivo principal de la fuerza armada, pues con ella capturada podrían descifrar los códigos con los que se comunicaban los distintos grupos guerrilleros, corrió desesperadamente por la falda del volcán San Salvador hasta caer en una zanja, donde fue atacada. Sus restos quedaron esparcidos por toda la zona el mismo día en que un eclipse solar enmudecería la claridad de la jornada guerrillera.

Santolaya, tras enterarse a través del breve relato de Olga de cuál fue la trayectoria de la estudiante de Periodismo con virtudes poéticas que dejó todo para unirse a la revolución salvadoreña, sintió los generosos pechos de esta pegados a su torso. Aparcó el café en la mesa y raudo bajó con sus manos por las caderas de Olga para tentar sus nalgas, colocando la nariz sobre el cuello, en un gesto con el que parecía aspirar todo su aroma a tallos de café, a algas del litoral, a puma…

—Déjalo, amor, que debes marchar pronto al aeropuerto. Te espera la flacucha… ¿No tuviste bastante anoche? —le acució con una sonrisa que invitaba al jugueteo.

Íñigo prosiguió su recorrido. Acaramelado, embelesado por el calor de hembra matinal, prestándose a seguir notando en sus palmas el cuerpo de la mujer que le había vuelto loco desde los primeros días de su llegada a La Libertad, cuando les mostraba a él y a Arregui la vivienda que ahora habitaba junto al cámara. Cerró los ojos al evocar aquel primer contoneo que le hizo mirarla con un deseo inaudito, algo que ya creía haber olvidado. Le apeteció, justo en ese instante, acariciarle la larga melena azabache, para luego deslizar con lentitud los tirantes del vestido por unos hombros de princesa pipil, dejándola desnuda junto al poyete de la cocina. Le encantaba observarla despacio, admirarla en todo su esplendor de mestiza treintañera. De nuevo, la agarró de las caderas, pero con más firmeza, y la levantó a pulso hasta sentarla en el arrimadero de piedra.

—Tiraremos el ceviche, que ya está terminado, y solo falta añadirle la salsa inglesa, orégano y el chilito.

—Chilito, mi vida, el que te voy a dar yo a ti, preciosa. ¡Que eres una preciosidad!

Sin parar de piropearla, entre arrullo y arrullo, Santolaya sorbió con delicadeza cada uno de los pezones de la trigueña que, ya convencida de que el desayuno había dado comienzo, pero de otra manera, abrió sus muslos, volcó levemente su cuerpo hacia la ventana sujetándose la espalda y le ofreció su sexo. Ávido, Santolaya comenzó a lamerlo con una lengua imparable y precisa, yendo de pechos a ombligo y de ahí a unos carnosos labios rosáceos que no cesaban de rotar ensalivados, pidiéndole más. Mucho más.

A Íñigo le gustaba prodigarse con el clítoris de su amante, así que no paró hasta titilarle la ambrosía, que es como él lo denominaba, y conseguir que ella llamase a gritos a todas las fieras del bosque y mordiera todas las orquídeas que poblaban el aire desde la Puerta del Diablo hasta El Sunzal.

Después de dejarla tendida, disipada, sumida en el sopor del follaje orgásmico, aún tuvo la encantadora malicia de servirse el ceviche sobre su vientre y colmar el apetito untándole las entretelas con jugo mixto y los muslos con aceite de oliva. A ella el juego final le pareció tan divertido que decidió degustar de su boca, con los ojos cerrados, aventurándose a acertar qué pedazo era el que atrapaban sus ganas, si camarón, calamar o pulpo. Más tarde se ducharon juntos y, tras despedirse de Olga con besos que parecían conspiraciones, Santolaya acomodó su equipo en la parte trasera del todoterreno y partió a toda velocidad hasta las inmediaciones del aeropuerto de San Salvador. Arribó pasadas la una y media, cuando el eclipse estaba ya al caer.

El Aeropuerto Internacional de San Salvador se encontraba rodeado de pequeños grupos de personas: equipos de prensa extranjeros, curiosos, aficionados a la astronomía e investigadores. Unos conversaban amigablemente con todo el material ya montado a la espera del eclipse, otros ultimaban detalles y la mayoría se mostraba expectante ante el llamado por la prensa escrita de medio mundo «eclipse del siglo». Decenas de grandes sombrillas multicolores se habían plantado en los alrededores y, debajo o junto a ellas, plataformas con mesas y sillas, cartografías lunares, rollos de documentación, computadoras portátiles, telescopios, refractores, filtros e incluso sismógrafos.

Arregui vio de lejos cómo aparcaba su colega y se dirigió a él con ánimo de gresca por la tardanza.

—La gente lleva aquí apostada desde la diez de la mañana —saludó morruda al cámara con un leve levantamiento de barbilla—. Somos los últimos, creía que no llegabas. Te llevo esperando dos horas. El Canal 10 está retransmitiendo desde...

—Bien, vamos allá —cortó Santolaya mientras sacaba la cámara del todoterreno y colocaba el trípode en el suelo—. Uhm... me entretuve con Olga. Y no me eches el sermón, que todo va a salir bien —convino Santolaya.

—Empezamos con una panorámica...

—Espera que pongo el tele y el filtro neutro —volvió a cortar—. No. Nos vamos a ir a un plano medio para empezar contigo, luego cerraré para que se vea la corona solar y después lo abriré de nuevo para acabar con un plano general —dispuso.

—Yo no sé para qué digo nada... porque siempre haces lo que te viene en gana.

—El cámara soy yo. Tú la reportera. ¿Estás lista? De dónde habrás sacado esa camiseta, niña...

—No, no estoy lista, me falta la gorra. ¿Y qué tiene de malo mi camiseta? —preguntó Libertad echando una miradita sobre su pechera y planchándose con ambas manos el dibujo alusivo al efecto cósmico—. Me la he comprado en la Plaza Cívica...

—Ya. Prepárate, que empezamos en tres minutos.

Arregui ajustó la goma de su coleta antes de encajarse una visera roja, agarró con firmeza un micrófono de mano, miró al cielo para ver cómo iban cambiando de coloración y formas las nubes, percibió los tonos pastel y rubicundos y se irguió sonriente. Esta vez iba a narrar un acontecimiento mundial que, a través de distintas cadenas televisivas, sería seguido por millones de espectadores. En esta ocasión Libertad Arregui no narraría un suceso bélico, sino un fenómeno celeste que no se repetiría hasta dentro de más de un siglo cuando, quizá, sus descendientes estuvieran sobre la faz de la tierra, y pudieran, mediante la grabación que iniciaban ella y Santolaya en ese pequeño país, recordarla trabajar con el denuedo de las reporteras de raza.

Íñigo levantó la mano izquierda en lo alto, tras acomodar la cámara y expresó mostrando primero el índice, después el corazón y luego el anular que la grabación daba comienzo.

Buena parte del continente americano, desde el archipiélago de Hawái hasta la amazonia de Perú y Brasil, con más de trescientos millones de personas bajo la sombra de la luna contemplarán este anochecer anticipado que nos sobreviene. Este beso de la luna. El eclipse solar total más largo en el último siglo y medio atravesará, por primera vez, una de las zonas más pobladas del mundo y será, sin duda, el acontecimiento cósmico más observado en la Tierra hasta ahora, gracias a los medios de comunicación y los avances tecnológicos de los que disponemos.

Nos hallamos cerca del Aeropuerto de San Salvador, en una campa donde la luminosidad de este soleado mediodía va dando paso a lo que va a ser el gran espectáculo celeste del siglo. Fuera de este improvisado campamento se ve el enorme cono de sombra lunar aproximarse. El viento mueve el césped, como dando paso al acontecimiento. A nuestro alrededor pueden ustedes observar los numerosos grupos de interesados en este fenómeno, muchos de ellos equipados con cámaras y dispositivos para inmortalizar el momento.

Se encienden las luces y farolas de San Salvador en estos instantes. Notamos cómo la temperatura va disminuyendo poco a poco, bandadas de aves sobrevuelan nuestras cabezas en busca de refugio, los enjambres de abejas llevan varios días alborotados. Podemos escuchar también cómo los perros vagabundos de los suburbios ladran confundidos por la repentina falta de luz que se cierne sobre todos nosotros. Las familias se han ido a toda prisa hacia sus casas para ver el eclipse por televisión a través de Telecorporación Salvadoreña, desde donde las autoridades han hecho repetidas advertencias para que no haya daño alguno en la salud ocular de la población por la visión directa y sin protección de este suceso cósmico.

Esta mañana en la Plaza Cívica, cerca de la Catedral Metropolitana de San Salvador, donde está enterrado monseñor Romero, hemos podido conversar con madres que nos relataban cómo no dejarían salir a sus hijos de casa por temor a que fueran manchados por el eclipse, escolares vestidos por entero de rojo como si de una superstición se tratase, comerciantes que bajaban las persianas de sus establecimientos y otros avispados que aprovechaban el evento para sacarse un dinero extra con la venta ambulante de *souvenirs* y camisetas.

En muchas iglesias, grupos de mujeres se han reunido a orar y a encender velas, algunas de ellas augurando el fin del mundo, mientras tascas y tabernas se hallan repletas de hombres echando unos tragos, no fuera a ser que la llegada del final sea cierta, y qué mejor cosa entonces que entonarse un poco antes de semejante remate.

En algunas comunidades se está rindiendo culto al Padre Sol con tambores y bailes ancestrales. Y en la capital, el Boulevard de los Héroes se quedó desierto hace casi una hora, pero lugares elevados como la Puerta del Diablo o el ático del Banco Hipotecario se han llenado con cientos de salvadoreños reunidos en círculos entre el nerviosismo y la admiración. En Aguilares la llegada del eclipse no frenó los enfrentamientos de esta mañana entre el ejército y la guerrilla y, aunque todavía no sabemos el número exacto de bajas, sí hemos podido conocer la muerte de la gran promesa de la poesía salvadoreña Leyla Quintana, más conocida como Amada Libertad, que luchaba junto a sus compañeros guerrilleros en esa zona. Una desgraciada pérdida, en un día-noche como el de hoy, que viene a vaticinar cambios y que reclama la implementación de vías de resolución en esta guerra que se ha cobrado ya la vida de demasiados jóvenes.

Queridos telespectadores de la televisión pública vasca, déjenme expresarles el grado inmenso de emoción que siento cuando siendo casi las dos de la tarde aquí en San Salvador el sol ya se ha vuelto negro y, por primera vez, podemos ver su corona. Es blanca y parece hecha de plumas incandescentes de cisne. Junto a su magnificencia, los planetas Mercurio, Venus, Marte y Júpiter, que también nos miran desde la infinitud del Universo. Nuestros vecinos de observación, aquí a nuestro lado, Víctor Hugo Hurtarte y sus hijos, nos señalan, mientras realizan fotografías y experimentos, cómo aparece ya ante nosotros el cuadrado de Orión y la constelación de Géminis, donde está ocurriendo, tal y como les informamos, el eclipse más observado de toda la historia del mundo.

La gente que nos rodea ha empezado a aplaudir, a gritar de júbilo. En estos momentos se puede observar el eclipse a simple vista. De algo más de seis minutos se espera que sea la duración de esta totalidad que nos maravilla y nos hace sentir pequeños en medio de un mar de estrellas. Nos sobrecogemos, reconociéndonos en nuestra insignificancia en medio de la creación. Permítanme, por un segundo, ya que no puedo evitar la emoción, acordarme de quienes nos están esperando en San Sebastián, de nuestros seres queridos al otro lado del Atlántico. No quiero olvidar mencionar también que los pueblos mayas, que habitaron estas tierras, tomaron registro de estos fenómenos con una precisión extraordinaria y no es de extrañar que quedaran impresionados. Nosotros, desde luego, lo estamos. Conmocionados. Pletóricos de sensaciones.

Aparecen sombras volantes, observamos las protuberancias, unas columnas de gases, de plasma. Estamos ante un gran momento estelar. La corona solar que podemos vislumbrar es muy amplia, con filamentos que apuntan al norte y al sur. Es muy importante decir que estamos en la fase de eclipse total pero que, a continuación, en cuanto pasen breves instantes y se desprenda el disco de la luna del disco solar, quedará lo que se conoce como anillo de diamantes. Es entonces cuando resulta extremadamente peligrosa la observación sin protección, porque los rayos solares se filtrarán por los valles y depresiones lunares.

En breve les dejaré unos minutos en silencio con las imágenes que está captando mi compañero Santolaya y con las que cerraremos esta pieza informativa. No sin adelantarles que la luna tardará más de una hora en descubrir al sol y, aun llevando varios días preparándonos para este evento, no hemos podido abstraernos al asombro inconmensurable que nos produce.

Desde este San Salvador que hoy es protagonista, no solo por el conflicto bélico que sacude este país desde hace más de una década, sino por ser testigo de la espectacularidad de este acontecimiento astronómico que no olvidaremos nunca, me despido deseándoles toda la dicha que quepa en nuestra diminuta existencia terrenal. Libertad Arregui para Euskal Telebista, buena suerte y no olviden ser felices.

La reportera enseguida relajó los hombros y, sin soltar el micrófono, se colocó en cuclillas junto al trípode para ver desde la pantalla, de soslayo, las imágenes que estaba captando Íñigo con la cámara. Este le sonrió con gesto de satisfacción, e incluso tuvo el atrevimiento de acariciarle la mejilla, aun a riesgo de que Arregui se apartase de manera desabrida. Pero no fue así. Ella permaneció en silencio junto a él unos minutos más, hasta que notó cierta turbación en su compañero.

La oscuridad era algo que Santolaya nunca había llevado bien. Desde sus tiempos en Saigón y los apagones, la falta de referencias luminosas le provocaban extravío. Abría y cerraba los ojos frente al visor con más pausa que la de un simple parpadeo. Libertad le observó con disimulo, intentando escudriñar a qué se debía el trasiego de muecas redundantes y excesivas que venía haciendo en torno al aparato de grabación. Él, de pronto, no supo qué hacer con las manos y las puso a deambular por los controles de *zoom* y sonido o daba pequeños trompicones con los nudillos en el adaptador. Hasta que se irguió, abandonó su posición frente a la cámara, se apartó dos pasos del aparato y cayó al suelo con estrépito, inesperadamente, sin que Libertad, sobresaltada por la escena, pudiera evitar el batacazo al agarrarle de la camisa. Solo consiguió rasgársela y acabar con un susto aún mayor.

De inmediato, del grupo de aficionados que se encontraba al lado salió un joven con una cantimplora y, así de repente, con el único permiso de haber mirado con el rabillo del ojo la palidez de la reportera que le lanzó un gesto firme de asentimiento vació toda el agua que tenía el recipiente sobre el rosto de Santolaya, que estaba tendido en el suelo todo lo corto que era.

—Sois una cuadrilla de hijos de puta —atinó a decir el cámara con el líquido entrándole a borbotones por una boca abierta de par en par que buscaba a bocanadas oxígeno tras el golpazo.

—¡Y tú un desconsiderado! ¡Santolaya! ¡Un desconsiderado! ¡Habrase visto! ¡Te nos desmayas en pleno eclipse! Que casi me matas del susto, joder…

—Cállate, pelirroja, que el bicho sigue grabando.

Libertad se acercó hasta el control de sonido y lo apagó. El chico de la cantimplora seguía de pie entre los dos, impávido, sin saber muy bien qué otra gesta debía hacer para aquella extraña pareja. La reportera le echó la mano por el hombro y le sonrió.

—Bueno, pues esta es tu buena acción del día, ¿cómo te llamas?

—Jorge, doñita.

—Muy bien, Jorge, ¿a que me ayudas a montar a este mostrenco en el vehículo para llevármelo hasta la UCA?

—Sí, doñita, pero antes voy a llamar a mi padre que está aquí al lado y sabe de insolaciones…

—¿Insolación? —murmuró por lo bajo Libertad—. Este lo que tiene es una moña como una catedral…

Entre el padre y el hijo amarraron de hombros y axilas a Santolaya y lo introdujeron en el asiento del copiloto. Misión que no fue fácil, porque el cámara se mostraba rezongón y no se dejaba arrastrar hasta el vehículo, pues pretendía seguir un rato al frente de la grabación.

—Aquí se acabó tu eclipse, majo. Ahora a descansar a la UCA, que si no a ver cómo se mandan estas imágenes a última hora del día a Euskadi… ¡Tengo que estar en todo, leche, en todo!

Los improvisados ayudantes aconsejaron a la reportera que, aunque el camino desde la carretera de Comalapa hasta el Boulevard Los Próceres estaba despejado, condujese con cuidado, porque la claridad todavía iba a tardar y había riesgo de accidente en los tramos sin iluminación artificial, que en tiempos de guerra eran muchos. Libertad Arregui, sin perder la sonrisa, se despidió de ellos con un rotundo apretón de manos y les conminó a que siguieran con sus investigaciones de campo.

Al llegar a la calle Cantábrico Libertad Arregui vio que estaba abierta la verja que daba al patio por donde solían entrar a la casa de huéspedes. Se extrañó, porque no era común en esos tiempos dejarla así. Paró el vehículo, pegó un silbido y gritó un saludo con el ánimo de que alguien lo escuchase y saliera a la calle a recibirles.

—*Ich komme liebe Líber, ich komme…* —se oyó desde el interior de la casa la voz afable de Helmut.

—Abrevia, cielo, que este trae una zumba de cuidado y hay que tumbarle…

—Pero, ¿qué bebió? ¿Y le dio tiempo a grabar? —preguntó el alemán acercándose a paso rápido.

—Yo no sé qué tomó, venía desde La Libertad de estar con Olga...

—Cállense —entró en la conversación Santolaya desde su atolondramiento— y paren ya el bochinche. Ustedes pónganme un plato de eso que se huele por ahí y ya verán si esta noche no nos vamos todos de pachanga...

Entonces Helmut soltó una estruendosa carcajada, miró a Libertad con rostro risueño y entre muecas gozosas de bienvenida y cierta vis cómica le espetó:

—Qué curda ni qué curda, este lo que tiene es hambre, Líber. Que ha olido la sopa de bolo a más de tres metros...

La sopa de bolo era la especialidad de Helmut Kuntz. La aprendió a hacer con el párroco de La Candelaria en sus tiempos de educador popular, cuando las correntadas de lluvia hacían que docenas de familias y sus pequeños no tuvieran más refugio que aquel templo con fama de aguantar terremotos y todo tipo inclemencias.

El alemán se esmeró en la cocina y volcó la sopa de frijoles a borbotones en una olla donde había cortado un pimiento verde, dos cebollas hermosas y un ramillete de hierbabuena. Estampó un huevo crudo en cada uno de los platos y, tras revolver con el cucharón, sirvió una buena cantidad muy caliente.

—Y esto, que resucita a un muerto, es la verdadera arma de destrucción masiva de la guerrilla... Cuando en el frente comen sopa de bolo son invencibles —decretó un Helmut henchido, orgulloso del resultado de su guisandera durante la mañana.

—Ya lo creo, *Herrkommandant* —replicó Íñigo, con los carrillos como globos.

Arregui permaneció casi en silencio toda la comida. Estuvo pensativa. Levantaba la mirada hacia Helmut con un velo amoroso de agradecimiento, pues tenía la sensación de que aquel hombre, afectuoso y luchador, siempre estaba pendiente de ella; de ella y de quien a ella le importaba, de ella y de los demás. Aquella generosidad era lo que hacía que su pecho se abriese en ramajes cada vez que le veía. Era como si de pronto una multitud de tángaras, tucanes, chíos y dichosofuís le tomaran al asalto el torso, poblasen el centro de su ser para proporcionarle una respiración profunda, sin dolor, plena, que le sabía a placer atemporal y que fraguaba un lugar apacible donde vivir, donde sentirse querida.

Santolaya se tumbó en el sofá para echar la siesta, saciado. Se quedó traspuesto bocarriba, junto a la ventana, por donde entraba a esas horas con gran intensidad el aroma a jacaranda, alocacias, caliandrias y mangollanos. A Arregui, sin embargo, no la invadió el sopor de la sobremesa. Se retiró a su habitación en la casa de huéspedes, que parecía estar envuelta en cierto ambiente de celda teresiana, o esa era su convicción cuando entraba en ella. El colchón hacía una curva con el jergón y en lo alto del cabezal de la cama los jesuitas habían colocado un crucifijo de madera digno de una capilla monacal. Allí se desnudó, mientras miraba fijamente la talla y, tras echar la mosquitera sobre su cuerpo, se quedó sobre la colcha a rayas escuchando los pasos de Helmut aproximarse por el pasillo.

—Tienes que ser más tolerante con él —le susurró Helmut, desvistiéndose con sigilo ante ella—. Se ve que ha tenido experiencias traumáticas en el pasado y eso deja secuelas, mujer.

—Todos hemos tenido experiencias traumáticas y no nos damos a la...

—Él más —allanó Kuntz.

—Sí, él más. Lo sé. Pero es que a veces no entiendo por qué no lucha para remontar... Tiene un nuevo trabajo en la tele vasca. Yo le aprecio. Nos cuidamos.

—Sí. Eso. Os cuidáis. Y eso es muy importante. Tú no estás exenta de que las situaciones límite en las que nos movemos hagan danzar al fantasma de la locura, de la congoja... Te asustarías de la cantidad de suicidios que he visto en esta guerra, de la barbaridad de gente a la que he visto dejarse morir...

—Bésame —ordenó Libertad acodándose en la cama y mostrándose desnuda con picardía—. Vente a la cama, cielo.

A veces ella utilizaba el erotismo como forma de conjurar los rigores del pasado. La historia del suicidio de su abuelo Nicolás había pasado en ese momento como un rayo por su mente, tal y como se la contó Aurori, pero decidió tapar aquella remembranza con la entrega, con la búsqueda de abrazos. El alemán apresuró su compás de desnudez, apartó los velos transparentes con cierta parsimonia y entró en la cama de rodillas, besándole las plantas de los pies. Ella estiró su cuerpo, levantando los brazos hasta lo alto del almohadón, y se dejó llevar.

Le gustaba la lentitud con la que Helmut navegaba por su cuerpo. Cerraba los ojos para imaginárselo en un lago bávaro, en el Königssee, rodeado de paredes rocosas y picos de montañas que se asemejaban a sus empinados pezones. Cuando él estaba sobre su piel todo parecía respirar un ritmo distinto. Los tacuacines que andaban por los tejados de pronto atendían a los bisbiseos de las habitaciones. Pequeñas alcobas en las que hombres y mujeres se habían embarcado durante milenios en la pasión con la que más tarde se inventaría el amor.

Libertad disfrutaba retirándole de la boca los dedos de los pies, para después volvérselos a ofrecer. Se había establecido entre ellos ese pequeño juego y siempre terminaba cuando él, a mordisqueos, trepaba por sus piernas acaparándole la cintura. El sentirle en ascenso con el peso de su torso rozándole los muslos le parecía un signo de virilidad irresistible y su vientre lo agradecía entreteniéndose con las mariposas que, desde Metapán, se le posaban en la cima del ombligo.

Él era atractivo en cueros. No lo podía negar. No aparentaba los cuarenta y muchos. A la robustez de sus piernas se le unía un porte digno, en el que la altivez no era una cualidad censurable sino seductora. Le gustaba contemplarle en silencio. Sobre todo, con aquella osadía natural proporcionada por cierta autosuficiencia teutona, heredada de sus ancestros y que, según ella, le llevaba a darse a ver erecto, de rodillas entre sus piernas, como un héroe wagneriano. Con esa visión apetecible de poderío a Libertad se le arqueaba la espalda, a la vez que le sobrevenían un compendio de gemidos.

Todo el cortejo de arrumacos, confidencias al oído, besos clandestinos y caricias estremecedoras le abocaban a su postura favorita, en la que la espalda de Arregui descansaba sin disturbios de arquivoltas y sus tobillos se ensamblaban en los hombros de él. Luego le suplicaba llena de sensualidad una penetración ardiente y él se hacía de rogar templándole las entrañas con los dedos, antes de entrarla sudado por la embriaguez de la tarde tropical y bajo los rumores típicos de la selva.

Tendidos sobre la cama, adormilados tras orgasmos con olor a ajenjo, amapola, epazote y flor de Jamaica formaban un ovillo de brazos y piernas enzarzadas. Así pasaban el rato de la calorina, aunque ese día encendieron el pequeño ventilador de aspas, porque no querían fenecer en el letargo huraño que precedía a las tormentas de la antenoche.

Ya en la ducha, Libertad tuvo ánimo de seguir divagando sobre la reacción de Santolaya en el aeropuerto, hasta el punto de ponerse algo puntillosa con el tema y alterar el buen humor del que hacía gala siempre Helmut tras una buena sesión de sexo.

—Pues es que es una incógnita lo que, en verdad, vivió Santolaya en Saigón aquel abril del setenta y cinco —soltó a la vez que se enjabonaba bajo el chorro de agua—. Tan solo sus compañeros de la televisión española pudieron llegar a tener algún dato, creo. Y cómo se salvó de aquello todavía pende de un hilo periodístico que...

—Basta, Líber. Nos puede estar oyendo. Te recuerdo que está echando la siesta en el salón… Respeta.

—No, si yo lo digo porque aquello fue muy sonado: el cerco de Saigón. Y él tenía una vida allí, en medio de aquella guerra. ¿Sabes? A veces creo que la guerra siempre ha sido su verdadero *modus operandi*… Y fuera de la guerra se encuentra extraviado, desasistido, sin norte…

—Calla, ¿no escuchaste el portazo? A ver si nos ha oído y se ha largado disgustado. Debes tener más cuidado con las cosas de la guerra que atañen al corazón…

—Sh, calla, que salgo a buscarle a ver…

El reguero de agua que se formó en el pasillo iba mostrando los pasos descalzos y chorreantes de Libertad Arregui hasta el salón. Enfundada en una toalla de rizo caminó apresurada notando la leve corriente de aire que entraba por la puerta que daba al patio. Vio que el sofá estaba vacío y un trajín de estrépitos llegaba desde el exterior. Así que, sin pensárselo dos veces, salió de esa guisa a la calle y, clavándose chinas y hierbajos en las plantas de los pies, cruzó el solar hasta que dio con Santolaya, que trasteaba entre bultos.

—Íñigo, ¿te levantaste de mal humor o qué? —acertó a decir Libertad con la seguridad de que él había estado escuchando la conversación de la ducha—. Oye, ¿no te habrás molestado? ¿Qué tal estás ya? Tú sabes cómo somos los periodistas y lo tuyo en Saigón, que nunca nos has contado, pues…

—Tú no eres solo periodista, Líber: eres amiga mía. Una metementodo, a veces, lo sé, pero mi única amiga.

—Pues por eso digo que deberíamos hablar de tu… De eso, de lo que ocurrió allá…

En ese preciso instante, Santolaya amarró un periódico arrugado que había estado buscando junto a unas cajas cochambrosas en la parte trasera del todoterreno. Lo sacó de repente de una esquina y lo levantó en alto como si de un trofeo se tratase. Tras sujetarlo bajo la axila se dirigió con paso firme de nuevo al interior de la casa de huéspedes.

Arrojó el ejemplar sobre la mesita que había frente al televisor, se irguió muy digno y sin reparo alguno dio comienzo a una perorata que Arregui, desde entonces, jamás olvidó.

—*Cámara herido tras el ataque a la base aérea de Tan Son Nhat*, ahí tienes el titular.

—No hace falta que me cuentes ahora si no quieres… —vaciló Arregui algo azorada ante la reacción de su compañero.

—Mira, Libertad, yo no sé qué os enseñan en la facultad. Yo solo sé que en esta puta profesión hay momentos muy chungos. Momentos llenos de derrotas y tragedias. Momentos en los que cuando crees que estás luchando por algo justo, los tuyos te quitan lo que más quieres en la vida. Momentos agridulces, momentos traumáticos, momentos llenos de frustración y fracaso. Y, ¿sabes? Nadie nos prepara para eso. Tan solo algunos llegamos a sobrevivir y otros no —paró para normalizar su respiración y dirigirse de nuevo a la salida, ya con intención de marcharse.

—¿Te vas al Centro Internacional de Prensa? —preguntó la reportera pesarosa con una mirada torva de vergüenza mal disimulada.

—Me voy al aeropuerto.

—¿Pero no dices que…? Y llevas la camisa rasgada, no te cambiaste.

—Sí, al aeropuerto. A ese maldito aeropuerto que ha hecho que rememore el bombardeo que desterró de mi vida a mi mujer y mi hija. Al aeropuerto, señorita, sí, allá voy. A terminar unas tomas. A cumplir con el deber. Con ese deber que no se enseña en las facultades ni en las academias. Con ese deber que te corroe por dentro porque se da de ostias con todas las heridas que le habitan a uno. Por deber. Por deber allá voy.

El portazo hizo que los cristales abiertos en hoja para que corriese el aire retumbaran. Helmut Kuntz apareció vestido y acicalado, se sentó junto a la reportera, la abrazó, la besó, desplegó la toalla con la que se cubría para contemplarla desnuda de nuevo, encontrándola espléndida una vez más, pero eso no fue óbice para que le lanzase su pensamiento más íntimo en aquel lugar y en aquel preciso instante:

—Nunca subestimes el valor de un hombre que sobrevive a la pérdida de toda su familia.

BORDEAUX – PARÍS

Mi familia nunca fue una familia al uso. Mi madre, una periodista de raza, eso sí. Lo mismo hacía análisis político, que reportajes sobre guerras. Igual cubría unas Olimpiadas que el Festival de Poesía de La Habana. Imanol, el hombre con el que se casó, permanecía todo el día metido en un hospital con sus guardias presenciales, sus operaciones de cataratas y, en demasiadas ocasiones, mirando algo más que los ojos a sus pacientes.

El último tramo del viaje en el TGV se me hizo muy largo. Los bosques de pinos, casi devastados por la tala indiscriminada, me llamaron la atención desde el cristal por el que pasaban rápidas imágenes, apenas contempladas desde una de las ventanas de la cafetería del tren.

Tras el relato de la muerte de Aurori y la descripción del lugar donde ella y mi madre habían vivido en San Sebastián me quedé un tanto descolocado, pues nunca hasta entonces tuve certezas sobre la miseria que habían padecido ambas. Necesitaba dejar la mente en quietud, permitir que los hechos y las palabras se asentaran en algún lugar propicio para, después, poder continuar la lectura sin el pesar que viene ligado a ese tipo de confesiones. Así que, sin más, me dejé llevar por el paisaje, ensimismado, hasta las proximidades de París.

Al lado mío, un grupo de tres chicas, algo mayores que yo, divagaban junto a la puerta sobre cómo sería su estancia de Erasmus en París. Una de ellas, la que parecía ser la líder del grupo, se me quedó mirando, me sonrió y siguió con la diatriba universitaria. La más alta tenía unos ojos almendrados que me recordaban a los de mi madre. Se apartaba constantemente el flequillo de la cara con un soplo y me observaba de reojo, por lo que intuí que era vasca al igual que yo. La tercera de ellas, más dicharachera y resuelta, cogió las latas del refresco ya consumido, las depositó en el contenedor a la salida del vagón y arengó a las otras dos para que dejasen de hablar de tanto crédito docente y volviesen a su estancia en el vagón contiguo. Allí había echado el ojo a un par de montañeros que rozaban la treintena y mostraban interés por ellas, a la vista de lo que su profusa gestualidad indicaba. Yo, tras observar su marcha, decidí proseguir con la mirada perdida entre prados de los que me despedía sin haberlos conocido, haciendas con aspecto de estar deshabitadas y alguna vaca que intentaba saludar, morro en alto, al tren que pasaba velocísimo en contraste con su lento rumiar.

Media hora después de ese letargo ferroviario me di cuenta de que el descafeinado que me había tomado no me estaba cayendo bien. Durante demasiados días había comido poco y mal. De hecho, desde mi salida de San Sebastián no había comido nada sólido.

Me dirigí al baño y, cuando la puerta corredera que daba acceso al pasillo detectó mi presencia abriéndose por completo, me percaté de que el manuscrito de mi madre se había quedado en una mesa del vagón-cafetería apoyado en un cristal. Jamás me hubiese perdonado perder aquellos retazos de vida, que venían a arrojar luz también sobre la mía y que, en aquel momento, era casi lo único que tenía de mi madre. Aquellas páginas, algunas de su puño y letra, otras escritas a ordenador, me hacían rememorar su tono de voz, como si mi lectura fuera a través del sonido de sus palabras que, desde el más allá, se dirigían a mí, hasta mi mente, para acompañarme, para estar conmigo, para no dejarme solo.

Tomé el manuscrito y, apretándolo contra el pecho, me fui hasta el inicio del siguiente vagón para toparme con un inoportuno cartel que, en la puerta del mismísimo baño, rezaba de la siguiente manera: *ACCÈSS INTERDIT.*

Me arriesgué a correr la portezuela so pena de encontrarme allí un maremágnum de porquería, pero lo único que hallé fue un suelo inundado de agua, un ventanuco abierto por donde la velocidad se colaba con mayor ahínco y un grifo que no paraba de gotear. Me arremangué los bajos de mis pantalones hasta casi las rodillas, me bajé la cremallera y el *bóxer* con cuidado y me senté en la taza del váter a esperar que los intestinos decidieran evacuar lo que fuese. Los sobres entre las páginas del manuscrito casi se cayeron al suelo, poco faltó. De seguido, coloqué todo con cuidado en mi regazo y pasé las hojas hasta llegar a la página donde me había quedado en mi última lectura. Desdoblé la punta del folio, que era la señal reconocible sobre el lugar por donde iba leyendo y, antes de proseguir, hojeé entre mis dedos los folios que venían a continuación. Vi, a grandes rasgos, que en esa ocasión se avecinaba un capítulo en el que mi madre relataba su boda. No sé si por esa u otra razón, antes de reiniciar la lectura, una enorme pedorreta seguida de una diarrea un tanto maloliente dio la bienvenida al episodio. Preferí adecentarme el trasero con papel higiénico y dejar que el aroma poco grato se escapase, mezclado con aire de la campiña, antes de concentrarme en las siguientes líneas, aunque sin levantarme de la taza, por si acaso.

En esta vida hay que perdonarse los traspiés. A mí me costó mucho tiempo perdonarme el error de casarme cuando nada de mi personalidad ni de mi trayectoria vital apuntaba a que aquello de la boda fuese un acierto.

Cuando aterricé en el aeropuerto de Bilbao aquel dos de enero del noventa y dos, tras hacer escala en Madrid, Imanol me esperaba en el gran *hall* con un aspecto impecable. Su altura llamaba la atención. Siempre me he dicho que era y es un hombre muy atractivo, al que nunca supe apreciar su portentoso físico de alero tirador en el Atlético San Sebastián.

Nos fundimos en un abrazo interminable. Mis idas y venidas como reportera nos habían convertido en una extraña pareja. Cuando llegaba al País Vasco desde Centroamérica, durante mis vacaciones y asuetos, no le comía a besos en los recibimientos. Para mí Imanol era más un hogar, un espacio de seguridad, unos brazos donde recalar, la promesa de la familia que nunca tuve. Su abrazo era el nido que me esperaba. Y en aquellos momentos de reencuentro sentía sus manos como un nocturno de piano que se deslizaba por mí, que me interpretaba. Él y sus padres me daban un calor inusual, desconocido para mí, un afecto de manta y chimenea, de morada de niña desamparada. Pero tampoco una vez casada con él logré esa calma chicha que surge cuando se tiene todo. La orfandad es algo más que una circunstancia, es un sentimiento. El frío de la orfandad es algo que se lleva en la piel toda la vida. No hay calor que temple esa sensación de soledad y lucha que se entreteje en mitad del alma. Si algo hacemos las huérfanas es peregrinar. Somos peregrinas. Peregrinas sin Finisterre, tan solo viajeras que vamos sorteando obstáculos en el camino. Un camino que no termina y que, por no tener fin, nos imprime un carácter indómito.

Aquel año, el de mi regreso definitivo, el año en que los medios de comunicación decidieron que El Salvador ya no sería noticia para el mundo, Imanol llevaba bastante tiempo instalado en el piso que fue de mi abuela, el de la calle de la Salud. Lo hizo cuando ambos acabamos nuestras respectivas carreras universitarias y yo empezaba a viajar para la realización de reportajes. Era una manera de que aquella pequeña vivienda no se quedase en desuso y, también, de tener nuestra propia intimidad. Sus padres accedieron a verle partir, no sin antes hacerse cargo de cambiar ventanas, puertas y meter un armario nuevo. Debo decir que así la vivienda estaba más curiosa, aunque siguiera inmersa en la precariedad que la miseria le había tintado durante décadas.

Nunca le conté a Imanol mi relación con Helmut. Eso pertenecía, tal y como afirmaba Santolaya, a los «secretos de guerra». Aprendí junto a Íñigo, mi querido compañero de fatigas, que cuando se vive en medio de un conflicto bélico el alma humana busca arrimos insospechados. Y que los enamoramientos en tiempo de guerra, por lo general, eran tan habituales como el correr en busca de refugio cuando el verano nos sorprende con una tormenta en el monte. Pero yo, en aquella época, ya sentía que lo de Helmut no era una tormenta estival, como no lo fue la relación de Santolaya con Mai, su pareja durante la guerra de Vietnam.

Por mucho que Helmut y yo entráramos y saliéramos del país centroamericano durante los años más decisivos del conflicto, entre el 89 y el 92, por mucho que su esposa y mi novio estuvieran esperándonos en Europa, siempre acabábamos encontrándonos en la UCA. Devorábamos la distancia como si la muerte nos rondase tan de cerca que, sin quererlo, nos enseñara qué es el amor.

No recuerdo muy bien cuándo lo supe. No sé si fue el día que me comunicó la muerte de Ellacuría, durante su funeral o quizá en la tarde del eclipse o durante las inundaciones o las exhumaciones… Solo sé que cuando salía del aeropuerto de San Salvador y aterrizaba en Bilbao un boquete se abría en mi pecho hasta que el recuerdo de su cuerpo y su rostro me devolvían esa alegría de vivir que él me había contagiado en la exuberancia salvadoreña.

Aquella llegada a Bilbao, sin embargo, era distinta. Ya no habría regreso a El Salvador. Imanol y su familia habían preparado todo para la boda que, por fin, se celebraría, pues una vuelta a territorio bélico estaba descartada. Las nuevas circunstancias del país, con los acuerdos de paz que se firmaron en Chapultepec algunas semanas después de mi regreso, garantizaban que mi desempeño profesional en El Salvador como corresponsal de guerra no tuviera sentido.

Así que me preparé para despoblar mi corazón de todo lo vivido con Helmut y convertirme en una fiel esposa, trabajadora y madre, que era para lo que nunca se me había preparado, pero a lo que aspiraba con cierto complejo de solitaria redimida.

El día de mi boda lucía un sol radiante a pesar de que era quince de febrero, así que no le puedo achacar el fracaso de mi matrimonio a esa lluvia inoportuna que moja sin cesar a novios e invitados en el día de sus nupcias por no haber llevado huevos a las Clarisas. En San Sebastián nunca supimos dónde se metían esas monjas.

Amanecimos a doce grados. Y, aunque entraba la luz del sol por el *txoko* donde se hallaba la ventana, tuve el convencimiento de haber hecho bien en comprar un vestido de novia de manga larga y una estola de pelo artificial color marfil.

Pasar la noche previa a la boda juntos no era lo más habitual en los novios de aquellos años, ahora es más común. Pero lo cierto es que solíamos estar tantas temporadas lejos el uno del otro que no era cuestión de separarnos también la víspera de nuestra boda.

Imanol se levantó feliz, se puso sus vaqueros y la chamarra, me besó y se fue corriendo a la floristería para comprarse una flor que conjuntase con mi ramo de novia.

—Me voy, que si no a mi madre le va a dar algo como no me vea entrar por casa a ponerme el traje… —inspiró fuerte— ella que llevará vestida desde las diez —me dijo guiñándome un ojo—. Te veo en los Franciscanos dentro de dos horas, guapa.

A partir de escuchar cómo la puerta de la calle se cerraba e Imanol marchaba entré en una nebulosa que, incluso hoy en día que te estoy escribiendo, hijo, no he conseguido disipar. No recuerdo si avisé a alguna vecina para que me ayudara con el vestido de novia o me arreglé yo sola. No recuerdo cómo me maquillé o si lo hice, solo sabía que a las once y media en punto el capitán del equipo de baloncesto de Imanol vendría a recogerme con un Mercedes adornado a base de ranúnculos, rosas blancas y brunias plateadas, la misma composición de mi ramo de flores. Tardé poco en verme con el vestido de novia puesto, de eso sí me acuerdo. La falda era de organza, con un corte clásico y una pequeña cola, un escote que llaman tipo barco y la espalda en forma de V iba cubierta, al igual que los brazos, por un tupido guipur.

Me recogí el pelo en un moño bajo, frente al espejo de la vieja cómoda de madera de la abuela Aurori. Iba acicalándome, horquilla tras horquilla, con una parsimonia que parecía querer apuntalar convicciones e ideas más que mechones. Para terminar, con unas tenacillas calientes, acerté a convertir en ondas los cabellos que se escapaban del recogido. Me coloqué el velo fácilmente, porque ya venía cosido a dos peinetas de plata y, tras todo ese ritual, que vino a ser triste y lánguido como nunca debiera ser la mirada de una novia, me senté en la cama. Sola, en una esquina, con la sien apoyada en el cabezal y el velo prendido a la nuca, extendido sobre una colcha roja. Así quedé a la espera de que sonase el sonido del timbre. Alrededor de mí solo el silencio, convirtiéndose en un manto de nieve desplegado sobre una explanada cárdena.

Bajé al portal justo cuando sonaron los tres timbrazos. Algunas vecinas animaron mi salida con exclamaciones admirativas y piropos. La nieta de la Aurori se casaba. No era poca cosa en aquel vecindario de mujeres solas y pobres, pero nunca rendidas.

El pívot que guiaba el equipo de baloncesto más famoso de San Sebastián, Jokin, me esperaba con su sonrisa y la puerta del Mercedes abierta de par en par para que yo pudiera introducirme con mi voluminoso vestido sin temor a que no cupiese.

Fui una novia perpleja desde el primer instante en que arrancó el coche. Miraba por la ventanilla las calles de mi ciudad sintiéndome digna de su elegancia y, al mismo tiempo, sujetaba el ramo de novia con manos sudorosas, cambiándomelo de la derecha a la izquierda de forma repetitiva, mientras cavilaba sobre el momento en que lo dejaría en la lápida de Aurori, como otras novias hicieron en el pasado, inclinadas ante las tumbas de sus seres queridos.

Dimos un rodeo para lucir el coche engalanado por la calle Urbieta y el paseo Miraconcha, luego volvimos hasta Mundaiz. Al bajar por la cuesta que da a la tapia del parque Cristina-Enea (Gladys Enea para mi generación en honor a la ecologista Gladys del Estal, a quien un guardia civil asesinó de un tiro a bocajarro en una sentada pacifista y de la que a veces te he hablado) Jokin frenó el coche en seco ante el paso de cebra.

—¿Quieres que sigamos?

—¿Cómo dices?

—Que si quieres que sigamos hasta la iglesia. Estamos muy cerca.

—No te entiendo, Jokin.

—¿Tiro *pa'lante* o nos vamos a otro sitio? Eso te pregunto, Líber.

Sin duda, el silencio es el padre de todas las decisiones. Me quedé muda. Sin pestañear. Apenas se escuchaba en el interior del automóvil el sonido de mi respiración que, de pronto, se tornó más que agitada. Las palabras de Jokin, su pregunta, lejos de crear una situación cómica o divertida, cayeron como plomo sobre las mismas sienes que, una hora antes, habían estado apoyadas en un viejo cabezal. No sé cuántos minutos fueron: uno, tal vez dos, tres quizás; pero a Jokin se le hicieron interminables. Por mi mente pasó como en una moviola toda mi vida hasta entonces: mis tardes en *La Palombe*, la salida de Hendaya con la abuela Aurori, los juegos en la plaza Easo, las verjas del patio y las barras de hierro en el último piso de mi colegio en San Sebastián, el asilo San José, que había sido cárcel de mujeres durante la guerra, el primer beso, el maldito atentado, la salida del hospital, los años de universidad, las carreras ante los nacionales por la calle 31 de agosto, la llegada a San Salvador, Helmut, los refugiados, Helmut, las exhumaciones, Helmut, los movimientos de tierra e inundaciones, Helmut y el eclipse, la despedida de Helmut vía carta aquella noche en Arcatao...

—Arranca —le respondí—, llegamos siete minutos tarde.

Y ahí se acabó el íntimo sentimiento de desolación que me había acompañado desde mi salida de El Salvador. El velo del abandono se rasgaba, al menos esa vez, para dar paso a una sensación de pertenencia. Por fin formaba parte de una familia: los Beltrán. Ya nunca más andaría con esa emoción indescriptible de niña errante, de jovencita con un apellido marcado por la desventura, de hija de un padre torturado y asesinado por Melitón Manzanas. Años más tarde, un gobierno honraría a Manzanas con medalla y reconocimiento como víctima del terrorismo, ocultando así el dolor de miles de familias que lloraban aún a los exterminados por él.

Miré la escalinata de la iglesia de los Franciscanos al salir del coche nupcial. Ahí estaba el padre de Imanol, mi padrino de boda. Toda la familia extensa de los Beltrán arracimada en torno a la entrada. Unos pocos escalones, las alianzas de los Asuet, unas arras que irían de una mano a otra, un novio satisfecho de comenzar una vida junto a mí, dispuesto a estar a mi lado, a no dejarme nunca sola, a protegerme de todo mal... Unos peldaños y todo el deambular entre las calles de San Sebastián, por la selva salvadoreña, a lo largo de las playas de la costa vasca... Todo, por fin, hallaba su lugar. Yo tendría mi sitio. Mi lugar en el mundo.

No cabía preguntarse de dónde procedía el lloro, las lágrimas que se me escaparon al cruzar el umbral de la puerta y escuchar en el órgano el *Ave María* de Schubert. Tenían que proceder de la alegría. ¿De dónde si no? Alegría por la boda con Imanol Beltrán. Así lo interpretaron todos. Enfilé el largo pasillo al altar empapada en un sudor que no era sino una transmutación de las lágrimas interiores, más abundantes, no me cabe ninguna duda, que las que se despeñaban por el rostro.

Me paré en ese párrafo, en la palabra «empapada». Y en ese preciso instante me di cuenta de que yo también tenía los calcetines hechos un asco por el agua del grifo averiado que seguía encharcando el suelo. Así que me levanté del váter de golpe, tiré de la cadena, me subí la ropa interior y los pantalones, me ajusté el cinturón y, justo al salir del aseo, una amable voz por el altavoz comunicó al pasaje que faltaban cinco minutos para llegar a París. Corrí hacia el asiento, tomé mi mochila para echármela sobre la espalda y me dirigí a la puerta de salida más cercana. El tren ralentizaba la velocidad y en mí se acrecentaba la expectación sobre lo que me hallaría en París.

A mi madre le había escuchado mucho hablar de Montparnasse. A ella le gustaba contarme la historia de que, no por casualidad, esa parte del distrito catorce de París se llamaba Monte Parnaso, como el lugar que reunía a las musas en la Antigua Grecia. Y también decía que jamás se podría entender la obra de Maupassant, De Beauvoir, Baudelaire, Cortázar y Beckett… sin conocer aquel lugar.

Descendí del tren entre el tráfago de gente y un intenso tufo, mezcla de sudores, olor a comida de cafetería y humedad. En el exterior diluviaba. Todavía no soy capaz de discernir si me sentí más impresionado por el bronco sonido de las lluvias torrenciales que caían en aquel momento sobre París o por la propia oscuridad, antesala de una noche que se avecinaba fría y desapacible.

Llegué casi al azar hasta el primer piso de la estación. Había pasado por entre los murales de Vasarely, pendiente del BlackBerry 9000 que me quemaba en la mano. Lo apreté contra mi pecho y así fui deslizándome, primero por una cinta rápida y luego por otra más lenta. Necesitaba en esos momentos de desabrigo sentir algo suyo pegado a mí. No sabía muy bien qué hacer, buscar algo para comer no era buena idea tras mi episodio de descomposición en el tren y sed no tenía, así que me quedé quieto. Permití que mi mirada quedase extraviada frente a un gran ventanal, hasta que a las nueve menos cuarto sonó el móvil soldado a mi torso.

—Hallo, Asierrr. Aquí, Helmut. ¿Dónde estás?

—Llegué a Montparnasse. Todo bien. Estoy aquí, a la espera.

—Oh, disculpa, Asier, no haber podido ir a recibirte. Estoy parado en el tren que hace el trayecto entre Le Havre y París por unos desprendimientos de tierra debido a las lluvias. Debería haber llegado a tu estación a las ocho.

—No se preocupe. Esperaré aquí.

—No, dirígete mejor a Saint-Lazare.

—¿A dónde?

—A la estación de tren de Saint-Lazare. Toma la línea 13 del metro. Es imposible perderse. Una vez allí ve al andén donde llega el tren desde Le Havre. Me conocerás enseguida: alto, con barba blanca y una maleta granate de ruedas.

—Bien, así lo haré. Malditas lluvias, precisamente hoy tenían que arreciar...

INUNDACIONES

—¡Cómo está cayendo! ¡Menuda torrentada! ¿Lluvias esto? ¡¡Esto es el diluvio, niña!!

Santolaya caminaba empapado. Vociferaba dando grandes zancadas por el porche. De un manotazo apartó la hamaca blanquiazul que colgaba chirriada por las ventoleras de agua que venían de todas partes y entró como una exhalación en la casa de La Libertad. Se notaba que en ella llevaban días Líber y Helmut. Todo estaba impoluto, incluso el pequeño *living*, convertido en sala de edición. Los magnetoscopios, las cintas y los monitores estaban en orden y la cocina americana se conservaba limpia y sin cosas en medio.

—¡Líííiberrrr! ¿Ya pasó por acá doña Florinda del Chavo del Ocho o qué? ¡Has dejado esto que da pena pisar! ¡Líííiberrr! ¿Vives o qué? ¿Por qué no contestas?

Íñigo abrió el frigorífico mientras inspeccionaba todo en derredor admirado, hasta que atisbó restos de yuca con chicharrón y una pupusa de loroco esperándole en un plato cubierto. Se quitó la camisa mojada, se colocó una toalla que encontró en una repisa por la espalda y se sentó a comer el inesperado manjar sobre el mostrador que daba al salón, sin ni siquiera quitarse las botas de hule que siempre llevaba a mano en temporada de lluvias.

De pronto, distinguió unos sonidos que venían de la habitación de su compañera, se sonrió, se levantó para cerrar las compuertas de las ventanas por donde se colaba la incesante lluvia, se sirvió una Suprema que también había arramplado de la nevera, encendió la radio para estar al tanto de los sucesos derivados de las inundaciones y prosiguió dando buena cuenta de los apetecibles víveres, esperanzado de que al poco pasaran los dos temporales: el de fuera de la casa y el de la habitación contigua.

El parte radiofónico comenzó puntual, a las doce del mediodía:

Más de treinta familias del cantón Metalío en Sonsonate están buscando refugio en una escuela, tras quedar inundadas sus viviendas por el desbordamiento del río Cauta. Decenas de niños y personas mayores en peligro por la subida de las aguas a causa de las lluvias constantes en este final de octubre reclaman un albergue. Temen también por los hurtos que puedan darse y por el abandono de sus animales, pollos y cabras, que se encuentran en los tejados de láminas sin poder tocar tierra. Las calles de acceso a las colonias son como lagunas y los cultivos y huertas se hallan destrozados. Este panorama, aun siendo desalentador, es mejor que el existente en el área de influencia del volcán Chaparrastique, donde hay decenas de afectados en cantones y caseríos de San Jorge, San Rafael, El Tránsito y Ereguayquín. Allí las intensas precipitaciones de estos días movilizaron en las cárcavas erosionadas material volcánico suelto, formándose ríos cargados de sedimentos que han llegado hasta los poblados, ubicados en la parte baja del volcán, provocando numerosos daños e incluso víctimas mortales.

En otro orden de cosas la ONU se dispone a certificar el cumplimiento por parte de ambos bandos de los compromisos que...

Libertad Arregui, desde la cama, sentía la radio como un rumor, un leve murmullo que se le hacía casi imperceptible. Se había propuesto no abandonar el lecho todavía, a pesar de la hora. Quería seguir discurriendo por la senda que su lengua trazaba en el torso de Helmut.

—Parece que Santolaya llegó y nos quiere sacar de acá poniendo la radio a tope como si no hubiera un mañana… —bromeó el alemán tumbado bocarriba, desperezándose, mientras estiraba los brazos agarrando los barrotes de hierro en la cabecera.

—Qué me importa a mí la radio de Súster —le susurró al oído— si te tengo aquí conmigo…

—Pues deberías prestar atención, parece que las noticias no son muy… —Helmut interrumpió la frase porque notaba la boca de Libertad haciendo virguerías de saliva a lo largo de su sexo—. No tuviste suficiente antes… Eres insaciable, mi bella.

A ella la lluvia le inspiraba. Se imaginaba su propio cuerpo como una cascada cayendo a borbotones hasta llegar a la planicie del vientre de él, bajo el cual hundía el rostro para acaparar con la carnosidad húmeda de los labios su verga. Le gustaba entregarse de esa manera, se la descubría y la miraba maravillada y deseosa, para después dar comienzo a un ritual formidable, primero le ensalivaba y luego le montaba.

Cuando Libertad se ponía a horcajadas sobre la pelvis de Helmut Kuntz daba igual qué catástrofe aconteciera en el mundo. Nada más existía para ella. Le contemplaba desnudo, estirazado, aferrado al metal del cabezal, provocándola en su plenitud de macho enhiesto. Y ella siempre respondía como lo que era, una hembra lúbrica, sumergida en el azul de sus ojos, atendiendo solo a un deseo desbordado y a la tromba de agua que se escuchaba desde la ventana abierta de par en par.

Las manos de Líber conocían muy bien sus apetencias. Solía dejarlas caer a la altura de los hombros de Helmut para acariciarlos. Luego le besaba los pezones y le olisqueaba el vello que iba encontrando a su paso. En algún sitio leyó que solo las lobas ponían tanto empeño en excitarse con el olor del macho, agitado por el advenimiento del coito. «Las lobas y yo», musitó en su interior como si fuese el título de una novela.

Al detectar con la barbilla el vientre de él estremecido, se erguía, se apartaba la melena pelirroja del rostro, se tentaba varias veces la redondez de sus senos con descaro para hacerle salivar y le observaba los gestos de la boca, lentos y sensuales. Le encantaba verle relamerse con aquellos pequeños mordiscos de ansia que anticipaban una cabalgada frenética.

Después se alzaba, apoyando las manos en sus caderas e imprimía un ritmo pausado a la penetración, porque a ella le gustaba sentir su verga entrando lenta, como paladeándola. Una vez se encontraba llena de él, trotaba con la constancia loca de una quinceañera, dejando caer la cabeza hacia atrás y rebotando sobre sus nalgas al compás de gritos placenteros.

Él la seguía con devoción en aquellos lances, pues se sentía afortunado de tener en ese lugar una compañera tan apetecible y fogosa. Además, entre envites y embestidas el alma, y no solo el cuerpo, se le regaba de amor. Solo más tarde, al final del vendaval, recordaba que tenía una esposa esperándole en Bamberg. Aunque enseguida aplazaba aquellos pensamientos para no distraerse de las caricias y las complicidades que Líber le brindaba. La vida le había regalado el amor de aquella joven reportera en tierra hostil y no estaba dispuesto a renunciar a ella. Al menos mientras ambos estuvieran sobre terreno volcánico.

La puerta del cuarto se entreabrió levemente justo cuando ambos atrapaban el éxtasis del orgasmo: él aupaba su pelvis para penetrarla más aún, vaciándose de semen, y ella se dejaba caer sobre el cuerpo de Helmut, exhausta, satisfecha, con los ojos prendidos del diluvio que no cesaba.

—Así me gusta, muy bonito... El mundo tronando y ustedes en pelotas —les soltó de improviso Santolaya, todavía tras la puerta.

Sin mediar palabra, Helmut ladeó su cuerpo para alcanzar un zapato que había naufragado por el suelo, lo tomó y lo lanzó al pestillo de la puerta con extremada puntería.

—Eso, eso, ahora empiecen con los misiles tierra-aire, como en Jiquilisco —voceó Santolaya sin soltar de su mano el pomo de la puerta—. *Jarmut, Jarmut*, en la guerrilla no le debieron enseñar cosas tan peligrosas...

—Oye, Santolaya, si dejases de husmear como una portera setentona qué bien nos iría a todos en esta casa —le respondió Arregui ataviándose, una vez incorporada del lecho.

—Ay, pelirroja, pelirroja, tienes el culito más rico de toda Centroamérica, ¿te lo había dicho ya? Menos mal que el teutón te tiene bien servidita, que si no...

—Bocazas.

—Cachimbona.

A Helmut no le gustaban algunas confianzas que se tomaba Santolaya. Aunque el tiempo que llevaba en El Salvador le había dulcificado el carácter recio, heredado de sus ancestros, tenía un alto sentido del honor y de ciertas reglas de caballerosidad que se debían respetar entre varones, sobre todo cuando había una fémina de por medio. Le resultaba irritante la presencia del cámara en los momentos de intimidad con Libertad.

Esa vez optó por vestirse raudo, arrullarla y besarla con esmero antes de salir de la habitación y despedirse sin muchas contemplaciones de Santolaya. Tanto fue así, que ni le miró a la cara al ir a arrancar el Cherokee con el que había llegado hasta la casa de La Libertad para compartir el fin de semana con Arregui antes de regresar a la UCA.

—Este está encelado, niña —inició de nuevo conversación Santolaya tras la marcha de Helmut.

—¿Y te extraña? ¿A quién se le ocurre abrir la puerta cuando estamos ahí los dos...?

—Bueno, déjate de rezongueras. En Metalío hay una balsa de parroquianos con el agua hasta el cuello, en San Rafael deslaves, lahares o lo que sea eso que se lleva a la gente por delante. ¿Lo contamos para el informativo de mañana o sigues comprando boletos para quedarte preñada de *Herrkommandant*?

—Bocazas.

—Cachimbona.

La carretera del litoral estaba impracticable en dirección a Metalío. Arregui y Santolaya se marcharon de la casa de La Libertad con celeridad, pues intuían que les esperaba una dura jornada de trabajo. Se pertrecharon con largos chubasqueros de cuerpo entero y botas adecuadas a la salvaje climatología. Hasta metieron en el compartimento del maletero un botiquín bastante bien equipado, agua y fruta.

El periodismo de riesgo y catástrofes no les era ajeno, sobre todo a Santolaya, que había pasado por terremotos, huracanes y erupciones de todo tipo a lo largo de su trayectoria profesional. Libertad era más novata en aquellas lides. En Centroamérica había sentido pequeños sismos, padecido fumarolas volcánicas que le dificultaban la respiración durante días y asistido a la grabación de caseríos cercados por el agua. Ninguno de los dos sabía muy bien lo que se iban a encontrar en los cantones tras cinco días de lluvias torrenciales. Al llegar hasta El Sunzal, apenas recorridos cuarenta y cinco kilómetros desde el puerto, desecharon la idea de continuar debido a los estragos que las aguas habían hecho en los accesos a Metalío a causa del desbordamiento del río. Decidieron volver sobre lo andado y encaminarse dirección Zacatecoluca, realizando una pequeña parada para reponer fuerzas y evaluar hasta dónde podrían llegar.

Calles impracticables, carreteras encharcadas y gentes con el agua hasta la rodilla, que intentaban poner a salvo sus pocos enseres, fue lo que se encontraron. Más de cuatro horas metidos en el coche hizo mella en el ánimo de ambos. El continuo repicar de la lluvia en la caja de carga del todoterreno, junto con el cansancio, les instaba a permanecer en silencio. Un mutismo que sonaba a ruego. Llegar a San Rafael, grabar lo que allí hubiera y salir corriendo hacia San Salvador, eso era todo lo que se propusieron. No podían ayudar a las numerosas personas que manoteaban a ambos lados de la carretera demandándoles cosas o pidiéndoles directamente que parasen.

Casi a la altura del desvío que conduce a El Tránsito unas luces intermitentes, confundidas entre la cortina del chaparrón, les hizo aminorar la velocidad del vehículo y ponerse en alerta.

—Ahora estos hijos de puta nos van a tener aquí parados media hora… —arriesgó Santolaya.

—¿Pero qué dices? ¿Quiénes son? ¿Distingues algo? Yo no veo nada…

—¡Que me corten las orejas si eso no es un *jeep* militar, ahí cerca de aquella quebrada, *mecagüentó*!

—Nos están haciendo señales. ¡Para!

—Estos deberían estar ya desmovilizados por la ONUSAL. Sigo, despacio, pero sigo…

—¡Para, que nos acribillan! ¡Qué misión de la ONU ni qué mandangas! Si van armados nos agujerean en menos que canta un gallo.

El cámara atendió el requerimiento de la reportera y se echó a un lado de la carretera a pocos metros de los militares salvadoreños que les pedían insistentemente parar a golpe de braceos y apuntándoles con fusiles M-16.

El de mayor rango se acercó y sin mediar saludo alguno les apremió a que bajaran la ventanilla. Dos militares más, uno a cada lado, escoltaron el todoterreno.

—Salgan del vehículo e identifíquense —urgió el sargento.

—Oiga, mire, sargento, no nos tengan parados mucho tiempo. Somos de la prensa internacional, vamos hasta San Rafael Oriente y San Jorge. Aquí tiene nuestras acreditaciones: Íñigo Santolaya y Libertad Arregui, para servirles…

—¡Bájense del carro! —volvió a gritar el militar.

La reportera y el cámara se miraron fijamente. Sabían que desobedecer una orden de ese tipo podía significar la muerte. O eso les habían advertido los compañeros de la prensa de otros países, como el fotógrafo Christian Poveda, íntimo amigo de Santolaya desde que coincidieron en Chile, Líbano y en el propio San Salvador, antes de que marchara a Francia tras la aprobación, por parte del Consejo de Seguridad de la ONU, del acuerdo firmado entre el Gobierno salvadoreño y el FMLN. «La guerra nos persigue por todos lados», solían decir juntos en torno a una mesa y un vaso de ron. En esas estaba Santolaya, saliendo del vehículo, con la imagen de su amigo despidiéndose en el aeropuerto para partir rumbo a París. Entonces se percató de que Libertad estaba fuera, con las manos en alto pegadas al techo del todoterreno y el rostro aplastado contra el cristal. Un escalofrío le recorrió el cuerpo al ver la mirada de la reportera, a medio camino entre la petición de auxilio y una rabia incontenible.

—Eh, amigo, suéltela, deje ya de sobarla. Está muy flaca y no lleva nada encima que pueda interesarle —soltó el cámara sin pensárselo dos veces.

—Eso ya lo veremos —respondió el militar que le registraba a él.

Desde que llegó a San Salvador como reportera, Libertad Arregui había pasado por todo tipo de vicisitudes, relatado atentados contra sindicalistas, recorrido cerros en medio de ataques de la guerrilla a centrales hidroeléctricas, contado enfrentamientos, asesinatos masivos, derribo de helicópteros, huidas en masa, secuestros…, pero nunca antes se había visto en el trance de que un militar le pusiera la mano encima. Ahora, con la guerra dando sus últimos coletazos, firmados ya los primeros acuerdos, con una depuración de la Fuerza Armada en marcha y recién abierta la ONUSAL en San Salvador, se maldecía por haberse topado con ese grupúsculo militar dispuesto a impedirles llegar al lugar del desastre. Aguantó la náusea que le sobrevenía al sentir cómo uno de ellos se propasaba, tocándola de manera obscena sin ningún tapujo. Apretó los dientes y cerró los ojos contra la ventanilla, mientras el militar pasaba sus manos, sin importarle el tremendo aguacero, por sus muslos, entrepierna, caderas, senos, hasta llegar con los dedos a su boca para metérselos, a la vez que presionaba la erección que tenía contra sus nalgas. Ella no resistió más el abuso y estalló:

—Suéltame, *txakurra* —gritó antes de morderle los dedos y despegarse de él con un empellón— como sigas tocándome me encargaré de que no salgas vivo de San Miguel, maldito cabrón —amenazó.

—Oigan, amigos, déjenla, está un poco… ya me entienden, la guerra hace mella en estas jóvenes periodistas. Que es que nos las envían recién destetadas y pierden la razón a la primera de cambio —intentó apaciguar la situación el cámara, haciendo gestos rotatorios con su dedo índice sobre la sien para indicar chifladura en la reacción de su compañera—. Quizás, si me permitieran acercarme al maletero pueda ofrecerles algo de su agrado.

Santolaya se apartó con lentitud de la cabina y llevando las manos alzadas se dirigió a la parte trasera del todoterreno, seguido y vigilado por el militar que le había registrado. Tras varios intentos consiguió abrir el maletero, que se le resistía por la enorme tromba de agua que caía en esos momentos y la torpeza de sus temblorosas manos.

—Aquí tienen ustedes, amigos: dos Flor de Caña. ¡El mejor ron del mundo! Recién traidito de Chichigalpa… ¡Hale, para ustedes, cortesía de la casa! —enunció triunfante Santolaya con una botella en cada mano.

—Gracias, amigo —respondió risueño el sargento a pesar de encontrarse también calado hasta el tuétano—, nos encargaremos ahorita mismo de inspeccionar estas credenciales que nos muestra. ¡Cuato, déjale a la gringuita, que esta noche invito yo a una guanaca de la casa rosada!

Sin hacer aspavientos, seria, sin articular palabra, Libertad Arregui miró su cara reflejada en el cristal, se irguió, atusó su chubasquero como desquitándose por el asco que había pasado, abrió la puerta del vehículo con furia y subió quedando a la espera de que Santolaya se colocase al volante y poder salir de allí lo antes posible. Observó por el retrovisor que su compañero seguía de conversación con los militares y, arriesgándose a que la cosa se pusiese fea de nuevo, tocó el claxon en señal de premura. En ese mismo instante Santolaya estrechó la mano de los militares, dándose la vuelta y lanzándole a Libertad una mirada de desaprobación. A continuación, se apresuró hasta la cabina y de un salto se sentó en el asiento del conductor creando un charco en el interior.

—Sch. Ni una sola palabra, Líber. No quiero ni monsergas ni sermones hasta llegar a destino y realizar la grabación…

—¿Por qué tenías esas dos botellas ahí? —se rebeló Arregui.

—He dicho que ni una sola palabra hasta que lleguemos a San Rafael. Chitón. Punto en boca. A callar, que te he librado de una violación.

—¿Qué pasa? Después de que tú hayas logrado que…

—¡He dicho que a callar! Joder, con la niña…

La lluvia no daba tregua. Una vez estuvieron a dos kilómetros de San Rafael empezaron a ver los primeros estragos del lahar que, desde la ladera del volcán San Miguel, había hallado quebradas por donde hacer transitar las aguas torrenciales. Bajaba arrastrando material volcánico, piedras, fragmentos de roca; todo lo que encontraba a su paso era engullido. Los pobladores de San Rafael corrían en todas las direcciones con algunos enseres a cuestas. Nadie de protección civil se había personado en aquel lugar y solo un grupo reducido de mujeres, que se hallaba junto a la carretera, intentaba organizar una especie de acción disuasoria, para que la gente no se acercase a los flujos de escombros que formaban cárcavas y que provocaban los deslizamientos.

—Para aquí —ordenó Arregui—, no vamos a poder acercarnos más. Es peligroso.

Santolaya asintió silencioso pudiéndose adivinar en su rictus la gravedad de la escena dantesca que tenían frente a sí. Agarró a pulso con una mano la cámara y, con parsimonia, le colocó la funda de lluvia, ajustó el agujero del visor y se metió en el bolsillo del pantalón una gamuza con la que limpiar la lente. Se echó a la cabeza la capucha del chubasquero tipo poncho, desplegó la visera que llevaba incorporada y le pidió a su compañera que, justo al salir, le resguardase con el paraguas. Ambos se dirigieron a la quebrada, sin saber a ciencia cierta lo que se iban a encontrar allí.

—Sujeta bien el paraguas mientras grabo un plano general y enseguida te doy paso en plano medio largo.

—Enseguida no, Íñigo. Necesito hablar antes con estas gentes, que me cuenten, a ver qué es lo que hay aquí… —corrigió Libertad.

—¿Qué va a haber, Líber? Muerte y destrucción. ¿No lo ves?

El panorama era desolador. Un gran deslave generado por una escorrentía que venía del volcán se había llevado por delante a decenas de niños de una escuela. Sepultados bajo un río de barro, rocas y árboles arrasados, tan solo la desesperación de sus madres, que gritaban de dolor, probaba que habían estado allí vivos, ya que apenas se veía un trozo del tejado que les había dado cobijo.

Libertad iba de una madre a otra, intentando recabar información. Entre clamores y lloros le fueron proporcionando datos de lo ocurrido. Le llamó la atención una de ellas, cubierta de barro de arriba abajo, que estaba arrodillada en la tierra, arañándola con sus manos. Aquella mujer no gritaba, sino que susurraba con la faz pegada al terreno junto a un enorme charco. Libertad Arregui se dobló por el dolor que le provocaba la escena.

—Oh, Dios, no sé si voy a poder contar esto. Qué horror.

—Sí vas a poder, siempre puedes —sentenció Santolaya—. Tómate un par de minutos y empezamos, ya tengo los planos recurso. Haremos una pieza corta. Tranquila, serénate.

—Cuando quieras... No grabes a la mujer que come tierra mojada, por favor. Luego intentaré hablar con ella, démosle intimidad. Dos inspiraciones más para que no me falte el aire y arrancamos, chipiados, pero arrancamos —convino Libertad.

—Adelante. Sujeta bien el micrófono y el paraguas no vaya a ser que se te resbalen en mitad de la grabación. Dale, pues.

Las intensas lluvias de los últimos días están provocando deslaves e inundaciones en distintas zonas de El Salvador. Nos encontramos en un cantón a pocos kilómetros del volcán Chaparrastique, cerca de San Rafael Oriente. Como pueden contemplar aquí los torrentes de agua han afectado a toda la franja. Las quebradas o cicatrices del volcán, como las denominan los habitantes de esta área de influencia volcánica, han sido el cauce perfecto para que se vieran arrastrados todo tipo de materiales, vegetación, barro y piedras provenientes de las laderas del que, calculo, es el flanco norte. La fuerza inusitada de los flujos de escombros llegó hasta este caserío con diversas champas y construcciones que se las conoce como «las casitas». Exactamente en este lugar que les señalo la comunidad contaba con un pequeño centro escolar y, en torno a las doce del mediodía, cuando los niños volvían a sus casas para almorzar, una descomunal corriente les ha alcanzado de lleno.

Las madres, muchas de las cuales estaban acercándose hasta el centro educativo para recoger a sus hijos, han presenciado cómo la tragedia se cernía sobre ellos. Ahí las tienen, justo tras de mí, con palas, azadones, zapapicos, sus propias manos, cualquier cosa que pueda remover la tierra es usada en la búsqueda de sus pequeños sin que la tormenta, tal como pueden comprobar, tenga visos de amainar. Los cascotes que han quedado sobre el terreno blando tras el derrumbe, y que ustedes mismos pueden observar a mi derecha, nos dan una idea de la fuerza y la velocidad alcanzada por el lahar de sedimentos y lodos que ha producido el derrumbe de la propia escuela.

A estas horas de la tarde se desconoce el número real de víctimas y desaparecidos, pero podemos adelantarles que las labores de rescate organizado recién van a comenzar, aunque nada sabemos de la treintena de menores escolarizados en este lugar. La hipótesis más plausible es que fueron arrastrados o engullidos por el deslizamiento de tierra, derivado de la torrentera y los incesantes aguaceros.

Madres. Hasta que lleguen refuerzos, aquí solo hay madres en busca de vida. Madres anegadas por el pavor de un desastre natural que se ha cebado con los más débiles e inocentes, con sus hijos, con un grupo de niños que, lejos de haber olvidado los espantos de la guerra, se enfrentaban cada día a esta climatología terriblemente adversa para ir al colegio y aprender. Madres descalzas, sin ropa adecuada en medio de esta infernal lluvia, sin más esperanza que la de sus manos rascando la tierra enlodada. Madres que gritan su desesperación empapadas en desdicha. Madres que claman ayuda.

Desde esta zona oriental de El Salvador, pidiéndoles, rogándoles que, en la medida de sus posibilidades, implementen desde Euskadi la ayuda humanitaria necesaria para resarcir a estas gentes del horror; primero de la guerra y ahora de estas aterradoras inundaciones, me despido deseándoles que esta noche puedan abrazar a sus hijos. Libertad Arregui para Euskal Telebista. No olviden celebrar el seguir con vida allá donde estén. Intenten ser felices.

Libertad, tambaleándose, tomó la capucha que le cubría la cabeza y la bajó todo lo que pudo para taparse la cara. Sollozaba, sin que las lágrimas pudieran destacar su dolor, al estar confundidas con la lluvia. Así permaneció un rato, sin que Santolaya se acercase a ella, ya que decidió que era mejor dejarla en paz unos minutos tras la grabación y optó por limpiar la lente y acondicionar la cámara dentro de la cabina del todoterreno. Después, agarró el sombrero tipo *cowboy* de pelo de castor que tanto le gustaba y colocándoselo sobre la capucha del impermeable se fue hasta donde permanecía su compañera para abrazarla.

—Vamos, Líber, después de todo lo que has visto, no te me vayas a derrumbar ahora —le consoló en voz baja—. Es una tragedia, sin duda, lo que están viviendo estas familias, pero no más que otras que ya hemos relatado. Estamos en un país en el que cada segundo es vida y cada segundo es muerte.

—Esa madre, Íñigo, esa madre me parte el corazón. Esa madre…

Abrazados los dos, aún con la mirada gacha, se volvieron desde la posición en la que Arregui había realizado la grabación para poder observar con detenimiento el trágico acto en el que ellos eran meros e inadvertidos figurantes.

El telón de fondo era un río de lava y pedruscos. Sobre él una veintena de mujeres, mal provistas, confundidas, llorosas, removían todo lo que se les ponía por delante sin que la lluvia se apiadara de ellas. El sonido creado era un amasijo de lamentos, diluvio inmisericorde y pertrechos con los que sajaban el endeble terruño. Junto a un trozo de tejado de chapa, que asomaba entre los despojos, una madre con el rostro sumido en el barro y los puños envueltos en su delantal escarbaba la tierra. No lloraba. Solo rasguñaba el terreno y hocicaba como un animal herido. De su boca salían solo llamadas cadenciosas al sumergir su cara en el lodo.

—Dios mío, Íñigo, es una nana. Está susurrándole una nana a alguien, a su hijo —se percató Libertad.

—¿Qué dices?

—Acerquémonos, saquémosla de ahí. Está llamándole al hijo con tarareos… No está en sí…

Mientras Libertad Arregui contaba las zancadas de sus botas para no venirse abajo y poder alcanzar el emplazamiento de aquella mujer, Santolaya tomó una tela impermeable del maletero y corrió a cubrirla.

—Por favor, señora, venga con nosotros al vehículo —imploró Arregui— deje de escarbar. En el carro podrá secarse y le daremos algo de comer… Si lo desea podemos llevarle a un lugar seguro, a la UCA.

—Mi niño querido. Le puse Nelson —respondió la mujer en trance de enajenación—. Le escuché ahí abajo. ¿Quién es usted, señorita? Mi niño bello está aquí y debo sacarle. Está ahí atrapadito, ¿no le oye? Escuche, escuche cómo me llama: «ma-mi, ma-mi-ta». ¿Lo oye usted también, señorita? Yo soy su madre, me está llamando, a mí me llama, a mí: escuche, escuche, ponga atención.

—Mire, mi nombre es Libertad. Soy periodista y profesora de la UCA. Por favor, venga con nosotros. Salga de este hoyo. Nosotros le ayudaremos. Vendrán más tarde unos efectivos de socorro para desenterrar a los niños. Por favor, se lo suplico, venga con nosotros.

—Mi Nelson no está muertito, ¿sabe? Le oigo, está ahí en una cuevita a resguardo. Le canté su nanita y me respondió.

—Señora, díganos, ¿cómo se llama usted? —preguntó Santolaya en un baño de sudor y sollozos.

—María.

—Venga con nosotros, María, por lo que más quiera, le ayudaremos —rogó la reportera, que ya había rodeado con sus brazos a la madre y la levantaba del agujero—. Vendrá con nosotros a la casa de huéspedes de la universidad. No se preocupe, que volveremos a por su hijo.

Santolaya se adelantó hasta el todoterreno para adecentar la cabina y sacó de la guantera una petaca con aguardiente y dos pomarrosas para ofrecérselas a la mujer.

Una vez dentro, con la mujer todavía temblando por la conmoción y con Libertad secándole y retirándole el barro con un paño, arrancaron dirección San Salvador.

El patio de piedra de la casa de huéspedes de la UCA había sido arrasado por el temporal de lluvias. Cuando se apearon los tres y abrieron la verja de entrada vieron con detenimiento la calamidad. El almendro que los había acompañado en las tertulias al aire libre yacía derrotado por la ventisca y las bromelias, orquídeas y palmas circulaban arrumbadas por entre las losetas.

—Qué desastre, por Dios, ¡cuándo parará esta maldita lluvia! Nos vamos a convertir todos en anfibios —masculló Santolaya al entrar por la puerta y ponerse a cobijo.

—Ya lo somos, Íñigo, estamos acostumbrados a vivir en «ambas vidas»: amphí (ambos) y βίος (vida) viene del griego; en tierra y en mar, en Euskadi y en El Salvador... en La Libertad y en la UCA, en... —alegó con erudición Arregui.

—Bien, bien, deja la etimología para otro momento, que debes llamar a la médica de la UCA para que venga a ver a esta mujer que habla sola.

María, así se llamaba la mujer que habían recogido en el desastre de San Rafael, entró por su propio pie a la casa de huéspedes. Se sentó en el sofá con la mirada ausente, bisbiseando palabras ininteligibles, cruzada de brazos acunándose a sí misma. La reportera puso a calentar agua para prepararle una infusión y dejó todas las tareas de intendencia a Santolaya, que caminaba del todoterreno a la casa y viceversa trayendo y llevando artilugios de lo más dispares.

—Íñigo, por favor, que estás poniendo el suelo como una balsa: párate ya. ¡Cierra esa puerta de una maldita vez! Viene la médica dentro de media hora y va a pensar que esto es un cenagal —le reprendió Libertad.

El cámara lanzó una mirada mohína, se quitó y colgó todos los aperos de lluvia y prendió el televisor. Las imágenes que mostraban los informativos hacían referencia a lo acontecido con los niños sepultados por el deslizamiento de tierras y los deslaves del volcán San Miguel, así que lo apagó temiendo una reacción de la mujer que no pudieran controlar. Ella levantó la mirada del suelo y se puso a musitar frases inconexas justo cuando Libertad Arregui le abría la puerta a la doctora. Tras las presentaciones protocolarias les mandó abandonar el salón para examinar a solas a la paciente. Media hora después, acostó a la mujer en una habitación, dejándola reposar y les dio su juicio clínico.

—Estamos ante un caso de estrés postraumático con inhibición y alucinaciones delirantes —afirmó la médica— un cuadro complicado. No puedo decir ahora cuánto tiempo le llevará volver a la realidad e iniciar el duelo por la pérdida del hijo. Tal vez unas semanas o incluso meses. Iré viniendo a diario a examinarla, mientras permanecerá aquí con ustedes. Incluso el asignarle, después de unos días de descanso, pequeñas tareas como coser un botón o hacer tortillas le podrá ayudar. No enciendan el televisor ni la radio. Hablaré con el rector hoy mismo, quizá pueda ocuparse de las labores domésticas aquí… Poco a poco, iremos viendo.

—Yo cuidaré de ella, doctora —se apresuró a decir Libertad.

—No lo dudo, Arregui, entre madres nos socorremos. Y esta precisa de mucha ayuda. La pérdida de un hijo es el episodio más traumático que una madre puede vivir. Imagínese, verlo en directo…

—Yo todavía no soy madre. Tengo veintiséis años.

—Lo será pronto —apostilló la doctora—, está en la edad.

EL INSTINTO DE LA LUZ

Al salir de la boca del metro, la fachada de la estación de Saint-Lazare me pareció tan fascinante que permanecí allí parado largo rato, observándola, como hubiera hecho junto a mi madre de estar viva. Podría haber confundido aquella estampa con el frontis de un *palais* de los muchos que hay en París, como el Garnier que no quedaba muy lejos, pero supe que era la estación indicada por el tráfago de pasajeros que entraban y salían sin cesar. Todo ese ajetreo contrastaba con mi calma inquieta frente a la escultura de los relojes que presidía la plaza.

Bajé hasta la planta inferior de la estación para comprar en uno de los comercios una botella de agua y un emparedado de jamón, ya que intuí que la espera sería larga y mi estómago había comenzado a rugir pasadas las nueve de la noche. Tras el tentempié opté por subir a la planta superior, donde se hallaba un vestíbulo, pues me sorprendió la melodía de un piano lejano, que resultó ser de uso público.

Una joven de rasgos asiáticos, algo mayor que yo, tocaba el *Claro de luna* de Beethoven con un virtuosismo que, incluso hoy en día, me sigue sobrecogiendo cuando me pongo a recordar aquella escena junto a ella. Me miró desasida, con aire de hada perdida en el bosque encantado de Sugi, y continuó con el *adagio sostenuto*. Yo dejé mi mochila en el suelo junto al instrumento y me apoyé en el cristal que hacía de baranda, pensando en la fragilidad del material que me sostenía la vida, y en el hilo rojo invisible, del que muchas veces me habló mi madre. Aquel filamento con el que el destino ata los dedos meñiques de algunas almas.

Cerré los ojos, mientras dio inicio al preludio más conocido de Bach, justo el primero que me enseñaron en las clases de piano durante mi estancia en el Conservatorio de San Sebastián. Esa noche pensé que, desde algún astro cercano, mi madre había salido en busca de espíritus predestinados a unirse en la tierra.

La gente que estaba alrededor aplaudió a rabiar las piezas musicales que iba eligiendo aquella muchacha, en medio de una noche que se cernía vertiginosa, y, justo en el segundo nocturno de Chopin, volvió a sonar mi teléfono sacándome de una ensoñación que actuaba como bálsamo ante el dolor enclaustrado en el pecho por la reciente pérdida de mi madre.

—Hallo, Asierrr. Aquí, Helmut. ¿Cómo vas?

—Bien. Llegué a Saint-Lazare sin problemas. Cené algo. Estoy aquí junto a un piano que hay en la estación. Algo cansado.

—Oh, muchacho, cuánto siento no haberte podido recoger a tiempo con lo que estarás pasando…

—No se preocupe. Mi madre me enseñó a ser fuerte.

—Lo sé, lo sé… Mira, me ha dicho el revisor que llegaremos muy tarde, casi en la madrugada. Y la estación la cierran a la una, más o menos. Ve al hotel du Havre, lo tienes ahí cerca, a unos metros de la estación, en esa misma calle.

—¿Para qué?

—Para que descanses. No te preocupes por el coste. Yo les llamo ahora mismo. Nos conocen mucho a tu madre y a mí, ahí nos solíamos alojar cuando estábamos juntos en París.

Solo muéstrales tu documento de identificación y te darán una habitación para que duermas hasta que yo llegue.

—Bien, pero iré más tarde. Ahora voy a tocar un rato el piano.

—Ah, muchacho, buena idea. La música nos da compañía, no nos deja nunca solos. Tu madre no sabía tocar, ¿a ti quién te enseñó?

—¿A mí? Mi padre. Bueno, Imanol. Bueno sí, el esposo de mamá. Bueno, ¡y yo qué sé! ¡Aprendí solo!

Colgué el teléfono irritado sin saber la causa. Y con un francés pronunciado a trompicones hice una breve presentación y me senté junto a Aratani Nakamura, así se llamaba la pianista. Era estudiante japonesa en la *École Normale de Musique de Paris*. Me obsequió con una discreta sonrisa y algún dato sobre sí misma, que agradecí entornándole mis ojos con rubor. Esperé a que concluyese la *Marcha Turca* de Mozart, una pieza inapropiada para esas horas de la noche, y pasé a proponerle una *Fantasía* para piano a cuatro manos de Schubert que, aún hoy en día, tocamos juntos.

A las once de la noche nos despedimos y me atreví a darle mi número de teléfono, avisándole de que no sabía dónde iba a vivir en el futuro, si en París, San Sebastián, Phoenix o Bamberg. Se encogió de hombros, me volvió a sonreír y se marchó por el vestíbulo de los pasos perdidos, transversal a los andenes, como una figura de los memorables cuadros que Monet pintó sobre su caballete junto a las vías de salida de la estación.

Después enfilé mis pasos hacia el que fuera el alojamiento más frecuentado por mi madre cuando viajaba a París. Al llegar al Grand Hotel du Havre el recepcionista me estaba esperando y se dirigió a mí en un perfecto español:

—Buenas noches. Nos llamó el señor Kuntz para avisarnos de que usted llegaría sobre esta hora. Es usted Asier Beltrán, hijo de *madame* Arregui, ¿verdad?

—Buenas noches, sí. Aquí tiene mi identificación.

—Permítame transmitirle en nombre propio y en el de todos los que trabajamos en este hotel nuestro más sentido pésame. El fallecimiento de su madre ha supuesto una gran pérdida para usted, para el señor Kuntz y para todos los que la apreciábamos. Lo sentimos mucho. Yo mismo le acompañaré a su habitación.

—Gracias. Muy amable. Le agradezco sus palabras.

—Es la misma habitación que usaba su madre. Espero que esto no le incomode. Esta noche no le podemos ofrecer otra. Quizá mañana, si usted y el señor Kuntz permanecen con nosotros, podemos buscarles otra alternativa.

—Está bien. No hay problema. Solo deseo acostarme y poder dormir algunas horas.

—Buenas noches, joven. Cualquier cosa que precise, llámeme marcando el cero en el teléfono de la mesilla. Mi nombre es Pierre Matmour.

Cuando la puerta se cerró tras de mí quedé perplejo. ¿Acaso era esa la habitación donde Helmut Kuntz y mi madre me habían engendrado a comienzos del 92? Siempre tuve entendido que ella había aterrizado en Bilbao sin pasar por París tras regresar del país centroamericano. ¿Cuán intensa había sido la relación entre mi madre y Kuntz? ¿Era Helmut Kuntz mi padre o lo era Imanol Beltrán? ¿Sabía Imanol Beltrán del íntimo contacto durante años entre Helmut y Libertad? ¿Fue Helmut Kuntz la causa de la separación de mis padres cuando yo tenía once años? Demasiadas preguntas y muy complicadas para una noche repleta de agotamiento emocional y físico.

La habitación era amplia, con una decoración clásica sin excesivos lujos. La cama, tipo *King Size,* tenía un edredón color beige con cojines y almohadas de satén a juego. La moqueta me pareció mullidísima y me fijé en el cuadro de la cabecera, un óleo que representaba la fachada de *La Madeleine* desde la perspectiva de la Rue Royale. La *chaise longue* ejercía de biombo, pues había un espacio anexo que hacía las veces de escritorio. Dos mesas y dos sillas contiguas precedían al ventanal desde el que aún se oía el bullicio de la calle Ámsterdam en aquella noche fría de la que, sobre todo, recuerdo su olor a niebla.

Tras el recorrido visual exploratorio y reflexivo, sin más dilación, fui al baño, me lavé los dientes y me desnudé antes de sumergirme en el cálido mar del edredón. Tomé de la mesita de noche el librillo de anillas en el que mi madre me iba relatando aquello que nunca antes me hubo contado. Esta vez tuve más cuidado para que no se me cayeran las cartas que iban en sobres entre la página donde me había quedado la última vez. Me retrepé, apoyándome en el gran cabezal acolchado, y comencé a leer con la certeza de que el sueño y el cansancio me vencerían por completo al poco rato.

En el Cantábrico, bañándome con más de siete meses de embarazo, era como mejor te sentía. La mar siempre ha sido para mí un seno acogedor. Entraba en La Concha y notaba tus pataditas al sumergirme en la mar, como si ambos perteneciéramos a ese medio desde tiempos inmemoriales y nunca hubiéramos pensado salir de él.

Me lo habían advertido los médicos: nada de excesivas algazaras porque el embarazo era de alto riesgo. Fue durante una consulta ginecológica rutinaria cuando tuve el primer sobresalto. Un plantel de más de cinco médicos, con sus batas blancas abotonadas e impolutas, me esperaban. La mayoría eran jóvenes y estaban allí en calidad de aprendices, no dejando pasar la oportunidad de tratar el caso de una joven madre con una patología cardíaca que se iba a jugar la vida para parir a su criatura. Otros dos eran facultativos veteranos, muy avezados en esas lides de enfrentarse a embarazos complicados y alumbramientos con un alto porcentaje de mortalidad.

Recuerdo con qué timidez entré en aquel lugar. Yo, que siempre había sido una jabata, o al menos así me había considerado a mí misma ante las dificultades que se me iban presentando. Sin embargo, de pronto, el recibimiento de toda una hilera de doctores observándome me acobardó. Me sentí pequeña y vulnerable. Me llevé la mano al vientre, como pidiéndote que permanecieras ahí, en mis entrañas, que no me dejases nunca. En mi interior repetí una y otra vez un pensamiento que se me había instalado entre las sienes:

«Si tú resistes, yo resisto, pequeño».

Sabía que eras varón. Nada me hacía dudar de ello. A pesar de que toda la familia Beltrán me urgía a parir una niña pues, explicaban, «hace mucho tiempo que no nace una nena en esta familia». Pero yo hablaba contigo y te susurraba intimidades con la completa certeza de que eras, ya en mi interior, diminuto confidente de todas las ilusiones de una madre principiante. Asier, «el primero», tu nombre, tal y como me dirigía a ti, también revelaba que serías el único. Solo podría tener un hijo, en el caso de que sobreviviéramos los dos; así es como se dio el primer aserto que el jefe médico me expuso nada más sentarme a escucharle.

Allí, abierta de piernas, en aquella silla ginecológica, supe que lo nuestro iba a ser una heroicidad, que nadie daba dos duros ni por ti ni por mí y que si resistíamos el embate de la muerte se brindaría con champán en el quirófano que nos viese sobrevivientes.

Yo tendría una cesárea. Sonreí al saberlo. Era una forma como cualquier otra de disipar los miedos. También me puse a especular sobre la gesta de aquella romana que parió a un antepasado de Julio César mediante un corte o *caesura*, según la *Lex Caesarea*, surgiendo de ahí el nombre de toda una dinastía. Quizás este escrito pase también, de mano en mano, por todos nuestros descendientes a lo largo de los siglos. Quizás todos llevemos a gala en el futuro pertenecer a una casta de supervivientes. Sí, estoy convencida de ello.

El día del parto lo recuerdo como si fuera hoy mismo que te estoy escribiendo.

No sé por qué mi habitación en el hospital estaba llena de gente la mañana en que naciste. Entraban y salían sin razón aparente o así lo percibí. Médicos, enfermeras, personal auxiliar, tu abuela, tu abuelo, Imanol. Yo permanecía expectante a todo. Solo me empecé a poner nerviosa cuando me rasuraron y, cubierta por una sábana blanca, me enfilaron sobre la cama de ruedas por el pasillo hasta el antequirófano. Una vez allí uno de los cirujanos que iba a intervenir en la cesárea con anestesia general quiso hacerse el gracioso y, puesto firme frente a mí desde las alturas, vi cómo con la mano hacía la señal de una cruz en el aire.

—¿Qué está dándome? ¿La extremaunción, acaso? —le dije.

—No. Era para preguntarte si quieres la cicatriz vertical u horizontal —aclaró de inmediato.

—Pienso salir de aquí e ir a la playa en bikini a tomar el sol, así que usted verá… —apostillé yo sin muchas ganas de sorna.

A partir de ahí me puse a contar la cantidad de médicos que había en ese parto, cardiólogo infantil e intensivista incluido, porque igual que era un reto salvar mi vida también lo era hacerlo con la tuya. En aquel recuento de matasanos la anestesia hizo su trabajo y llegó la inconsciencia como una nube liberadora.

Después del largo sueño solo me recuerdo entre el vapor del atolondramiento, tendida en una cama sin saber que ya había dado a luz.

Fue cuando una enfermera entró contigo en brazos envuelto en una toalla blanca, entonces acerté a esbozar una sonrisa que anticipaba la alegría de sabernos ambos sanos y salvos.

Efectivamente, en el quirófano se descorcharon varias botellas de cava. La madre había superado la operación y el hijo también se había batido en duelo con la muerte, superándola sin ambages.

Las primeras palabras que te dije fueron en vasco. «*Nire bihotza, nire bihotza*». Pues sí, eras tú, siempre lo has sido, mi corazón. Lo más importante de mi vida. Por aquel bebé que tenía en ese momento sobre mi pecho, sujetándolo con la mano prendida aún al gotero, estaba dispuesta a dar la vida una y mil veces.

Las lágrimas llenaron mis ojos. No pude continuar leyendo y paré. Los tenía enrojecidos. La página que leí acababa ahí. A continuación, tomé la carta que estaba dentro de un sobre grapado como relevo a la narración. Pero no anduve seguro de si iniciarla o no. Pensé que no podría terminarla, dado el grado de fatiga que llevaba encima. Y así fue. No pude leer más que unos pocos párrafos.

San Sebastián, 16 de septiembre de 1992.
Querido Helmut:

He sido madre hace algo más de quince días, la madrugada del treinta y uno de agosto, en el hospital Nuestra Señora de Aránzazu en San Sebastián. Mi hijo se llama Asier, que significa «el primero», cosa paradójica porque también será el último, ya que me han dicho los médicos que nunca podré tener más criaturas dada mi dolencia.

El parto fue complicado, por lo mismo que lo fue el de mi madre. Ya sabes, el corazón y sus válvulas, las arterias y sus caprichos y todas esas mandangas que nos cuentan los matasanos a las invencibles de la vida. Estoy bien. Viva y con mi hijo en brazos. Existe un instinto. Un instinto de luz, que me dice que, si yo he sobrevivido a tantas batallas, incluso a la de renunciar a ser tu mujer, la más dura de todas, él también sabrá guiarse y saltar cualquier obstáculo que la vida le ponga enfrente. Haré de él un hombre fuerte. No tienes nada de lo que preocuparte. Además, cuento con Imanol para la crianza. No olvides esto. Al menos, mientras me quiera o, mejor dicho, nos quiera al pequeño y a mí.

Nos veremos en París cuando pasen las navidades. Entonces habrá terminado mi baja maternal y me habré reincorporado al trabajo para informar desde París, Bruselas o Estrasburgo sobre todo lo que se nos viene encima con Maastricht. En Alemania estáis más tranquilos con ese tema. No te podré llevar a Asier, a pesar de tu insistencia, es muy pequeño y no quiero para él esos trotes. Se quedará con Imanol.

Esta carta puedes destruirla o entregármela cuando nos veamos, en ningún caso quiero poner en peligro tu matrimonio. Y, con respecto a tus preguntas sobre la paternidad de Asier, has de saber que yo soy la única que…

Me despertó la claridad que entraba por el ventanal. Justo abrí los ojos me senté de sopetón en la cama. Tuve un gran susto al percatarme de la presencia de aquel hombre tendido, todo lo largo que era, sobre la *chaise longue*.

Me froté los ojos, en medio de algún bostezo que se me escapaba, y le volví a mirar. Descalzo y vestido con una camisa a cuadros y unos *jeans* negros permanecía recostado sobre un par de cojines que le hacían las veces de almohada. Desde la cama, todavía bajo la nebulosa del entresueño, le observé detenidamente en busca de algún parecido conmigo. Alto, delgado, de facciones germánicas, barba y pelo cano, con una amplia frente y una nariz respingona, respiraba con placidez, sin que mi presencia perturbase lo más mínimo su descanso en aquella mañana de encuentro.

No quise alterar su sueño, pues supuse que llegó bien entrada la noche y en el hotel le habrían proporcionado la llave de entrada. Al igual que él no me había despertado a mí, yo también quise respetar su descanso.

Me fui al baño, meé y con todo el sigilo del mundo prendí la ducha. Al poco de tentar con la mano el agua caliente para ajustar la temperatura del chorro, antes de cerrar la puerta del aseo y desnudarme por completo, escuché su voz en la habitación.

—¡Asier! *Bonjour*, Asier, ¡ya despertaste! —me saludó con su inconfundible acento alemán.

—*Bonjour*, Helmut. *Bienvenue* —respondí de forma apresurada, volviendo a la habitación para abrazarme con él.

De pie, junto a aquella *chaise longue* de terciopelo granate, sobre la cual yo estaba seguro de que mi madre le habría contado los pormenores de mi vida a aquel hombre extraño para mí, pero con el que ya me unía una espontánea familiaridad, nos fundimos en un abrazo henchido de fuerza y ternura. Un acto inolvidable entre dos hombres, uno, hecho y derecho, y el otro, abriéndose a los tortuosos caminos de la vida; un achuchón que, al cabo de unos minutos, derivó en lloro contenido.

Eran lágrimas por la pérdida que los dos habíamos sufrido. Lágrimas por un encuentro por el que nuestras vidas no serían las mismas a partir de ese instante. Un encuentro que tenía el sabor de la desdicha, pero también de la esperanza. Un encuentro de hambre atrasada, que diría mi madre, un encuentro en el que nuestros corazones latían al unísono, mientras mi cabeza tomó asiento en su hombro.

—Sch, *mon chéri*, sch, todo irá bien. Ya estás conmigo, tal y como tu madre quiso al final de sus días. Sch, todo irá bien. Yo también he sufrido: estoy deshecho. La quise de veras. Tenemos mucho de qué hablar —confesó Helmut sin soltarme y besándome la frente con la pulcritud con la que solo un alemán puede hacerlo.

—Helmut, estoy hecho un lío. Imanol, el marido de mamá, con quien crecí, nos abandonó cuando cumplí los once años. Nunca más le vi, se fue a ejercer a Estados Unidos y… tras leer lo que mamá me dio, tu llamada… entonces no sé… —balbuceé levantando la cabeza de su hombro y mirándole a sus grandes ojos azules, idénticos a los míos—. Me gustaría saber si tú eres mi…

—Tranquilo, tranquilo, Asier, —me interrumpió con voz serena—. Vamos por partes. Sé que tienes muchas preguntas. Yo también las tengo. Tendremos tiempo, mucho tiempo para hablar de eso y de otras muchas cosas relacionadas con tu madre. Pero ahora —continuó— hago gala de mi pragmatismo teutón y te propongo que vayas a la ducha y te asees. Después iré yo. Nos adecentaremos tras esta noche tan dura, desayunaremos para reponer fuerzas y acudiremos al Louvre. Será allí donde empezaremos, poco a poco, a hablar de tu madre, de tu madre y yo, de tu madre, tú y yo… Pero poco a poco, Asier, poco a poco.

—¿Entonces ahora de cabeza a la ducha? —pregunté retóricamente.

—Sí, de cabeza a la ducha, buen chico.

EXHUMACIONES

—¡Por Dios, Olga, métele inmediatamente a la ducha!

—¿Cómo dice, señora?

—¡Que le metas de cabeza a la ducha! ¡Tenemos que grabar las exhumaciones dentro de unas horas y mira cómo viene! ¡No se tiene en pie! Íñigo, por favor, ¿cómo me haces esto?

—Yo le llevo a la ducha, no se apure.

—¿Que no me apure? ¿Que no me apure, Olga? ¿De verdad me dices eso? ¡Qué irresponsabilidad la vuestra! ¡Tenemos cuatro horas de trayecto hasta llegar a Morazán! ¿Qué habéis estado haciendo? ¡Por Dios, sabiendo como sabíais que teníamos que ir a grabar!

Olga, a duras penas, tomó a Santolaya de las axilas y lo fue arrastrando por el pasillo de la casa de huéspedes de la UCA hasta que Helmut abrió la puerta de una de las habitaciones y los vio. Decidido a ayudarles a llegar al baño, pidió con un escueto gesto del índice sobre sus labios que Libertad detuviese aquella perorata vocinglera.

Una vez en el aseo, entre Olga y él le desnudaron y sumergieron bajo un chorro de agua fría. Santolaya no protestó. Simplemente dejó que sus omóplatos se apoyaran en los azulejos y se fue resbalando hasta quedar sentado en el plato de la ducha sobre el desagüe con la cabeza vencida entre las piernas.

—Olga, por favor, vaya preparando un café bien cargado y sirva también buenas raciones de pan con chumpe que hay en la fresquera.

—¡A este le dieron agua de calzón! ¡Ya vengo!

—Dese prisa, Olga, que nos va a inundar el piso.

Libertad permanecía en el salón sentada con cara de circunstancias, esperando a que arreciase. Cuando Olga y Helmut secaron a Santolaya, lo vistieron y lo sentaron frente a la mesa donde solían comer, Libertad tenía ya otro temple y su enfado se había disipado en parte, tal vez porque veía factible llegar a tiempo a Arambala para grabar la primera exhumación.

Comieron los cuatro juntos en silencio, posando la mirada los unos en los otros o dejándola caer sobre el plato. Íñigo Santolaya estaba mohíno y masticaba lento. Bebía café con verdadera fruición como queriendo repostar su cuerpo de vitalidad. El remordimiento por haberle fallado a su compañera a veces hacía mella en él. Le dolía pensar que sus borracheras y resacas podían interferir en la prometedora carrera de su joven colega. Muchos fueron los compañeros corresponsales a los que acompañó en Líbano, Vietnam, Cuba, pero siempre reconoció, sobre todo cuando Arregui no estaba presente, que era ella la que más coraje mostraba ante las cámaras. Le apasionaba su forma de colocarse frente al teleobjetivo. Había aprendido a quererla en medio de aquella guerra inhóspita. Aunque las riñas entre ellos eran frecuentes, en aquella improvisada pitanza se preguntó qué clase de boquete quedaría en su corazón al verla retornar a España a finales de diciembre. Ella debía seguir con su brillante trayectoria profesional lejos de él, en Barcelona, en París, en *Frankfurt*, en Bruselas, de cualquier modo en una Europa que vivía de espaldas a la península balcánica.

Suspiró y siguió masticando meditabundo, preguntándose cuánto tiempo podría permanecer junto a Olga en la casa del puerto de La Libertad. Especuló con que al menos hasta que sonase el teléfono y le enviasen a Bosnia junto a otra joven promesa de la televisión. Luego pegó otro bocado al pan con chumpe y pensó que su interior tenía tantas brechas de ausencia que una más tan solo cerraría el maldito círculo de pérdidas o que, quizá, lo ensancharía más.

—¿Qué es lo que ocurrió, Olga? Estuvisteis en la casita de La Libertad todo el fin de semana juntos, ¿verdad? ¡¿Qué fue lo que...?!

—Las rodillas —interrumpió Santolaya.

—¿Qué rodillas?

—Mis rodillas, Líber, mis rodillas, que me están matando de dolor. Ya estoy muy viejo y tuve mucho trote por esos mundos. Más la granada que me explotó en Saigón y me las dañó, más la rehostia de cosas que estamos viviendo aquí, ¡joder! —acentuó su explicación propinando un fuerte puñetazo sobre la mesa.

—¿Y qué tienen que ver tus rodillas con llegar como una cuba justo el día que tenemos una grabación? ¡Quizá se abra la primera fosa común en este país y tú con excusas! —alegó malhumorada Arregui.

—Disculpe, Libertad —tomó la palabra Olga— pero él fumó un poco de hierba de esa que guardan ustedes en las latitas de la repisa en la cocina. Lo hizo para combatir el dolor de las rodillas. Y fue así que durmió bien estos días, pero ayer domingo tuvimos una visita de mis primos de Sonsonate y hubo licor a base de chaparro, ponche brujo y...

—Y acabasteis todos por los suelos: ¡ya! —remató Arregui.

—¡Basta ya, Líber! —protestó el cámara—, tú no tienes ni puta idea del destrozo que yo tuve en Saigón y de las secuelas que me quedaron. Solo se me quitan los dolores fumando maría.

—¿Y por eso la mezclas con toda clase de brebajes? ¡Venga ya, Íñigo, no me tomes el pelo!

—Bueno, bueno —medió Helmut—. Ahora es cuando todos nos calmamos, terminamos de comer y nos dirigimos en comandita hasta Morazán para ver esa exhumación prevista para esta tarde.

—¿Pero tú vienes, Helmut? —preguntó sorprendida Libertad.

—Sí, es de interés también para mí. Debo redactar unos informes que más tarde enviaré a ACNUR y a la Agencia de Cooperación Alemana.

—Habló el espía que surgió del frío —embromó Santolaya, dirigiendo una mirada llena de sorna a Helmut.

—Tal vez sí, querido Santolaya. Tal vez tenga razón y una Alemania reunificada tenga intereses estratégicos aquí y esté procurando la paz en la región mediante agentes...

—¡Párenme eso ahí, señores! —cortó tajante Arregui—. Va a dar la una del mediodía, tenemos cuatro horas por delante de viaje y la puesta de sol se prevé para las cinco y media. O salimos ya o no tendremos buena luz para grabar.

—Yo me quedo —dijo Olga.

—Bien, todos los demás al *pick-up* de Helmut de inmediato. ¡Andando que es gerundio!

La carretera Panamericana estaba más tranquila que en otras ocasiones. La firma de los Acuerdos de Paz estaba cercana y todo el mundo quería zanjar aquella interminable guerra que ya duraba doce años. En enero se rubricarían los documentos entre las dos partes en litigio, guerrilla y gobierno. En febrero el país empezaría una nueva etapa de su historia.

A las cinco en punto de la tarde, quince minutos después de haber pasado el pueblo de Arambala, Helmut Kuntz, que condujo todo el tiempo, aparcó su Cherokee junto a un bosque de pinos, ceibas y manzanos. Se apearon los tres y, mientras Libertad se alejaba rauda en busca del equipo de antropología forense que había llegado desde Argentina, Helmut se dispuso a ordenar, en los múltiples bolsillos de su chaleco, materiales y objetos que le iban a hacer falta durante la tarde. Después se colgó del hombro una cámara fotográfica y salió tras Arregui por una estrecha vereda bordeada de mangos.

—¿Va bien, Íñigo? ¿Necesita ayuda? —acertó a gritar Helmut a doscientos metros, iniciada la ruta que llegaba hasta el primer asentamiento del equipo forense.

—Tire, tire. No se preocupe, *Jarmut*. Estoy bien. Preparo el equipo y me reúno con ustedes allá abajo. Vaya, vaya, que tengo que hacer por acá unas pruebas. Vayan ustedes a preguntar a la gente y enterándose de lo que van a sacar…

—Muerte, Santolaya, van a sacar muerte.

—Ya, ya, *Herrkommandant*, ya me conozco el percal. No me pilla esto de nuevo, descuide, he visto yo más cadáveres que pelos el barbero del hombre lobo.

Helmut prorrumpió en una carcajada y siguió acelerando un poco el paso para alcanzar a Arregui.

Parados los dos frente al campamento del equipo de antropólogos forenses, se quedaron pensativos un instante. Juntos, hombro con hombro, discurrieron sobre cómo describir lo que tenían ante sí.

Una mujer pálida y delgada de larga melena, ataviada con una sencilla camiseta de tirantes y un peto vaquero, se dirigía con voz pausada y cadencia bonaerense a un grupo de familiares que aguardaban en las inmediaciones. Una cinta acordonaba el área de investigación forense. En ella, tres operarios trasegaban con pequeñas espátulas, plomadas, niveladoras y barras de sondeos. Otra mujer más, que estaba de rodillas frente a un estuche de pinceles y escalas, tomaba notas en un diario de campo y, de vez en cuando, ponía en marcha una grabadora para dejar mensajes de voz en ella.

Libertad Arregui recorrió todo el panorama de un rápido vistazo para, después, agarrarse con fuerza a la cintura de

Helmut. Venció la cara contra su pecho como queriéndose esconder de todo el horror que la tierra no había querido tragarse, aunque hubieran pasado diez años de la masacre allí acontecida. Diminutos esqueletos de bebés y niños de no más de cinco años, calaveras semienterradas, huesos quemados, ropas y juguetes con fragmentos de proyectiles y cartuchos incrustados...

—Debes informarte y contarlo, Líber —le susurró Helmut mientras acariciaba su cabeza con ternura—, pues muy probablemente será una de tus últimas crónicas antes de regresar a España.

—Sí, amor, sí. Sé que esto va a ser duro, pero hay que hacerlo bien. El mundo no puede olvidar El Mozote.

Libertad levantó la cabeza, besó a Helmut y, con una sola mirada de complicidad, supieron que distintas tareas comenzaban para ellos dos. Arregui se fue a entrevistar a las antropólogas y a los familiares presentes. Kuntz, sin embargo, prefirió no abordar a nadie y se limitó a tomar fotografías del lugar, anotar detalles y realizar pequeños dibujos en un cuaderno que siempre llevaba consigo, como un tesoro. A las cinco y media en punto, cuando la luz menguaba, Santolaya se presentó erguido y sereno, dispuesto a comenzar la grabación de otra de las *Crónicas desde La Libertad*. Esa sería casi la despedida de ambos.

Las familias que se encontraban en torno a los trabajos de exhumación se empezaron a arremolinar junto a Santolaya mientras él tomaba una serie de planos recurso. Lejos de verse molesto por las gentes que quizá esperaban poder contar su historia a cámara, giró su cintura, bajó la cámara hasta encuadrar la fosa y se puso a grabar los restos esqueléticos que se asomaban al mundo por primera vez.

—¡No grabes de tan cerca, Íñigo! —le ordenó Libertad desde el vértice opuesto de la cuadrícula acotada con cuerda que marcaba la fosa—. Grabaremos a unos pocos metros de acá. Nosotros no hacemos morbo, hacemos periodismo.

—¡A sus órdenes, mi generala! ¿Dime, niña, dónde nos ponemos exactamente?

—Lo tuyo es de traca, Íñigo, tan pronto me asciendes a generala como me degradas al parvulario... —atinó a decir Arregui para distender un ambiente cargado en exceso de pena.

Reportera y cámara se desplazaron unos cuantos metros de la zona cero donde trabajaba el equipo forense. Dejaron a su derecha la fosa común y a los técnicos que se afanaban en ella y subieron un pequeño repecho desde donde divisaron, muy a lo lejos, el cerro Cacahuatique y los volcanes de Conchagua y Chaparrastique.

—Esta es buena ubicación —decretó Libertad—. Así mostraremos a los televidentes el oriente del país, además de contar esta barbaridad que está apareciendo.

—Preparada, lista, adelanteee Líber.

Los ojos de la reportera centelleaban frente a la cámara como nunca antes. Aquella tierra le había robado el corazón y eso se notaba en sus iris humedecidos. Carraspeó, hizo una larga inspiración palpándose el vientre y estiró de manera inconsciente su camiseta. Atusó su larga cabellera, levantó la barbilla en señal de conformidad y...

Después de diez años los supervivientes de la masacre de El Mozote comienzan a ver la luz. Una luz que proviene de las entrañas de la tierra. Una luz que habla de muerte, pero también de vida, porque este pueblo debe renacer con la verdad.

Hace ya un año, un nueve de diciembre como el de hoy, mi compañero Santolaya y yo misma les contábamos sobre el terreno lo que había sido esta gran masacre olvidada por el mundo. Regresamos a El Mozote, a un bosque cercano a Arambala, lugar que fue marcado en el mapa por los militares como el pistoletazo de salida de una carrera hacia el infierno. Volvemos para relatarles cómo está siendo el comienzo de la primera exhumación en El Salvador, tras una guerra que fenece dejando tras de sí un rastro infame de muerte y desolación.

Al ver esta zona no sabemos si catalogarla como lugar de exhumación o de hallazgo. Aquí los cráneos no están enterrados. Tienen todos orificios de bala. En el espacio acordonado, que pueden ver a la izquierda de sus televisores, cientos de minúsculos esqueletos de niños abarrotan sin consuelo la tierra. Fragmentos de proyectiles, que proceden de fusiles M-16 del ejército, están clavados en la tierra. Vemos huesecitos mortificados por lo que aquí llaman vainillas, que en realidad son casquillos de balas disparadas a quemarropa. Todo ello, incluida la madera quemada de las vigas de los techos, ha resultado ser la consigna de la atrocidad aquí cometida.

Los supervivientes, muchos de los cuales se encuentran junto a nosotros en estos momentos, están un poco más cerca de vislumbrar la justicia que se les debe. Tras la masacre, los cuerpos de infinidad de víctimas se pudrieron a la intemperie, otros fueron devorados por animales, muchos terminaron calcinados o semienterrados por los soldados artífices de la carnicería.

Libertad, antes de proseguir, cerró los ojos un par de segundos, suspiró hondo y se desplazó unos metros acercándose a la fosa común descubierta. A continuación, enderezó sus hombros, que estaban algo caídos, y volvió a mirar a cámara.

En mayo de este mismo año miembros de Tutela Legal, la oficina de derechos humanos del arzobispado de San Salvador, al frente de la cual está nuestra admirada María Julia Hernández, invitaron a varias expertas del Equipo Argentino de Antropología Forense. El objetivo era estudiar la posibilidad de llevar a cabo las primeras exhumaciones. El Equipo Argentino de Antropología Forense es una organización científica no gubernamental sin fines lucrativos que aplica la arqueología forense a la investigación de violaciones de los derechos humanos en el mundo.

Sin dudarlo ni un segundo, y tras una dilatada experiencia en la búsqueda de personas desaparecidas durante la dictadura militar argentina, llegaron hasta aquí por sus propios medios. Las doctoras Mercedes Doretti, Patricia Bernardi y Silvana Turner averiguan pistas sobre estos asesinatos en masa. Cuentan con forenses salvadoreños voluntarios y con el compromiso de toda la comunidad.

Mercedes Doretti, la líder y fundadora del equipo, ha sido galardonada recientemente con el premio Human Rights Watch por sus trabajos de investigación en distintos países. No en vano es hija de la extraordinaria periodista radiofónica Magdalena Ruiz Guiñazú, una de las figuras más emblemáticas de la defensa de los derechos humanos en Argentina.

De nuevo Arregui tomó aire, haciendo una breve pausa meditativa. Dudó por un instante si desgranar la última información que había recabado, no sin pensar que, en la edición de la grabación, una vez esta llegara a ETB, podrían cortar esa parte. Despejó su tribulación y retomó con vigor la narración.

Muchos grupos ultraderechistas norteamericanos y salvadoreños pertenecientes a las élites implicadas en el conflicto armado rechazan las evidencias físicas que van apareciendo y que muestran a las claras lo que fue el total exterminio campesino en varios departamentos del norte de El Salvador. Argumentan que se trata de propaganda por parte de revolucionarios y periodistas desinformados ya que, aducen, todas estas osamentas halladas se deben a cementerios clandestinos de la guerrilla. También apuntan a que estas decenas de cadáveres de niños quedaron esparcidos sobre la tierra tras un fuego cruzado con los guerrilleros.

Tenemos casi la completa seguridad de que con las instrucciones judiciales venideras aparecerán más pruebas. Los testimonios de los testigos apoyan decididamente la conclusión de que estos niños y sus cuidadoras fueron víctimas intencionales de una ejecución extrajudicial masiva.

Como saben, la administración Reagan nunca encontró pruebas suficientes para responsabilizar a sus socios, los militares salvadoreños, de estos crímenes. Siempre hubo más y más ayuda económica y militar para que el ejército pudiera seguir matando.

En el momento en que Libertad Arregui se disponía a concluir su crónica notó cierto tambaleo en la cámara. Santolaya parecía perder el equilibrio por momentos. Helmut corrió a colocarse detrás de él para sujetarle. Efectivamente, sufría un vahído en ese preciso instante. Dándose cuenta Libertad de que podía caerse, aunque estuviese respaldado por Helmut, se apresuró en la despedida final.

Aquí tienen. Ante sus ojos la primera fosa común descubierta en este país. Repleta de niños asesinados. Aquí están sus batitas, las canicas que se han encontrado en sus bolsillos. Las comadres nos cuentan casi a bisbiseos que temen represalias, ahora que se descubre a cielo abierto todo esto que ven.

Nunca podré en mi vida olvidar la primera imagen que me he encontrado hace un rato al ponerme frente a la fosa: una manita esqueletizada sujetaba un pequeño caballito de plástico. Pareciera como si pidiese que el juguete le librase de todo mal. Pero el mal llegó y arrasó con la vida de los más inocentes de entre los inocentes.

Hasta aquí hemos llegado. Hasta la que puede ser nuestra penúltima *Crónica desde La Libertad*. Pronto estaré de vuelta en los platós de Iurreta. Quisiera despedirme con unas palabras del gran Ellacuría: «Verdad y Libertad están estrechamente enlazadas, aunque en el fondo sea la Verdad la que genera la Libertad».

No olviden ser felices.

Libertad apoyó las manos en ambas rodillas y metió la cabeza entre las piernas, venciendo medio cuerpo en dirección al suelo mientras resoplaba.

—¿Estás bien, Líber? —chilló asustado Helmut, que sujetaba a Santolaya por la espalda y no podía ir a socorrerla.

—Estoy bien, estoy bien, dejadme en paz. Es que me he llevado un susto pensando que el ganso este de Íñigo se nos caía —siguió resoplando— y que no terminaríamos la grabación en orden. Menudo final de infarto. ¿Qué te ha pasado, Santolaya? ¿Te ha dado una pájara o qué?

Íñigo Santolaya no tenía ganas de hablar. Le pasó la cámara a Helmut y le indicó dónde debía dejarla guardada dentro del vehículo. Después, por su propio pie, se dirigió a una de las doctoras allí presentes e intercambió unas palabras con ella. Al rato, estaba acomodado en una cabaña colindante a la zona de excavaciones.

Helmut y Libertad se acercaron a Mercedes Doretti, que era quien le había atendido, y le interrogaron sobre su estado.

—No ha sido exactamente un vahído o una bajada de presión sanguínea —explicó Doretti.

—Es una resaca de la enésima borrachera, doctora; si lo sabré yo, que soy compañera suya… —farfulló Libertad.

—No crea, mi percepción es que estamos ante un cuadro de conmoción psicológica motivada por las instantáneas que él ha tenido que grabar en la fosa —aclaró Doretti— por lo visto su compañero tuvo una experiencia traumática en el pasado y los esqueletos de los niños le han hecho recordar aquello.

—¿Una especie de *shock*, doctora? —interrogó Helmut.

—Bueno, sí, yo no soy psicóloga, aunque sea argentina —se sonrió—. Pudo ser una reminiscencia trágica que le ha venido a raíz de las duras imágenes que contemplamos en este lugar —concluyó resuelta—. Pueden acompañarle en la cabaña. Le hemos acomodado y dado un poco de agua fresca. Está reposando ahora.

Libertad y Helmut se dirigieron unos metros más arriba hacia la cabaña donde se encontraba Santolaya.

—¿Buenas vistas desde aquí, señor? —bromeó Helmut al entrar por la puerta.

—*Jarmut*, lo dices porque tumbado en este camastrito no me va a dar por mirar en lontananza el oriente, ¿verdad? No vaya a ser que me dé otro jamacuco, ¿no?

La cabaña era de madera de árbol teca, con una gran ventana al fondo desde la que incluso se podía divisar la costa pacífica muy a lo lejos. Tenía en la base piedras del cercano río Sapo y un único espacio interior abierto con una mesa de pino, cuatro sillas a su alrededor y tres catres, uno en cada pared, excepto en la que daba a la salida. Allí descansaban a turnos los operarios o las forenses.

Sobre la mesa alguien les había llevado un refrigerio a base de yuca sancochada con verduras, pepescas y salsa de tomate, más una jarra con fresco de tamarindo. Santolaya hizo amago de alzarse de manera brusca, así que Helmut le paró en seco.

—Oiga, Santolaya, avíseme al levantarse. Si lo hace de golpe nos dará otro susto —advirtió—. Venga aquí a la mesa con nosotros al avituallamiento, pero quédese unos minutos sentado en el jergón antes de ponerse en pie.

Santolaya no refunfuñó porque la orden no venía de Arregui y, al rato, los tres estaban devorando con apetito los imprevistos manjares.

—Yo pensaba que tú, Íñigo, estabas hecho de roca, camarada —comenzó Arregui a indagar a la vez que se limpiaba las comisuras de la boca con un pañuelo de papel.

—Déjale, Líber, todavía tiene que acabarse su plato y reposar más —replicó Helmut con cierto malhumor.

—No, si yo ya sé detrás de lo que anda esta… —se apresuró a decir con la boca llena Santolaya, tras restregarse con la manga de la camisa la cara y echar un potente eructo.

—Lo digo por si te podemos ayudar. Sé que es de las últimas crónicas, pero tú te quedas aquí un tiempito y podemos buscarte un doctor o algo... —improvisó Arregui dirigiéndose a Santolaya en un tono amainado.

Helmut, que ya había acabado su ración, se levantó de la mesa y se fue a la entrada. Allí, sentado en un escalón, siguió con la vista los trabajos en la fosa, que ya eran de recogida de instrumental y final de jornada. Se ladeó un poco, porque también le interesaba la conversación que parecía iniciarse entre Libertad y Santolaya.

Íñigo se había retrepado en su silla masticando lento y, a juzgar por su mirada perdida, tenía ganas de desembuchar algo que hacía mucho tiempo le pesaba en el corazón.

—Mai vendía flores en el mercado flotante de Cai Rang sobre el Mekong —comenzó su relato un Santolaya pausado—, aunque ella era de Hoi An.

—¿Cómo era? —le interrogó casi en un susurro Libertad, que había dejado de comer y miraba a su compañero sin pestañear, sabiendo que por fin iba a contar lo sucedido en Vietnam.

—Era una belleza. Yo tenía treinta y seis años, ella diez menos. A pesar de la guerra, la vida nos sonreía cuando estábamos juntos. Aprendí su lengua y sus costumbres, solo para que me mirase con aquella dulzura única. Una vez, cuando me llevó a su casa a conocer a la familia, la vi con su túnica tradicional, el *ao dai*, junto a las linternas que se encienden en las noches de luna llena y me quedé sin habla —suspiró llevándose la mano al pecho—. Casi de mi misma estatura, con una piel de porcelana y una melena que le llegaba a la cintura... Cuando andaba parecía que el mundo se paraba a sus pies. Todo en ella era armonía.

—¿Y la niña? ¿Cómo se llamaba tu hija?

—Xuan —Santolaya se detuvo un instante para tomar aliento—, pero no era mía.

—¿Cómo que no era tuya?

—No biológica, quiero decir. Sí era mi hija en realidad. Mai se casó, antes de conocerme, con un marine estadounidense. Lo mataron en una misión cuando estaba embarazada de tres meses. Yo estuve junto a ella, al principio como amigos, durante todo el embarazo y, por supuesto, durante el parto. Después ya no nos separamos hasta el fatídico día del bombardeo del aeropuerto de Tan Son Nhat. Allí fue donde las mataron en un ataque aéreo —gimió—. Yo era el encargado de cuidarlas, yo lo era, yo lo era —Santolaya no pudo evitar el sollozo antes de terminar la frase.

—Entiendo. Pero... —tras una larga pausa Libertad se dispuso a reanudar las preguntas—, ¿qué pasó para que ellas estuvieran en ese aeropuerto? ¿El 28 de abril del 75? ¿Dos días antes de la caída de Saigón? ¿Puede ser esa fecha? ¿Qué hacían allí?

—No. Fue a las cuatro de la madrugada del veintinueve de abril. Esa noche las perdí. Mai quiso salir del país en un C-130E que había sido fletado por los gringos para familiares de norteamericanos. Ella, como viuda de marine, tenía derecho a ir en ese vuelo. Quería salvar a su hija a toda costa. Salir del país. Luego ya se pondría en contacto conmigo —Santolaya paró un instante el relato, se miró las manos y se las echó a la cara tapándose el rostro— ¡Xuan acababa de cumplir cinco años! —exclamó derrumbándose a continuación en medio de un llanto desconsolado.

—¡Dios mío! —Libertad apoyó los codos en la mesa, metió la cabeza entre ellos y se quebró abatida, dejando caer la cabeza.

Helmut en la puerta se palpó los bolsillos de su chaleco y sacó dos pañuelos de tela, limpios y planchados como si salieran de la mejor tintorería de Múnich. Se los extendió, uno a cada uno, y en silencio volvió a sentarse sobre el peldaño que daba a la salida, no sin antes servirse jugo en un vaso y acercar una cantimplora de agua a sus compañeros.

—Joder, *Jarmut*, estás en todo —reaccionó Santolaya al rato—. Cuando piensas que el mundo es de un vacío catastrófico, siempre hay un alemán cerca para recordarte que hay que seguir adelante y resurgir, ¿verdad, *Herrkommandant*? Que se lo digan a mi Líber… ¿A que sí? ¿A que, aunque el mundo se derrumbe uno siempre encuentra un punto de apoyo para levantarse de nuevo, eh amigo?

—Es la primera vez que me llama amigo, Santolaya. Lo tomaré como un cumplido —rio Helmut.

Libertad se levantó, acercó su silla a la de Santolaya y así, codo con codo, brazo con brazo, sentada junto a su compañero prosiguió con las interpelaciones que estaban dando lugar a la confesión del cámara sobre su experiencia en Saigón.

—¿Y tus rodillas? ¿Qué pasó con tus rodillas?

—Fue horas antes del bombardeo estando con Diego Carcedo retransmitiendo para Televisión Española.

—¿Me estás diciendo que te fuiste a grabar el bombardeo del aeropuerto con las rodillas heridas?

—Sí. Pero no fui allí a grabar. Fui a buscar a mi mujer y a mi hija. Quería despedirme de ellas. Decirles cuánto les quería y que les buscaría a través de la embajada norteamericana…

—Y te encontraste con el bombardeo…   ·

—Con la Operación *Frequent Wind,* para ser exactos. El avión donde viajaban mi mujer y mi hija no pudo despegar. Circulaba por la pista recogiendo refugiados cuando les cayó primero un cohete y luego una tormenta de bombas. Lo vi todo.

—Qué tragedia…

—Lo que más me quema el alma es que quienes bombardearon esa noche el aeropuerto eran del Vietcong… Toda la vida siendo comunista y…

—Ya sabemos, Íñigo, la famosa frase de «cuerpo a tierra que vienen los nuestros», ¿no, amigo?

—Sí, eso mismo. Toda la vida despotricando de los gringos y van y me matan a la familia aquellos a los que defendí en su lucha contra Estados Unidos.

Helmut se incorporó, estiró su chaleco y pidió a sus compañeros que también se irguiesen y respiraran hondo.

—Venga, amigos, salgamos al aire libre. Esta cabaña está muy cargada de emociones —propuso con serenidad el alemán.

Ya en el bosque, Santolaya agarró de la cintura a Libertad y esta, a su vez, tomó de la mano a Helmut Kuntz. Los tres caminaron así, juntos, agarrados, bajo una oscuridad imprecisa que se iba cerniendo sobre ellos poco a poco, como un manto púrpura que les acogía para hacerles recordar que seguían en tránsito por el mundo de los vivos. Tras un par de kilómetros en total silencio Helmut tomó la palabra.

—No fueron los Vietcong, Santolaya.

—*Jarmut,* ¿qué dices?

—Que no fueron quienes tú crees.

—¡Sí lo fueron! ¡Bombardearon el aeropuerto matando a la gente que intentaba salir del país!

—No. El general Smith aconsejó al embajador que la evacuación de refugiados fuera en helicópteros, pero no le hicieron caso. Varios pilotos survietnamitas optaron por desertar. Vieron que la guerra sería ganada por los del bando opuesto, por los comunistas. Se cebaron con rabia contra quienes intentaban salir de Vietnam. Cosa que ellos ya no podrían hacer nunca. Un Vietnam que, por otra parte, Estados Unidos, derrotado, abandonaba. Se ensañaron. No quedó una pista de despegue sin ser atiborrada a bombas. Ningún avión pudo salir esa noche. Luego, claro, con la presión de Kissinger, se dio luz verde a la salida por medio de helicópteros.

—¿Cómo sabes todo esto? ¿Estabas allí? —inquirió sorprendida Arregui ante tal despliegue de detalles en la explicación de Helmut.

—No preguntes, querida, no preguntes. Yo no soy Íñigo que te responde a todo —eludió con una sonrisa cómplice dirigida a su compañera.

—¡Te lo dije, niña! Mucho cooperante, mucho profesor de Arquitectura en la UCA, ¡este *Jarmut* nos va a resultar un agente de la Stasi!

Los tres amigos prorrumpieron en una estentórea carcajada. El cámara siempre había pensado que el amante de su compañera de trabajo hablaba poco, observaba mucho y había llevado una vida más movida que la suya propia, cosa que le resultaba bastante sospechoso. Las suspicacias y el misterio en torno a la vida de Helmut se disiparon cuando el foco de atención dejó de ser la tragedia vivida por Íñigo Santolaya en Vietnam y el alemán consiguió llevar la conversación hacia otros derroteros.

—¿Conocen ustedes *La Victoria de Samotracia?* —preguntó de pronto Kuntz.

—En esa guerra no he estado. ¿Dónde está Samotracia? ¿En Asia, quizás? —dijo Santolaya aliviado por la descarga emocional y tan desinhibido que terminó haciéndole carantoñas a su compañera de trabajo sin que Helmut se mostrase celoso por ello.

—Samotracia es una isla griega, burro. Al norte del Egeo. Claro que sabes dónde está, te estás haciendo el torpón, Íñigo, gamberro… —Libertad correspondía a los achuchones del cámara dejándose querer, encogiéndose blanda entre sus brazos, a semejanza de la niña que descubre feliz todo el cariño del hermano mayor. Habían pasado mucho tiempo juntos en El Salvador y ambos sabían que apenas les quedaban unas pocas semanas en el país. Después separarían sus caminos, tal vez para siempre.

—¿Por qué preguntas por esa estatua, *Jarmut?*

—¿No te ha quedado ninguna enseñanza tras lo ocurrido en Vietnam, querido Santolaya? —respondió Kuntz con otra pregunta.

—Bueno, parafraseando a mi compadre Marco Aurelio, ya que dicen las malas lenguas que tengo un cierto aire a él, diré que acepté las cosas a las que el destino me ató, amé a las personas que el destino me dio y todo ello lo hice de corazón.

—¡No sé qué pinta Niké de Samotracia en todo esto! ¡Ni Marco Aurelio! —rio divertida Arregui abrazándose a Helmut y Santolaya y formando un círculo entre los tres.

—Muy fácil, querida —tomó la palabra en modo solemne Kuntz—. También parafraseando al emperador sabio te diré que nadie debiera tener miedo a la muerte, solo debiéramos tener miedo a no saber resurgir.

—¿Y Niké?

—¡El resurgir, Líber! ¡El resurgir! —corearon al unísono los dos hombres en medio de un jolgorio que duró todo el camino de vuelta a la UCA.

PARÍS – FRANKFURT

—La Victoria preside el Louvre. Es como si fuese a echar a volar en cualquier momento.

—Sí, sí, ya veo, ahí en lo alto. ¿Por qué hemos venido hasta aquí?

—Tu madre adoraba esta obra.

Helmut y yo transitábamos por la sala de exhibición de arte griego antiguo en el Louvre, en medio del bullicio de visitantes que iban de un lado a otro. Nos paramos bajo una escalinata y un par de minutos después la subimos con lentitud.

—Es impresionante ir acercándose a ella. A tu madre le gustaba venir con asiduidad a verla. Me citaba muchas veces aquí. Al contemplarla parecía llenarse de esa energía que desprende Niké. Se quedaba justamente ahí delante y podía permanecer frente a ella una hora o más —Kuntz suspiró, llevándose la mano al plexo solar—. Creo que desentrañaba respuestas para su vida de entre los pliegues de la gruesa tela que envuelven esa cintura…

—¿Amaste a mi madre? —solté de forma directa mientras alzaba la vista hacia las alas de la estatua, sin mirar a Helmut, pero tocando su antebrazo con el hombro.

—Rotemos para ver la totalidad, las distintas perspectivas.

Ambos trazamos un semicírculo admirando a la diosa de las alas extendidas. El museo la tenía dispuesta de tal modo que todos debíamos elevar la cabeza, generando un clima natural de admiración, incluso antes de poder apreciarla en su total magnitud. El efecto de la pierna ligeramente adelantada daba lugar a una fuerza dinámica que convencía al espectador de hallarse ante una heroína. Una guía que, desde la proa de un barco, dirigía a todo un pueblo hacia el triunfo.

Tras cinco minutos de giro en torno a la estatua lo volví a intentar.

—¿Quisiste a mi madre?

—Mucho, y la sigo queriendo. Sí. La amé. Con todas mis fuerzas.

—¿Y por qué no acabasteis juntos? —Me planté frente a Helmut y le miré a los ojos como en el hotel, pero esta vez con severidad y no con afecto—. ¿Por qué mi madre no volvió de El Salvador contigo y, en cambio, se casó con Imanol? Joder, Helmut, de verdad, esto es bastante insufrible para mí. No sé cuál de vosotros dos es mi padre. Lo es la persona que me crio hasta los once años o lo eres tú… ¡yo qué sé! —lancé con contrariedad las palmas de las manos hacia las sienes—. ¿Para qué crees que estoy leyendo el manuscrito de mi madre ahora que la he perdido? Podría haber esperado unas semanas antes de embarcarme en ello y, sin embargo, esa maldita pregunta me atenaza… —rematé ante Helmut.

—Yo tampoco lo sé, hijo. Yo tampoco lo sé.

—¿Cómo que no lo sabes? Joder, Helmut, cómo que no lo sabes… Algo te diría mi madre. Por fechas, si ella volvió de El Salvador tras la Nochevieja del 91 puedo ser tanto hijo tuyo como de la persona con la que se casó en febrero del 92 y que me ha criado como padre hasta hace apenas cinco años.

—Yo creo que eres hijo mío, ochomesino, porque naciste el treinta de agosto. Y no sietemesino como cuenta toda la familia Beltrán, con quienes te criaste. Estoy prácticamente convencido de que te concebimos la Nochevieja del 91 en Chalatenango, junto al río Sumpul, ahí no tomamos precauciones. No obstante, Líber jamás me lo confesó…

—Encima un hijo no deseado…

—¡¡No digas eso jamás, Asier!! Tu madre se jugó la vida al parirte. Fuiste para ella lo mejor de su vida. Y para mí, desde la distancia, también. Siempre he preguntado por ti, siempre, pero tu madre…

—Pero mi madre… ¿qué? Vamos a ver, Helmut, ¿por qué no la llevaste contigo a Alemania? ¿Por qué permitiste que se casara con otro? ¿Por qué?

—Porque yo estaba casado y enamorado de mi mujer. Y con un proyecto de vida. Y mi esposa me necesitaba.

—¿Y mi madre? ¿De mi madre no estabas enamorado? ¿Mi madre no te necesitaba acaso? ¿No proyectaste nada con ella?

—A tu madre también la amaba.

—¿A las dos?

—Sí.

—¿Y no te volviste loco?

—Sí.

Helmut fue caminando hacia atrás poco a poco, apartándose de la estatua para finalmente colocarse en cuclillas en una esquina y vencer la cabeza hacia el suelo acodándose en las rodillas. Me apresuré a seguirle y me agaché para abrazarle los hombros.

—¿Quieres que volvamos al hotel a coger nuestras cosas y nos vayamos de París o…?

—Nos vamos a Bamberg vía *Frankfurt*, hijo.

—¿Cómo?

—Vivirás en Bamberg conmigo, no voy a dejarte solo. Se lo prometí a tu madre.

—Pero, ¿y tu familia?

—No tengo familia. Perdí a mi esposa hace un año, padecía esclerosis múltiple. Siempre la padeció, tu madre lo sabía y por eso nunca interfirió en mi matrimonio.

—Lo siento.

—¿Ves esas portentosas alas, Asier? —me interrogó Helmut ya irguiéndose y moviendo el cuello a ambos lados para desentumecerlo. ¿Ves la pose de una mujer descabezada que va a echar a volar de un momento a otro? ¿Ves esa grandeza de la figura hecha fragmentos? Una cintura, un pecho, un ala, piezas inexistentes pero intuidas, trozos de realidad y de ficción, partida en muchos pedazos, incluso rota y, sin embargo, toda ella una Victoria… ¿Lo ves, hijo? ¿Lo ves?

—Sí, lo veo. La estoy viendo desde hace un buen rato ya. ¿A qué viene esto ahora?

—Así era tu madre.

—¿Cómo dices?

—Tu madre para mí era Niké. Invencible, decidida, se caía y volvía a levantarse, así sin cesar, nada la venció nunca. Ni el hambre que pasó de pequeña, ni las adversidades como corresponsal de guerra, ni el señalamiento de los violentos en su tierra, ni la falta de cariño. Ese cariño que yo le di a cuentagotas y que Imanol no le supo dar… —por primera vez Kuntz rompió a llorar delante de mí al recordar a Libertad—. Siempre la vi entera, inexpugnable, como si nada le hiciera falta más que tú. Increíblemente autónoma, luchadora, superviviente, incansable. Como si nada en el mundo se pudiera interponer ante ella. Todo lo saltaba y, sin embargo, cuánto amor derramaba sin que yo… —paró en ese momento, respiró con hondura y ya sin poder evitarlo sollozó abrazado a mí.

—Helmut, iremos los dos juntos a Bamberg. Hablaremos durante el trayecto. El manuscrito de Libertad también es para ti… Estoy convencido de que mi madre me lo dio con la intención de que tú , al igual que yo, lo leyeras…

Salimos del museo cabizbajos, con la pesadumbre de la pérdida cercando el ánimo. En el hotel nos despedimos del personal de recepción, que nos habían preparado unos sándwiches, los horarios de trenes y pedido un taxi, pero preferimos ir a pie hasta la estación por las calles Châteaudun y La Fayette para ver algo de arquitectura parisina.

Cuando llegamos a la estación del Este Helmut dejó de arrastrar su maleta, la apoyó junto a un enorme tiesto que formaba una hilera con otros iguales hasta la entrada, tomó mi mochila y me pidió que cerrase los ojos.

—Sí, ya sé lo que me vas a decir, que te describa la arquitectura... Ya me he fijado en que es una maravilla de estación... —le dije mientras me agarraba a su brazo.

—No. Sé que tienes instinto para el arte. Tu madre me lo contó alguna vez y lo percibo. Solo te voy a pedir que sientas este trasiego, que lo respires...

—Ah, creí que me ibas a decir que te hablase de los frontones. Como le hemos tomado afición a las estatuas, ¿eh? He visto dos...

—Sí, una representa a Estrasburgo, la otra a Verdún. Desde aquí salían a finales del siglo XIX los míticos Orient Express dos veces por semana hacia Constantinopla... —me contó con cierta erudición Helmut—, pero solo te pido que te pares a pensar por un momento lo que fueron para mí las despedidas de tu madre en este preciso lugar.

—Helmut, esa fue tu opción, que ella no estuviese en tu vida cotidiana, que no fuese parte de tu familia, no tenerla de compañera sino de amante fue tu decisión —reafirmé muy serio—. No puedo calibrar eso ahora, no en este momento, no con dieciséis años... no así sin más...

—Entremos, falta poco para que salga nuestro tren a *Frankfurt*.

Tomamos el tren de las tres de la tarde. Nos quedaban cuatro horas por delante para charlar y leer el manuscrito de mi madre, comentar sensaciones, confidencias, ir tratándonos, conociéndonos, explicándonos la repentina familiaridad surgida entre ambos.

Yo cada vez tenía mayor certeza de que mi compañero de viaje, Helmut Kuntz, había sido el gran amor de mi madre.

Y lo sabía porque crecí junto a ella e Imanol, que me habían educado en el afán por el conocimiento, la valoración del arte y la ciencia, el gusto por la música, el aprecio por el trabajo bien hecho, el respeto a mis mayores, la solidaridad con los demás, pero a ellos nunca les percibí como una pareja enamorada. Cuando mi madre llegaba a casa, Imanol salía hacia una guardia presencial, cuando él viajaba ella se quedaba conmigo, cuando lo hacía ella por su trabajo él o los abuelos Beltrán eran los que se ocupaban de mí. Nunca hubo una familia, sino más bien un relevo de afectos, una convivencia intermitente, un reemplazo constante en los apegos.

Nos sentamos juntos en dos asientos frente a una mesa. Cara a nosotros, dos hombres de mediana edad, tras acomodar su equipaje en lo alto, se enfrascaron en la lectura del *Handelsblatt* sin prestar mucha atención a nuestra presencia. Abrí mi mochila y saqué el sobre color sepia que contenía el manuscrito. Fue la única vez que nuestros compañeros de enfrente levantaron la vista hacia nosotros, tal vez pensando que en el abultado sobre había dinero.

Cuando saqué el cuaderno de anillas, una de las cartas cayó al suelo. El pasajero sentado más cerca del pasillo la recogió, dándosela a Helmut. Fecha: 1 de enero de 1992, *La persistencia del rojo* ponía en el sobre gris azulado, que el tiempo había amarilleado en algún vértice.

—Recuerdo perfectamente esta carta. Ah, Libertad la guardó. No la destruyó.

—¿Qué hacemos? ¿La leemos o sigo yo en la página donde me había quedado?

—Tal vez sea mejor que vayamos al lugar donde dejaste la lectura del diario de tu madre.

—No es un diario, Helmut. Es más bien como un confesionario hecho pasajes, un lugar donde verter confidencias por escrito…

—Ábrelo, busca la página. Continúa. Yo me pongo las gafas y te sigo.

Admiro esos idiomas en que la palabra querer y amar tienen distintas acepciones. En el ruso, por ejemplo. Porque, aunque estudiosa y valedora de ese amor trinitario que defendían en la cultura griega *eros, filia* y *ágape*, lo cierto es que a Imanol siempre le quise, pero nunca le amé. El hombre al que he amado con todas mis fuerzas en esta vida que ahora se me escapa se llama Helmut Kuntz. Le conocerás cuando yo falte. Él tiene otra familia: una esposa, unos sobrinos, unos padres ya nonagenarios... todo ello lejos de aquí, en Bamberg, a orillas del río Regnitz. Supe que sería el hombre más importante de mi vida a orillas de otro río, el Sumpul, en El Salvador. Me gustaría mucho que en esos dos ríos arrojéis mis cenizas si este corazón mío, torpón y antojadizo, no aguanta la embestida de la próxima intervención.

Te preguntarás, hijo, que por qué si amaba tanto a un hombre me casé con otro; que por qué formé una familia con Imanol, tu padre hasta que se marchó de casa, en vez de con Helmut.

La respuesta es sencilla y no es sencilla. Todo parte de la vivencia de la orfandad. En una ocasión estuve cenando con una amiga granadina que era trabajadora social en un centro de menores. Ambas estábamos cocinando con vistas al Sacromonte, donde preparar una tortilla con criadillas de cordero, sesos de cerdo, guisantes, jamón, chorizo y pimiento morrón se nos hacía una delicia al alcance de paladares de fuste como los nuestros. Justo cuando estábamos terminándonos el plato, sin habernos quitado siquiera el delantal sobre la mesa donde dábamos buena cuenta del guiso, me miró largo tiempo. Después dio inicio a un diálogo entre nosotras que nunca he olvidado.

—Líber, ¿la orfandad se supera alguna vez?

—¿Qué quieres decir?

—Quiero decir que, si las personas que no habéis tenido nunca padre ni madre podéis llegar a olvidar en algún momento de la vida esa circunstancia o, al menos, no tenerla en cuenta, obviarla.

—No.

—Siempre me lo pregunté, por los chicos a los que atiendo… A los dieciocho años se tienen que marchar del centro y…

—No. No es posible olvidarlo, Carmen.

—Los chicos a los que yo atiendo irán a pisos de estudiantes, a centros de formación profesional… Algunos, los menos, a la universidad, pero no tienen a quién enseñar sus notas en casa: ¿alguien se sentirá orgulloso de sus progresos en la vida? Eso me suelo preguntar a veces… Yo les acompaño todo lo que puedo, pero…

—La orfandad, querida Carmen, es una circunstancia tatuada en el alma de por vida. Es la insignia de los supervivientes. El marchamo de vida que acompaña a los hijos de quienes perecieron, de los que ya no están.

—Lo siento tanto…

—No. No lo sientas. Algunos atravesamos la vida con cierta garra, la que nos imprimió quien nos educó. Es muy importante vuestra labor. No obstante, siempre existe un imponente agujero negro, el del cariño. Nacemos sin el arrullo de un padre o de una madre y supongo que esa es la razón por la que vamos a través de la vida en permanente búsqueda de ese embeleso, de esa primera mirada de amor incondicional.

—¿Y si no se halla ese amor del que hablas?

—Hay que aprender a ser incondicional de una misma.

Imanol me dio un hogar. Eso es algo innegable. Y por ello, aunque se fuera como se fue de nuestras vidas, aunque padecí un final terrible a su lado, no quiero profesarle ningún rencor, incluso sabiendo el enorme riesgo que para mi vida supuso una ruptura tan violenta.

No solo me dio un hogar durante años, sino también a ti, hijo. Sé que ahora está lejos, que no tenéis relación, pero algún día serás consciente de que él estuvo a tu lado cuando tuviste las neumonías de repetición, y cuando se te resistían las matemáticas, y en los entrenamientos de baloncesto y durante las noches de desvelo por una u otra razón. Yo sé que a su manera te quiere, pero ese hogar que ambos construimos, el uno por amor, la otra por aspiración al cobijo, se nos vino abajo en un goteo incesante de pequeñas obviedades y rutinas, de falta de deseo, de camaradería intelectualoide sin pasión que poner en la cama o en el plato de la mesa. La amistad es una gran cosa cuando está bien identificada como tal, sin embargo, en un proyecto de vida en común el factor amor se hace indispensable. Y podrás decir también que la amistad es una forma de amor, como ambos te enseñamos. Es cierto. Pero el amor tiene ese algo inexplicable, ese punto de magia que, quizá, solo los poetas sepan aprehender: el cerrar los ojos y sentir que la mirada del otro te remueve las entrañas. Yo le llamo ansia de fusión. Es como querer darte a un cuerpo, ver por sus ojos sin perder los tuyos, fundirte en su alma sabiendo que es la tuya la que sientes. En fin, seguro que más adelante, a lo largo de tu vida, tú también podrás experimentar qué es.

La seguridad que te da una familia es algo incuestionable para quienes albergamos en nuestro interior el vacío de la orfandad. Saber, por ejemplo, que en un día de fiebre alguien buscará una aspirina y te acercará un vaso de zumo o una infusión. Saber que, en familia, la muerte es un tránsito más llevadero si acontece, porque siempre se podrá pasar a la otra orilla agarrada a una mano. Yo, que ahora estoy preparando las cosas para ir al hospital mientras te escribo, tengo la completa certeza de que lo que más voy a echar de menos van a ser tus manos cuando cruce el antequirófano. Esas manos tuyas, finas, de aprendiz de pianista; blancas y de largos dedos como las de Paganini y sus acordes imposibles. Esas manos de bebé que yo besaba, esas manos que he visto crecer entre las mías. Cuídalas e interpreta con ellas la partitura de la vida cuando yo no esté. Tendrás a alguien junto a ti. He avisado a Helmut Kuntz para que se ponga en contacto contigo en caso de que yo cruce a la otra orilla.

Jamás olvidaré tampoco que fueron las manos de tu abuela paterna las que sujetaron las mías cuando fui a darte a luz sabiendo que me jugaba la vida. En aquella ocasión, las manos que albergaron las mías eran firmes, decididas, con la prestancia de quien había combatido en muchas lides y, en todas ellas, había salido triunfante a base de coraje. No hay como las manos de una madre en los momentos difíciles de un parto, de un alumbramiento, pero, en honor a la verdad, debo decir que, si tu abuela no hubiera tomado mis manos entre las suyas en el preciso instante en que cruzaba aquella puerta abatible que daba entrada al paritorio, hubiese enloquecido solo de pensar que podía no verte por perecer dándote a luz. Fueron las manos de tu abuela las que me sostuvieron la vida y eso es algo por lo que tú y yo estaremos en deuda con ella siempre. Por ello, promoví siempre, incluso después de mi separación de Imanol, que estuvieras a menudo con quienes en todo orden de cosas han sido tus abuelos y con quienes debes seguir en contacto, respetándoles.

Yo sé que te enteraste de una forma abrupta de la separación. Sé que Imanol y yo no lo hicimos bien contigo. Sé que un niño de once años no debería haber contemplado ni sufrido las escenas que sus padres protagonizaron delante de él. Y sé también que la imagen que te llevaste de tus padres, como personas desleales entre ellos mismos, no es el mejor ejemplo para un hijo. Por todo ello, yo te pido perdón. Pero también quiero que entiendas que en esta vida no todo es blanco y negro en las relaciones interpersonales íntimas, sino una inacabable gama de grises.

Es cierto que fui una adúltera. Sí, estuve *ad-ulter*, cerca de otro, de otro que no fue mi marido. Como él estuvo cerca de otras ante mi desidia y abandono hacia su persona. Pero ambos, llegado un punto, fuimos conscientes de que no había reciprocidad en el amor y que hubiese sido mejor ser amigos, en vez de hacernos daño con infidelidades y deslealtades. Nunca aspiré a historias de amor como las de antes, solo a sentir lo que es amar. No te pido que lo entiendas ahora, quizá este tema sea más para reflexionar cuando crezcas y vuelvas a leer este manuscrito, que ya estará viejo y amarillento.

Además, aunque hayamos traspasado el umbral del siglo veinte y ahora haya avances sociales y técnicos hace diez años impensables, las cosas para las mujeres infieles siguen más o menos igual: señalamiento, reproche e intimidación, cuando no violencia. Y sí, yo también he vivido esas circunstancias. Y, aunque en nuestras retinas literarias permanecen Emma Bovary, Ana Karenina o Constance Chatterley con su instinto, goce, hermosura, distinción y erotismo, lo cierto es que hay una cara de la moneda que las sublevadas del amor solo conocemos en nuestras propias carnes y no en la ficción: la renuncia, el ser engullidas por las consecuencias de la traición y la resistencia ante desenlaces trágicos.

Señalamiento porque esta sociedad, aún hoy en día, premia a los hombres promiscuos o que simultanean parejas, pero castiga de forma dura si es la mujer quien tiene un amante. E incluso entre nosotras, las mujeres, nos despellejamos cuando se dan triángulos amorosos, sin respetar los sentimientos que surgen desde distintos lugares y formas de manera multidireccional. No es cuestión nuestra el revelar cuáles son las condiciones en que nos encontramos con respecto al hombre amado. Es misión de él clarificar o no con ambas cuál es la situación. Aunque, indefectiblemente, siempre pierde o quien se halla en la penumbra del desconocimiento o quien acaba devorada por lo establecido y se desvanece como pareja sólida, aplastada por las exigencias de fidelidad y las costumbres establecidas. Ellos no pierden casi nunca. Es cierto, solo perdemos nosotras y, además, estamos históricamente muy habituadas a hacerlo.

Siempre respeté a la compañera de vida de Helmut Kuntz, no por su enfermedad, la esclerosis múltiple, que pudiera dar lugar a compasión. No por esa razón, yo igualmente tenía un problema de salud serio, sino porque siempre creí en que era lícito que ella defendiese su espacio, su familia, el amor que sentía y que yo me ubicase en otro lugar, más incómodo, sí, pero también repleto de los matices que la clandestinidad nos brinda a las apasionadas de la vida.

El reproche que acompaña a nuestras circunstancias, al ser calificadas como *las otras*, de forma despectiva, casi insultante, genera un peso permanente en nuestras vidas; eso es cierto. Nos hace sentirnos malvadas, traicioneras, cuando lo único que concurre en nuestro breve tramo existencial es que hemos llegado algo más tarde que las esposas a la vida de los hombres a los que amamos. El mundo del arte está lleno de ejemplos de mujeres que amaron saltándose lo establecido. Ahí encontramos a Hannah Arendt, Jeanne Hébuterne, Matilde Wesendonck, Alma Mahler, Ingeborg Bachmann, Henriette Vogel y tantas y tantas otras. Auténticas maestras de la renuncia todas ellas. Sabedoras de que solo reinarían en el instante, en los cortejos furtivos, en las sombras de las habitaciones, en los vitrales del deseo, en los gemidos prohibidos, en los tules rasgados, en el amor intermitente de la pasión proscrita. Y, sin embargo, cuánta belleza en sus escritos, en sus obras, en sus noches, en su amor encubierto, secreto… El mundo no sabría nunca lo que es la rebeldía en el arte y en la vida sin las otras, sin mí, sin ellas, sin las que vendrán detrás.

Y, por último, por qué no… quiero discurrir también en este escrito sobre la violencia que comporta el vivir rompiendo las normas, los mandatos de género. Una violencia a veces soterrada y otras más evidente.

Al principio fueron empujones, miradas que tumbaban, execrables indirectas, dañinas apreciaciones, donde por mucho que nos lo repitan o lo hayamos leído no terminamos de captar que antes de la primera bofetada nos han llovido múltiples desprecios.

Los primeros empujones te pillan fuera de juego. Te repites a ti misma que te los mereces, porque no estás siendo una buena esposa, una madre entregada. La primera bofetada ni la ves venir, pero es en el momento en que una se rebela. Si después del primer golpe no hay reacción acabas muerta. El afán de venganza de un hombre traicionado y tocado en su ego puede no acabar en toda una vida. A la masculinidad ortodoxa nunca se le ha mostrado el camino de la cordura a la hora de desenredar situaciones amorosas a dos bandas.

Pude salir de esos primeros golpes, que tú también viste. El primer bofetón me hizo buscar protección, primero en las lecturas feministas que hablaban de empoderamiento y de la luz al final del túnel en las situaciones de violencia contra mujeres, luego en los recursos sociales que conocía. Para lo que nunca se está preparada es para ver cómo se pretende rematar a la mujer con la que se ha convivido, por muy adúltera que esta fuese, cuando está tendida en el suelo y sin escapatoria posible. Eso es crueldad y, por tanto, muy difícil de encajar, aunque se haya sobrevivido a todo el odio que comporta.

Como te he dicho con anterioridad, no quiero albergar ningún rencor hacia Imanol. Le deseo felicidad en su nueva vida en Estados Unidos. Nunca podré olvidar el hecho de que no tuvo la delicadeza suficiente contigo a la hora de marcharse. Al fin y al cabo, te había criado durante once años y el apego, el cariño, no te lo debería haber retirado de la manera en que lo hizo, de golpe, como si ya no existieras. Espero que la vida, cuando seas adulto, os dé a ambos la oportunidad de reencontraros, si no como padre e hijo, sí al menos como seres humanos que vivieron etapas importantes de la vida juntos. En tu caso, ni más ni menos que toda la infancia.

Desarrollar empatía para saber cómo se sentía mientras yo salía de casa a trabajar a París, a estar con otro hombre que no era él nunca me resultó fácil. Es complicado porque cuando la fiereza entra por la puerta la empatía salta por la ventana. Y es brutal el hecho de que pretenda dejarnos en estos momentos en la calle, justo cuando yo estoy a punto de cruzar la puerta del quirófano donde voy a jugarme la vida dentro de unos días. El grado de angustia que supone saber que si salgo de esta no tendré a dónde ir contigo, en dónde recuperarme… resulta difícil de asimilar. No obstante, mi intención es sobrevivir, no solo a estas válvulas que no acaban de acompasarse sino a la furia de un hombre que quiere la revancha de tantos años dedicados a mí sin que yo le mirara con la pasión y el amor con los que llegaba a los brazos de Helmut Kuntz.

—¡Basta! —con su mano abierta, puesta de sopetón encima del manuscrito, Helmut interrumpió la lectura en la que ambos estábamos enfrascados. Hasta se lo agradecí, porque yo en ese momento me hallaba prácticamente temblando—. No es preciso seguir —decretó—. No sabía que tu madre había sufrido malos tratos todos los años que estuvo conmigo y nos veíamos en París cuando podíamos...

—Yo vi en alguna ocasión lo que aquí cuenta: gritos, empujones... Me destrozaba verlos así, temí por ellos, por mis padres...

—Ella me ocultó lo que estaba sufriendo por verse conmigo... —se acodó Helmut, agachando la cabeza y llevándose las manos a la frente— sin duda porque sabía que si yo me enteraba el frágil equilibrio en el que nos movíamos saltaría por los aires: yo hubiese dejado a mi mujer, quizá hubiésemos roto o me hubiera ido a por tu... a por Imanol para romperle el cráneo.

—Pero ninguno de los dos la defendisteis. Ninguno luchasteis por ella. Solo ella luchó por sí misma. Y en el único momento en que le era imprescindible el apoyo, hace apenas unas semanas, cuando le dijeron que tendría esa operación a corazón abierto, ninguno de los dos estuvisteis junto a ella. Es más, mi padre... bueno, quien sea Imanol, nos mandó un ultimátum para salir de la vivienda, pues era suya. Nos puso prácticamente en la calle. Sí, como queriendo ser él el que la rematara y no su frágil corazón que tan solo necesitaba ser remendado.

—Vale, Asier, no me mortifiques...

—¿Acaso miento?

—Nunca supe el grado de gravedad de su padecimiento, tampoco el tipo de relación que tenía con Imanol. Ella no me contaba, le quitaba importancia a todo Veníamos a París a devorarnos el alma en cueros, nuestra vida en familia se quedaba en las estaciones de tren, no entraba hasta la Ciudad de la Luz... —arguyó.

—Eso es inconsciencia, ¿no, padre?

Helmut Kuntz se sintió ruborizado al oír la palabra padre de mis labios. Levantó su cabeza despacio, se volvió hacia mí, me miró a los ojos… Nos reconocimos en el azul de nuestras pupilas hasta fundirnos en un abrazo como el que nadie jamás me dio nunca.

El resto del trayecto hasta *Frankfurt* permanecimos en silencio, con lágrimas en los ojos y los brazos entrelazados, el uno junto al otro, sabiendo que Libertad Arregui, mi madre, su amante, desde donde estuviera nos estaba trazando un hilo invisible que nos uniría a ambos para siempre.

LA PERSISTENCIA DEL ROJO

—¿Qué es eso del hilo rojo? —interrogó curioso Helmut Kuntz.

—Métete en el agua de una vez, ya te lo contaré más adelante. Aprovecha esta fabulosa cascada y no te hagas el remolón.

Libertad Arregui y Helmut Kuntz decidieron que, como despedida, pasarían el último día del año 1991 alejados de la UCA, de la guerra, de todo el ruido que se respiraba en el país, incluso cuando el conflicto armado daba sus últimas bocanadas. Ambos sabían que al día siguiente la reportera dejaría el país y desconocían si se volverían a ver.

Desde el campus tomaron la carretera troncal del Norte y pararon en Aguilares a comer, antes de arribar a una casa que les habían cedido en Arcatao, a través del párroco de la zona. Más tarde, antes de caer el sol, llegaron por un sendero hasta el salto El Bario, dentro del río Sumpul, en la frontera entre El Salvador y Honduras. El lugar tenía una naturaleza exuberante, con una gran poza central circundada por voraces cascadas y portentosas rocas en diferentes niveles de altura, ramas que lamían el fondo y un verde que subyugaba. Desnudos, se besaron sumergidos hasta la cintura, sin perder de vista un cielo gris azulado que les recordó que era su último día juntos en El Salvador.

—¿Qué llevaba el sopón de Aguilares que nos hemos metido entre pecho y espalda? —acertó a preguntar Kuntz con una mano posada en el estómago.

—¿La sopa de triple saldo de Aguilares?

—Sí, mujer, lo que has pedido para nosotros, sí, que me ha caído como una piedra. Menuda digestión estoy haciendo…

—Se te pasa aquí en el agua. Lleva viril de toro, criadillas, cilantro, tomate, cebolla, chile, huevo y ajo. Y más de ocho horas de cocción…

—¿Cómo que viril de toro? ¿Pene de toro?

—Sí, y los testículos. La cocinera le quita todas las gorduras hasta que llega al nervio, luego lo parte en trocitos y le añade al caldo las criadillas, tras horas de cocer y cocer viene un licuado de…

—¡No me cuentes más, Arregui! ¡No me cuentes más! Esta noche te vas a enterar…

La casita que les habían dejado en Arcatao estaba bajo unos soportales, junto a otras muchas en hilera descendente por un cerro y preservaba todavía el estilo colonial a pesar de los estragos que la guerra había hecho en aquel lugar. Por el camino de vuelta pudieron ver fusiles G-3, lanzagranadas o subametralladoras, escopetas de 12 mm bien amontonados en barriles o apoyados en los chaflanes de las casas en derrumbe.

Se pararon en la parte trasera del Cherokee, aparcado frente a la casa, para tomar sus mochilas, fue entonces cuando una muchachita de unos siete años con la cara sucia y un vestido harapiento se acercó en total silencio y se puso junto a ellos, quedándose quieta y mirándolos con fijeza. Libertad enseguida se dio cuenta de su presencia, pasó su bulto a Helmut, que ya se dirigía al interior de la vivienda, y se acuclilló frente a la pequeña.

—¿Cómo te llamas? ¿Dónde están los tuyos, bonita? ¿Tienes hambre? ¿Sed?

La niña de Arcatao no despegó sus labios para emitir sonido alguno. Tan solo señaló la cantimplora que llevaba Arregui al hombro. La reportera se la pasó de inmediato con una sonrisa y la muchachita bebió un trago largo, mientras Libertad la observaba con embeleso. Yo también fui una niña como tú, sola y con andrajos, pensó.

—¿Qué pasa aquí? ¿Tenemos visita? —curioseó Kuntz desde la entrada de la casa—. ¡Ya he dejado todo en su sitio, pero no tenemos cena hoy! ¡No pasa nada, con la sopa que nos metimos a mediodía…!

Libertad Arregui se alzó acariciando los hombros de la pequeña, a la vez que lanzaba una mirada desaprobatoria a Helmut por sus palabras. La niña cogió de la mano a Libertad, se fue hacia Helmut, a quien también agarró de la mano, y se los llevó a una casa con un gran portón justo enfrente de donde se hallaban.

La fachada de adobe, que estaba taladrada por agujeros de balas y metralla, tenía dibujadas las líneas del espanto. El tejado, medio derrumbado, también había sufrido los embates de los helicópteros UH-1H/M, tal y como determinó Kuntz a juzgar por el calibre de los boquetes.

En el interior una pareja de ancianos en torno a una caldera de cobre junto al fuego les dio la bienvenida y les ofreció asiento frente a una mesa en la que lucía una fuente de barro con tortas de maíz y un trozo de queso de cabra.

—Enseguida estarán los frijoles —dijo la anciana—. Es todo lo que tenemos, pero siéntense, siéntense…

Kuntz se quitó su sombrero panameño nada más atravesar el portón, estrujándolo en la mano, y saludó cortésmente con una reverencia bajando la cabeza, cosa que llamó la atención de Arregui, pues ella pronunció tan solo un discreto saludo y se sentó a la mesa observando cómo la niña que les había llevado hasta allí se escondía en un rincón de la casucha, junto a un andrajoso jergón.

—Es nuestra nieta. Sean ustedes bienvenidos... —dijo aquel hombre mayor—. Acá solo quedan ancianos y algunos niños. Siéntese también, sabemos que vos sos el Chele, camarada de nuestro hijo en la voladura del puente de Cuscatlán... Él nos habló mucho de su acción. Lo reconoceríamos en cualquier lugar del mundo. A él nos lo mataron acá en el cerrito hace unos años, en una emboscada del ejército...

—¿Quién era su hijo, señor? —atinó a preguntar Kuntz con cierto carraspeo en la voz y evitando la mirada inquisitiva de Arregui, que desvió la atención que le estaba dando a la niña y la dirigió hacia su compañero.

—Wilfredo. Su nombre de guerra era Wilfredo. En casa era Mario Quilizapa. Nosotros somos campesinos y pobres, como puede ver, hubo que cambiarse el nombre para ir a luchar... con ustedes y con los jefes... Ahora todo parece que termina, pero nosotros seguimos igual de pobres y ya no tenemos a nuestros hijos.

Arregui se levantó para ayudar a la mujer que acercaba el caldero a la mesa. Asomó su rostro hacia el interior del guiso, justo cuando lo asía por una mugrienta agarradera, mientras la anciana lo prendía de la otra. Solo vio seis frijoles contados, en remolino, danzando por un caldo de una palidez escarlata. Se le encogió el alma y, tras poner el perol en el centro de la mesa, se aposentó en la silla con ganas de llorar. Jamás alguien le había dado todo lo que tenía. La anfitriona, antes de servir con un cucharón el agua con un frijol en cada plato, salió de la casa y de vuelta trajo un ramillete de hierbas aromáticas. Las desmenuzó con sus manos, ajadas y tiernas, y las repartió por cada plato con un arte pausado y eminente, a la vez que, con un gesto, llamaba a la niña a la mesa. Solo cuando la pequeña se sentó con el resto de comensales se dispuso a servir el contenido de la cacerola. A la niña le tocó un frijol más que a los demás.

Helmut y Libertad permanecieron inmóviles mirando el plato humeante de loza desconchada, como si no hubiera nada más importante en el mundo que aquello que tenían delante de sus rostros. Un caldo encarnado con hierbas de un aroma exquisito y el único frijol que les había tocado en suerte reinando en el centro. Empezaron a sorber despacio, sin soplar, sin hacer ruido, degustando cada hierba que les llegaba a la boca como el manjar más distinguido del universo. Al momento, los ancianos y la niña, que percibieron que el guiso era de su gusto, les siguieron y también se pusieron a cenar.

—¿Y su madre? —preguntó Libertad Arregui a la pareja de ancianos—. ¿Vive?

—No —respondió la anciana—. Era de su tierra, señorita. El acento suyo es el mismo que el de ella. Médica del FMLN venida desde el País Vasco. Se llamaba Begoña, pero aquí se lo cambió. La violaron y la hirieron en su dispensario los soldados, pero antes de morir consiguió dar a luz y uno de los pacientes a los que atendía, sabiendo que el padre de la niña era Wilfredo, nos trajo acá a la bebé. Es igual que ella, pero no dice nada, discúlpenla. No habla casi nunca. En el pueblo le llaman mudita, pero acá no hay médicos para que la traten o examinen...

La criatura se levantó de la mesa, tomó un pedazo de queso y volvió al rincón donde el jergón parecía echarla de menos. Arregui la siguió, sentándose en el suelo a su lado, estirando las piernas al igual que ella, y dejó que los demás terminasen de rebañar su plato con un pedazo de torta de maíz. Poco después, Helmut les propuso salir a la puerta a tomar el fresco y charlar, permitiendo así que la reportera y la niña se quedaran a solas.

Libertad puso su brazo pegado al de la pequeña. Y así, inmóvil, junto a ella, permaneció dos horas sin pestañear, mirando al infinito. La niña la observaba de cerca, alcanzaba a mirarla de reojo y, llegado el momento, empezó a tocarle el lóbulo de la oreja, luego la nariz, el moflete, la barbilla, pero Libertad prosiguió impávida con los ojos dirigidos hacia un punto en la lejanía, que se perdía a través de la ventana en el fondo de la vegetación chalateca. Así permanecieron ambas hasta que dieron las diez de la noche. Entonces, algo sucedió:

—Yo soy Alba.

—Uhm —respondió Libertad sin inmutarse.

—Alba Arangoiti.

—Uhm —repitió.

—Me llamo igual que mi madre. A mi madre le decían Alba.

—Sí.

—¿La conociste?

—No. Pero soy de su misma tierra. Escuché su historia. Begoña Arangoiti, Alba en la guerrilla.

—¿Terminó la guerra?

—Sí. Ya termina. Ahora tienes que estudiar mucho y hacer caso a tus abuelos.

—Aquí no hay niños, no hay escuela.

—La habrá. Pronto tendrás compañeros y podrás jugar y aprender. ¿Qué quieres ser de mayor?

—¿Usted qué es?

—Ahora, aquí, profesora de la UCA.

—Eso quiero ser yo de mayor.

Libertad Arregui desabrochó su camisa blanca, se tentó la copa izquierda de su sostén y de su interior sacó una pequeña figura redonda de madera tallada atada a una fina tira de cuero que llevaba anudada al cuello. Desanudó la cinta y puso la piecita de madera y el cuero en la mano de la niña.

—¿Qué es?

—Un *eguzkilore*. Es para ti.

—¿Qué es un *eguzkilore*?

Arregui acercó a la criatura hacia sí, hasta tenerla sentada sobre sus piernas y la arrulló contra su pecho, posándole la cara entre sus senos como si la fuera a amamantar. Le apartó el pelo de la cara y casi en un arrullo le empezó a contar una vieja historia.

—Érase una vez un pueblo muy, muy lejano. Allí fue donde nació tu mamá. Al principio de los tiempos todo estaba oscuro, pero *Amalur*, la madre Tierra, vio que los que habitaban dentro de ella necesitaban luz. Por eso hizo a *Ilargi*, la luz de los muertos. Más tarde vio que los vivos también precisaban de luz e hizo a *Eguzki*, que a partir de entonces nos da los días. Al tercer día vio que, cuando estaba *Ilargi* en lo alto, los vivos aún tenían miedo y echaban de menos a los que ya no vivían entre ellos, porque moraban en las entrañas de *Amalur*, así que hizo a *Eguzkilore*, la flor del sol, para que los vivos sintieran siempre la luz y la protección de quienes se fueron a los brazos de *Amalur*.

Libertad, viendo que la niña se estaba quedando dormida en su regazo, le ató el cordón de cuero al cuello y le remetió el *eguzkilore* de roble tallado dentro de su vestido. Después prosiguió.

—Es por eso, cariño mío, que, en muchos caseríos, como en el que seguramente se crio tu madre, siempre hay una *carlina acaulis*, una flor de cardo silvestre, para protegernos de todo mal…

Helmut entró en la casa con la pareja de ancianos y quedó conmovido con la estampa: ambas estaban abrazadas. La niña en medio de un sueño profundo y Libertad con sigilosas lágrimas recorriéndole la cara.

—Nunca te voy a olvidar, Alba. Nunca. Mañana saldré de San Salvador, pero desde el País Vasco te enviaré libros. Te lo prometo. Y tú serás una gran profesora, como tu madre fue una gran médica —le susurró al oído, aunque la muchachita ya no la podía escuchar.

El abuelo la tomó en brazos aposentando a su nieta en el camastro y se fue en silencio junto a su mujer a otro, un poco más ancho, que estaba en el otro extremo de la estancia tras un cortinón. Con un breve alzado de mano Helmut se despidió, ayudando a levantarse a Arregui del suelo y llevándosela por la puerta cogida del talle, mientras la miraba embelesado.

—Te quiero por estas cosas, Líber.

—No mientas, teutón, no mientas —Arregui trató de secar sus lágrimas con la manga de la camisa.

Los dos juntos, agarrados de la cintura, cruzaron el umbral de la puerta y entraron en la casa donde pasarían su última noche en El Salvador.

—Es verdad que te quiero.

—Anda, calla, que ambos sabemos que primero está tu familia y luego yo.

—Pero eso no es óbice para sentir lo que siento por ti, Líber. Tú también te vas a casar con...

—Llámame Libertad...

—¿No Líber? —le iba besando el cuello cuando ella dejó caer la frente en la clavícula de él y empezó a frotarla como queriendo desasirse de las últimas lágrimas.

—Libertad es como me puso mi abuela.

Helmut la subió sobre sí, tomándola a pulso, mientras ella entrelazaba sus piernas en la cintura de él. Y así la llevó hasta la cama que había en mitad de la estancia, apartando de un manotazo la mosquitera que colgaba del dosel y tumbándola despacio entre besos furtivos y mordiscos febriles.

Se desnudaron con la premura que proveen las últimas veces y se devoraron la boca hasta que el cerco de saliva les fue señalando otras apetencias.

Ella se dio la vuelta y agarró con fuerza el cabezal de hierro de la cama. Sus gemidos y la postura adoptada hicieron que él enloqueciera. Dobló su torso hasta dejarlo a pocos centímetros de la espalda de ella y se empleó a fondo, lamiendo y mordiendo hombros, nuca, cuello, sin más tregua que las respiraciones entrecortadas, perdiéndose sobre la melena de Arregui. Luego, tensó los brazos, le recorrió piernas y muslos con sus manos, bajó para morderle las nalgas y, al rato, la tomó de las caderas. Abrió con delicadeza sus muslos por la parte interna, acarició la humedad que le brotaba y la penetró con ganas. Tasó los jadeos, a la par que sujetaba sus senos, en medio de gozosas embestidas. Ella las recibía haciendo rotar su cintura con impulsos aprendidos de una hembra felina a la que observó en Tejutla, mientras esta arañaba un árbol petrificado por la ceniza volcánica.

Solo cuando Kuntz la percibió temblorosa y desplegada por el placer de los orgasmos se corrió en su interior, ya con una placidez lenta que trató de alargar todo lo que pudo.

Exhaustos, quedaron tendidos en la cama, aunque él se ladeó jadeante para que ella no tuviera sobre sí todo el peso de su cuerpo. Le retiró el pelo de la cara y la besó hasta que la vio quedarse dormida. Fue entonces cuando se acordó de volver a echar la mosquitera sobre el sudor de sus cuerpos para que no les taladrasen los zancudos.

Arregui se despertó a eso de las cinco de la madrugada y se levantó para lavarse en un barreño con agua que se hallaba tras una mampara de mimbre y madera. Se secó al fresco de la madrugada, desnuda, apoyada en una de las ventanas, hasta que los sonidos de la lechuza sobre una palma avivaron el sueño de Helmut y lo desvelaron un instante.

—Ven a la cama —le dijo Helmut, acomodándose con la almohada en el cabezal.

—Apenas quedan tres horas para que nos despidamos, teutón. Nunca me comentaste en todo este tiempo que habías participado con la guerrilla en la voladura de puentes…

—Reloj, no marques las horas… Ven, guapa, ven aquí a mi vera. ¿Tú no has oído hablar de las misiones secretas? Pues eso… —alegó entre bostezos.

—¿Te conté la historia del hilo rojo? De su persistencia…

—No, nunca me la quieres contar, pequeña fabuladora, siempre me pones excusas...

—Érase una vez un emperador de una tierra muy lejana. Vivía atribulado porque estaba en edad de dar un heredero a su imperio, pero no encontraba mujer que le encandilase para casarse y, por esa razón, se fue a buscar a una maga que vivía sola en la cueva de una montaña...

Los ronquidos de Heltmut Kuntz comenzaron de nuevo a oírse en mitad de la noche. Así que Libertad Arregui se puso su camisa blanca, se sentó junto a una pequeña mesa cerca de la ventana, sacó de su mochila una libreta y una pluma *Dupont* y comenzó a escribir una larga carta. La inició poniendo la fecha *1 de enero de 1992* y un título: *La persistencia del rojo*. Así pasó cerca de dos horas, con pausas para contemplar la belleza de las aves nocturnas, sentir sus ritmos, descubrir a los tacuazines en su correteo madrugador, bañarse en luna el rostro que asomaba por la lumbrera de cuando en cuando y, una vez terminada la misiva, la metió en un sobre color gris azulado como el del cielo bajo el cual se habían bañado en la cascada, lo cerró y se la dejó a Kuntz sobre el torso junto con la estilográfica.

De seguido, se vistió del todo, recogió su pelo en una coleta, cerró la mochila y se dirigió a pie por un sendero que era un auténtico lodazal hasta el lugar del río Sumpul donde la estaba esperando Santolaya dentro del todoterreno.

—No te perdono, niña, el madrugón que me has hecho dar... ¿Dónde dejaste a *Jarmut*? Joder, llevas barro hasta en las rodillas, ¿dónde te metiste?

—Calla, que yo no vine en bólido como tú. ¿Es este el lugar? ¿Estás seguro de que la masacre comenzó aquí?

—Sí, esto es Las Aradas. Ahí tenemos la frontera con Honduras. He venido con mapa —precisó Santolaya mientras señalaba la otra orilla tras bajarse del vehículo y tomar la cámara al hombro.

—Bien. Pues vamos a ello, a nuestra última crónica...

—Arregui le dio un breve beso en la boca a Santolaya y se

recogió tras las orejas dos mechones de pelo que le caían por el rostro.

—Estás guapa hoy, niña… No me des otro de esos que me vas a ruborizar, compañera del alma, compañera.

—Ay, Santolaya, que eso no me lo dice ni el que he dejado roncando en Arcatao…

—Ese es imbécil.

—Adelante, vamos, cielo. Empezamos con un plano general y luego nos vamos a uno entero para terminar con un medio-corto y quedarnos ahí hasta el final, ¿ok?

—Listo. Tira, niña, adelante.

El río Sumpul es la frontera natural entre Honduras y El Salvador en Chalatenango. Nos encontramos en la aldea salvadoreña de La Arada. Son las ocho de la mañana. Hace más de once años, un 13 de mayo de 1980, en este mismo río que hoy discurre pacífico y que ustedes pueden ver a la derecha de sus pantallas, dio comienzo uno de los más espeluznantes genocidios acaecidos en El Salvador, la masacre del río Sumpul.

Hacía siete semanas se había iniciado la guerra, al caer asesinado por el disparo de un francotirador monseñor Romero. En este lugar fronterizo el ejército, la guardia nacional y los paramilitares, en total más de mil quinientos efectivos apoyados desde el aire por helicópteros, asesinaron en menos de doce horas a más de seiscientos campesinos desarmados y doscientos niños indefensos que huían aterrados hacia Honduras en busca de protección. Desde la otra orilla, más de ciento cincuenta soldados hondureños les dispararon para impedir que entraran en su territorio.

Este río de setenta y siete kilómetros transcurre desde el noroeste al suroeste entre riberas pedregosas y sirve de límite geográfico por nacer en El Pital entre las montañas que separan Honduras de El Salvador.

En aquella época venía muy crecido, porque las lluvias no cesaron en varios días. Fueron unos religiosos, desde lo alto de un cerro y de camino a Santa Rosa de Copán para asistir a un curso, quienes dieron la voz de alarma sobre lo que aquí sucedió. Una gran mancha oscura desde lo alto hacía que no se pudiera distinguir el río de orilla a orilla.

Cuando bajaron pudieron comprobar el horror que contenía aquella sombra negra vista a gran altura: perros en fila portando en sus fauces brazos y piernas de bebés, buitres y otras aves de rapiña alimentándose de los cuerpos, tapescos, es decir, trampas para peces hechas de carrizo, repletos de fetos y cadáveres de niños, aguas tintadas de sangre en las que no se distinguía ni un solo guijarro...

Pero, ¿desde dónde venían todas estas gentes huyendo? Según los testigos más de mil quinientos campesinos huían a través de las montañas, «en guinda» como aquí se dice, y lo hacían desde diferentes cantones. A las cuatro de la tarde el ejército les cercó. Fue así como comenzó una desbandada de los grupos de campesinos por la montaña. Algunos se quedaron en la falda, pero unos trescientos encontraron refugio en un lugar llamado Los Naranjos. La noche del trece al catorce de mayo llovió sin parar de nuevo y, a eso de las cinco de la madrugada, se dirigieron hacia Las Aradas. A las siete de la mañana, bajando por montes y veredas, llegaron a entrever la frontera con Honduras, que se hallaba atestada de militares apostados en los cerros esperando la orden de disparar. Cuando esta se produjo la población civil se halló en medio de un fuego cruzado; por un lado, el ejército de su país que los quería liquidar y, por otro, la fuerza armada hondureña que les acribillaba para que no pudieran cruzar la frontera. Los helicópteros, a los que llamaban armagedón, escupieron bombas sin cesar por caminos, cerros y quebradas para que la gente dispersa no pudiera atravesar el Sumpul.

Algunos ancianos cayeron en remolinos que terminaron por ahogarles, otros se derrumbaron en pozas, ametrallados por los helicópteros al sacar la cabeza del agua. Mano a mano, estas gentes lograron hacer una cadena humana que cruzaba el río de lado a lado y bala a bala fueron siendo asesinados, quedando los cuerpos flotando a lo largo del cauce. Los pocos supervivientes que pudieron presenciar la masacre que se estaba perpetrando permanecieron escondidos bajo la maleza en lo alto de uno de los cerros. Hubo efectivos militares que atraparon a madres, antes incluso de que estas llegasen a la orilla, despojándoles de sus hijos y tirándolos al aire hasta quedar ensartados en los cuchillos de las bayonetas, para luego echarlos al río.

Las fuerzas armadas hondureñas, al otro lado, capturaron a población que había logrado cruzar, pero, entonces, los militares salvadoreños se introdujeron en el río con el agua hasta la cintura y fueron recibiendo y matando a balazos a los campesinos que les iban siendo entregados. A otros los llevaron a la orilla o a un descampado donde fueron ametrallados en fila. Desde lo alto del cerro Chichilco testigos supervivientes vieron las ráfagas de fusilería que masacraban filas y filas de más de cincuenta personas en distintos turnos.

A día de hoy nadie recuerda, ni en Europa ni en ningún sitio, este holocausto campesino perpetrado por las fuerzas armadas salvadoreñas en complicidad con las de Honduras.

Sé que les voy a dejar mal sabor de boca con esta nuestra última «Crónica desde La Libertad». Parafraseando a Ellacuría les diré que si no volvemos nuestra mirada a lo que se ha hecho y a lo que está por hacer, se nos escapa la verdad de la realidad. Se nos escapa, por tanto, la realidad misma.

A mi lado, mi compañero Íñigo Santolaya, que tanto me ha ayudado en este periplo que ahora acaba. Quiero también resaltar el apoyo de la televisión vasca a esta tierra donde miles de personas han dejado su vida en pro de la justicia. Pero, sobre todo, deseo que no olviden que la felicidad es una exigencia en nuestra propia vida. Más aún después de todo lo visto y de todo lo vivido detrás y delante de esta cámara. Muchas gracias. Libertad Arregui para Euskal Telebista. Hasta pronto.

Libertad suspiró y apoyó sus manos en las rodillas, bajando la cabeza y encogiéndose de hombros. Santolaya, sin embargo, recogió raudo su equipo y lo metió *ipso facto* en el todoterreno sin prestarle mayor atención al gesto de abatimiento de su compañera. Tampoco resultó para él aquella grabación como la última de una etapa. Él seguiría una semana más en El Salvador y más tarde tenían previsto trasladarle a los Balcanes.

—¿Pasamos antes por la casita del puerto para recoger mis cosas y despedirme de Olga? —preguntó Arregui irguiéndose con dificultad.

—Ni hablar, niña. Nos vamos directos al aeropuerto. Olga está allá, en Comalapa. Ella se encargó de tu equipaje. Si no lo hacemos así, pierdes el vuelo de regreso. Tu avión sale a las once de la mañana y mira qué hora es ya...

—¿Qué vas a hacer con Olga? ¿Te seguirá a España?

—Oye, bonita de cara, ¿ya te estás poniendo tragicómica? ¿Cómo me va a seguir? ¿A dónde me va a seguir? ¿A trotar por Belgrado dentro de un mes? Me despido de ella, igual que hoy lo has hecho tú de *Herrkommandant* hace dos horas...

—¿Serás mi padrino?

—Oye, Líber, tú cuando te pones en plan chistoso es que no hay forma de pararte... Erre que erre con la boda a cuestas. ¡No le quieres, niña! ¿Para qué cojones te vas a casar? No participaré en esa pantomima ni aunque me lo pidas... ¡ni aunque me des otro beso de esos como el de antes! Zalamera, más que zalamera...

—Todo el mundo tiene derecho a un hogar. Yo formaré uno.

—Y dos huevos duros.

—¡Qué dices, Santolaya! No me impacientes, justo hoy que nos despedimos hasta que nos veamos en...

—Oye, Líber, no me toques los cojones... ¿Acaso yo he tenido un hogar? ¿Tú me ves a mí como padre de familia? Dando los tumbos que he dado por medio planeta... Hay gentes que no pertenecemos a este o a aquel techo, que somos errabundos, nómadas... Nuestra patria es el éxodo. Y cuando hemos querido parar en un sitio ha venido la fatalidad y nos ha recordado que lo nuestro es el camino...

—Tú también cuando te pones trascendental eres la hostia, amigo. Anda, déjame. Me casaré con o sin ti de padrino. Ya me conseguirán los Beltrán uno.

—Ay, incauta, tú cásate, que nos vamos a descojonar todos un buen rato en la tele con los cambalaches que vas a tener que hacer para encontrarte con el Chele ese de los cojones…

—¡Cállate, Íñigo! ¡Calla ya hasta que lleguemos, por favor! Te has llevado bien con él…

—Porque era tu pareja acá, compañera, y mira que me jodía no ser yo el que te calentase la cama, so ingrata.

—Basta, Íñigo. ¿Cuánto falta para llegar?

Cuando Libertad Arregui llegó al aeropuerto, en Arcatao ya había comenzado la actividad. La pareja de ancianos que cuidaban de la niña a quien la reportera había dejado su amuleto sacaron del redil un pequeño rebaño de cabras, ordeñaron una y le pidieron a la pequeña que le acercase la poca leche obtenida a Helmut, que ya se había despertado y trasegaba por la casa prestada para dejarla en perfecto orden.

Alba tocó la puerta y esperó sentada en un peldaño al final del soportal. Helmut salió, se sentó junto a ella, le sonrió y tras tomar el recipiente de lata con la leche se lo acercó a los labios para que fuese ella quien la tomase.

—Buen día, bichita, ¿vos sabrá decirme dónde fue mi compañera? Sí, la jovencita que ayer cenó con nosotros, la que le llevó a dormir a usté, doñita… ¿dónde está? —indagó mientras palpaba en el bolsillo de su chaleco el sobre cerrado que le había dejado Arregui sobre el pecho.

La muchacha levantó la mirada del cacharro, sacó de debajo de su vestido el *eguzkilore* de madera para que se lo viera colgado sobre su pechera, se relamió los restos de leche que habían quedado en sus labios, le miró fijamente y sin decir ni media palabra se levantó y se fue correteando tras las cabras, que ya subían hacia el acantilado desde el cual cada mañana contemplaban junto a ella el fluir del río Sumpul.

FRANKFURT – BAMBERG

—No me va a dar tiempo a leer la carta sobre el hilo rojo en la estación, ¿verdad, Helmut?

—No, debemos correr un poco para tomar el siguiente tren, el regional hacia Bamberg. Llegaremos sobre las nueve y media de la noche; tendrás tiempo de leerla, si quieres, cuando lo cojamos.

Helmut y yo nos apresuramos por los pasillos de la estación de *Frankfurt*, apenas hicimos una parada para comprar dos botellines de *Apfelschorle* y un par de *Brezel*. Helmut me los pasó a la mano con unas recomendaciones, ya que intuía que aquello no lo había probado nunca.

—Te gustará. Son solo zumo de manzana con gas y unos panes típicos de aquí, ¡estamos en Alemania, Asier, querido!

Miré las rosquillas panaderas con cara de extrañeza, pensando en cuántas de esas se habría tenido que comer mi madre con lo poco que le gustaba la cocina alemana. Las guardé en la mochila envueltas en un papel de estraza que me habían dado en el punto de venta y tomé uno de los botellines para abrirlo y probar esa nueva bebida ofrecida por mi compañero de viaje. Helmut corría delante de mí con el temor de perder el tren a Bamberg, que salía en cinco minutos. Por fin, tomamos el tren de las siete en punto y nos sentamos en los únicos lugares que quedaban libres dentro del vagón donde nos metimos, quedando el uno frente al otro.

Al poco de acomodar mi mochila y la maleta de Helmut en el sitio de los equipajes Helmut se sentó, abrió su abrigo y sacó del bolsillo interior la carta color gris azulado en cuyo vértice estaba la fecha en que él y mi madre se despidieron en El Salvador, el uno de enero del noventa y dos.

—Toma, sé que estás deseando leerla. Tu madre era muy poética en sus expresiones escritas, como sabes. Incluso escuché a muchos de sus compañeros de profesión que esa lírica y esa épica la llevaba ante la cámara en sus crónicas, reportajes, en sus conexiones televisivas. Y yo estoy de acuerdo con esa apreciación.

La tomé con cierto temblor, el título era muy de mi madre, categórico, frontal, poderoso, pero el momento en que estaba fechado, probablemente la noche en que yo fui engendrado en El Salvador, hizo que examinase aquella misiva más como una especie de caja de Pandora que como la Carta Atenagórica que pudiera llenar de sabiduría mi vida o hacerme tomar una postura crítica ante quienes estaba descubriendo como progenitores a mis dieciséis años.

Vi cómo Helmut se acomodaba en el asiento para apoyar su cara en el cabezal e intentar descansar un rato con los ojos cerrados. Entonces me decidí a abrir el *Apfelschorle*, sacar uno de los *Brezel* e ir dando buena cuenta de ellos, sorbo a sorbo y mordisco a mordisco, mientras leía la carta de despedida de mi madre a Helmut en El Salvador.

Arcatao, 1 de enero de 1992

Helmut...

Dentro de unas pocas horas estaré subida en un avión rumbo al País Vasco, un lugar de gentes nobles e indómitas donde el verde de los montes puede hacer sucumbir hasta al mismísimo pensamiento. Pertenezco a una tierra donde los petirrojos señorean los bosques y asaltan los caminos con su gorgojeo. Vivimos frente a cornisas y acantilados donde el mar nos recuerda que él rodeaba a Pangea con su brío antes de que los seres humanos habitásemos sobre la tierra. Tenemos ríos irredentos, cortos y caudalosos, que forman valles fértiles y una lengua que viene desde más allá de los primeros tiempos, cuando hombres y mujeres se paraban en la naturaleza para nombrar las cosas. Así, por ejemplo, decimos *ur* al agua, que es justo el sonido que hace al discurrir por el cauce fluvial. O denominamos *bihotz* (bi:dos, hotz: sonido) a nuestro corazón, porque así late.

Los vascos tenemos un alto sentido de la justicia, quizá esa sea la razón por la que tantos compatriotas se acercaron un día hasta El Salvador para luchar por que estas gentes tuvieran pan, tierra y techo. Jesuitas, cooperantes, guerrilleros, profesoras, médicas, ingenieros, cientos de vascos vinimos a parar a este pequeño gran país, entre ellos yo: una reportera recién salida del cascarón, que diría Santolaya.

En mi ciudad, San Sebastián, dejé al hombre al que estoy unida desde los veintiún años, con quien me siento segura, protegida, amada, sabedor él, porque lo ha vivido en su propio hogar, de lo que es una familia, de cómo y de para qué formarla.

En estos momentos, antes de salir de Arcatao, vuelvo a ponerme la alianza de prometida; pronto llevaré el anillo de casada. Con él han sido cinco años de idas y venidas, cinco años en los que a mi manera también le he querido, admirado, respetado en su crecimiento personal y profesional y, a veces, incluso deseado. Él me ama con la ingenuidad de las primeras veces. Le llaman la atención las tragedias que llevo pintadas en la mirada, sueña con confortarlas, acepta las alocadas decisiones que tomo, como, por ejemplo, venirme aquí de corresponsal. Me consiente los silencios en el recuerdo de los míos y los gritos en las pasionales acometidas con las que me desenvuelvo en esta vida, que nunca fue fácil para mí. Me comprende, apoya y sigue. Quiere formar conmigo una familia donde los cumpleaños se celebren, las navidades se pasen al calor de una familia que también será la mía, las enfermedades se asuman con el decoro que da el saberse arropado, la muerte no se viva con tormento y los nacimientos sean agasajos en el círculo de la vida que se da entre quienes tienen lazos de sangre.

La soledad es un desierto muy difícil de transitar. Te podría decir que, a base de coraje, una llega a no sentir las horadadas huellas que deja en el tránsito vital. Te podría decir que soy demasiado joven para no querer echar cuentas con el destino, te podría decir que tuve el pundonor necesario para encarar al mundo sin un alma a mi vera, sin nadie que supiera sobre mi existir, pero no es así. Reconozco la marca del desamparo en mi pecho. Yo no soy como Santolaya que ha hecho de su profesión su válvula de escape y así no enfrentar el terrible zarpazo de la soledad. Yo no solo no me resigno, sino que estoy dispuesta a muchas renuncias para tener un lugar de confort y acogida. Renunciar, por ejemplo, a sentir el amor tocando a rebato. Renunciar a las brasas de esa pasión que llena nuestra alma de una plenitud desbocada, renunciar a las propias ganas, a la piel encrespada, al deseo.

Tú eres para mí eso. Ese amor al que debo renunciar. Lo siento aquí y ahora en mitad del pecho.

Traté de contarte lo que no se puede contar, sino sentir. Traté de explicarte lo que no se puede explicar, sino vivir. En El Salvador he respirado a través de tu aliento, comido en tu boca, visto a través de tus pupilas, dormido en tus brazos… Sin embargo, nunca vi en ti un halo de rebeldía que me dijese que lo nuestro estaba por encima de todo, que dejarías tu vida en Alemania por mí, que lo que había entre nosotros era un proyecto de vida juntos, que unidos podríamos comernos el mundo. Y créeme que, a una se le parte el esternón y saca en medio de la borrasca el corazón para decirte esto, para escribirte, en esta última carta desde El Salvador, que te quiero con toda la profundidad con la que es posible hacerlo.

A una palabra tuya, hubiera cambiado mi vida para siempre, aprendido tu idioma, adoptado tu tierra, abandonado mis orígenes, mi país, mis amigos, con tal de amanecer a tu lado, con tal de sentirte en esa esfera de la intimidad que es digna de ser vivida porque es inquebrantable; la que nos habla del amor en cuarto creciente.

Pero eso no ha ocurrido. No llegó esa palabra tuya. No sé en qué parte de tu corazón habito, solo sé que he pasado por tu vida, desconociendo de qué modo y con qué trascendencia, si frugal o central.

Ahora que salgo de este país que tanto me ha enseñado, en donde he sufrido y amado como nunca antes, debo encauzarme sin tu presencia, al menos hasta que des señales de vida, pues no pierdo la esperanza que se narra en la tradición del hilo rojo. Siempre quisiste saber a qué me refería con esa expresión: la persistencia del rojo.

Quise contarte la vieja leyenda en esta madrugada que ya toca a su fin, pero tú mismo la podrás leer cuando regreses a Alemania, podrás buscarla en algún libro oriental. Se trata de una antigua historia japonesa que relata cómo dos personas, independientemente de sus circunstancias vitales, sus vicisitudes, sus anhelos o, incluso, sus acontecimientos adversos, si están unidas por un hilo rojo que viene desde los altos designios del universo permanecerán juntas. Podrán estar en distintos continentes, tener distintas edades, vivir diferentes épocas, albergar valores dispares, pero en el fondo siempre estarán unidas de alguna manera.

Los japoneses lo ejemplifican con el relato sobre lo acaecido a un emperador que fue a consultar con una bruja para saber quién sería su esposa. La maga lo llevó hasta un lugar donde solo habitaban una pobre mujer que portaba a su hija en brazos. El emperador, ofendido, desterró a la mujer y tiró al suelo a la bebé que, desde entonces, tuvo una marca en la frente. Veinte años después, el emperador subió el velo nupcial de la joven con la que se estaba casando y contempló estupefacto la señal en su rostro. Lo que le hizo saber que aquella muchacha era la niña desparramada en el suelo, dañada, porque él había desechado la idea, hacía ya dos décadas, de unir su vida a alguien que aparecía ante sí en medio de la miseria.

Es cierto que yo no voy a ser la mujer que comparta contigo el caminar existencial que nos vaya a tocar en suerte, lo que sí sé es que algo muy tuyo ha quedado dentro de mí. Nadie me lo podrá arrebatar. Yo tengo de ti algo más que un hilo, tengo una existencia que permanecerá recordándonos cuando tú y yo ya no estemos sobre la faz de la tierra.

Siempre tuya,
Libertad.

Quedaban apenas diez minutos para llegar a Bamberg cuando Helmut despertó de su cabezada. Permanecí frente a él muy serio, mirándole en silencio, haciéndome preguntas. Estaba claro que mi madre le había dado a entender en esa carta que yo venía en camino, que, o estaba embarazada de él o había una firme intención de quedarse encinta en ese último encuentro que tuvieron en Arcatao. No quise comenzar una conversación entre ambos incompatible con el traqueteo del tren y con un tránsito hacia su casa que iniciaríamos en breve. Tan solo tomé mi mochila, bajé de lo alto su maleta granate y con un rictus grave esperé sus indicaciones para apearnos en la estación donde nadie, tampoco mi madre, nos esperaba.

EL HONOR DE LAS DESPEDIDAS

—No, Olga, nadie me espera en España. No tengo esposa. Tuve una mujer hace tiempo, pero la perdí en un bombardeo.

Santolaya apartó la mosquitera y se levantó despacio para no perturbar la pena de quien había sido su pareja durante todo ese tiempo en El Salvador. Sabía que su partida la dejaría sumida en una aureola de incertidumbre. No se atrevía a preguntarle qué haría a partir de ahora. El país negociaba una paz de mínimos, pero estaba completamente destruido. Toda una generación de hombres y mujeres jóvenes había sido aniquilada. Se quedó desnudo mirando por la ventana, abstraído, contemplando las plantas de cholla, ocotillo, nopal y sahuaros que poblaban el asilvestrado jardín que daba acceso a la casa del puerto de La Libertad.

—No puedo llevarte conmigo, Olga. Sé que lo deseas, que sería una oportunidad para ti salir de aquí, pero no puedo... Mi trabajo no me lo permite.

Olga ladeó su cuerpo en sentido contrario al de la ventana y se echó la sábana por encima, pues no deseaba que Íñigo Santolaya la viera desnuda aquella mañana. Apartó su pelo de la cara y gimió un lloro silente, casi imperceptible a oídos del cámara. Durante el tiempo que estuvieron juntos ella se había hecho ilusiones. Pensó en que le quería a su manera, aunque él le sacaba bastantes años y procedían de culturas distintas. Nunca ninguno de los hombres con los que había estado antes se preocupó por su seguridad, por su salud, por que estuviera protegida y bien. En cambio, junto a Íñigo nunca le había faltado de nada. Ella se ocupaba de la intendencia, de tener la casa curiosa, de preparar la comida, de tener todo listo para el trabajo que Libertad y Santolaya llevaban a cabo. Y él, por las mañanas, le regalaba gerberas y flores de izote, se las esparcía a besos o se las prendía en el pelo. Olga sentía devoción por él cuando le conseguía para sus guisos hojas de elote, canela, leche con maicena, chipilín, espinacas, bananos y moras, porque así ella podía cocinar tamales, canoas de plátano o pupusas locas. Algunas veces iban juntos al mercado de San Salvador y le compraba argollas doradas, collares de coral y vestidos de satén o de tela de espejo para que los luciera. Ella no estaba acostumbrada a los obsequios ni a los placeres así que, casi sin darse cuenta, a pesar del zumbido constante de la guerra, se enamoró de aquel hombre que le procuraba mimos, atenciones y noches donde apuraban hasta el último sorbo de las sensuales delicias que manaban en las antesalas de la selva.

Pero todo eso, muy a su pesar, tocaba a su fin. Arregui ya había regresado y ahora era Santolaya el que debía volar hacia España, esa misma noche, para estar unas semanas en el País Vasco y luego aterrizar en Belgrado, donde acompañaría a otra corresponsal de guerra. Primero, para la realización de un periplo de reportajes sobre la postura serbia en el reciente conflicto surgido en los Balcanes y, después, a continuación, para meterse de lleno en el polvorín de Bosnia-Herzegovina.

—¡Vayamos a Tamanique, a la playa de El Sunzal! Allí podremos bañarnos, pasear, sentarnos en alguna terracita. Alguna habrá quedado en pie, ¿verdad, tesoro mío? Venga, levántese, gatuna, y nos iremos a disfrutar el tiempo que nos queda… Hablaremos. Vamos, ¿quién es mi preciosa sino usted?

Íñigo se arrodilló sobre la cama y trató de animar a Olga con carantoñas, acariciándole y besándole la espalda. Había ideado, tras sus instantes pensativos junto a la ventana, una jornada final para ambos donde la tristeza tuviera la menor cabida posible y ello llevaba consigo poner en marcha algún aliciente para sacarla de la cama.

—Está bien, papito, me vestiré y nos iremos. Pero no prepararé comida, comemos allá pues.

—Lo que tú digas, guanaquita mía, jocote de miel, dulce de camote, cogollito de…

—Ay, papi, cuando usted se pone dulzón, hasta las piedras se vuelven blandas —le dijo Olga mientras atusaba el pelo de su compañero.

Olga y Santolaya se vistieron antes de que el mediodía regalase sus horas más tórridas y arrancaron el todoterreno con algún utensilio de playa en la parte trasera y el voluminoso equipaje con el que Íñigo Santolaya regresaría a España, equipo audiovisual incluido.

Cuando el sol caía a destajo sobre las altas olas de El Sunzal Santolaya aparcó cerca de un cafetín con vistas al océano. Se ajustó su sombrero tipo *cowboy* de pelo de castor y se miró de arriba abajo. Ufano, con su camisa hawaiana, sus bermudas deslucidas y unas sandalias, estaba feliz de encontrarse, por primera vez desde que llegó a El Salvador, en disposición de pasar una tarde de playa junto a aquella belleza. Ella también se arregló para aquella jornada con un vestido de algodón blanco de volantes que dejaba sus hombros al descubierto, colocándose los aretes y el collar de coral que Santolaya le había regalado para su cumpleaños.

El lugar sobre el acantilado tenía unas avejentadas mesas y sillas, dispuestas a lo largo de una baranda de madera carcomida por el mar. Levemente asomados, casi podían tocar las imponentes rocas que daban la bienvenida a un Pacífico tan encrespado que parecía también tener cierto enojo por la partida de Santolaya. Al fin y al cabo, los trabajos del cámara siempre habían sido en tierra y se había ocupado poco o nada de captar con su objetivo la rebeldía que atesoraba aquella costa salvadoreña en la cual había vivido junto a Olga y Libertad.

Se les acercó un joven sin carta ni menú. En tiempos de guerra, aquellos lugares de ocio que habían sobrevivido a duras penas solo tenían lo que a diario los pescadores podían acercar al establecimiento, que no era poco. Solían salir a las cuatro de la madrugada y volvían con langosta, camarones, ostras y multitud de pescado fresco. A Olga se le antojaron ostras con piña y Santolaya optó por pedir un plato de tiburón con langosta. Según los iban degustando, el cámara se quedó mirando frente a sí el rostro y el cuerpo de la que había sido su mujer en toda la etapa salvadoreña. Era menuda y chata como él, pero su cuerpo, curvilíneo y bien proporcionado, más una piel canela, brillante y tersa, y sus grandes pechos, le hacían contemplarla como la belleza que era; exuberante y pecaminosa. Ella sorbía las ostras despacio con su boca carnosa y desataba más jugos en el plato de los que los moluscos bivalvos tenían conocimiento.

—Me estás poniendo cachondo.

—¿Otra vez, papito? ¿No estábamos de despedida?

—Hasta las ocho hay tiempo, morena.

Se levantaron de la mesa dejando propina y los platos limpios. De nuevo se dirigieron al todoterreno para tirar la ropa en la cabina y descalzos, con sus respectivos bañador y bikini, bajaron por unas escaleras de piedra, que eran la llave de entrada al océano. Al llegar a la orilla Olga empezó a saltar como una niña que acaba de descubrir el azul del cielo reflejado en unas aguas sin fin. Santolaya, por contra, metía un pie en el agua para, a continuación, salir corriendo hacia las rocas. Estaba acostumbrado al calor y al ruido de la guerra, haciéndosele la corriente y la temperatura marina demasiado frías como para que derivasen en algo beneficioso.

—¡Vamos, amor, que no se diga que usted no va a entrar conmigo al agua! ¡Vamos! ¡Vamos! —gritaba Olga gozándola en medio de un incipiente chapoteo.

—Morena, ¿retos a mí? A Íñigo Santolaya Sáenz de Urtubi, natural de Vitoria, para servirle a usted y a la guerra. ¿A mí me retas, preciosidad? Te vas a enterar tú...

Íñigo agarró de la cintura a Olga y, tras tomar impulso, la tomó en sus brazos y se puso a correr dando zancadas, adentrándose en el mar a gran velocidad ante el júbilo de la salvadoreña que le atizaba con sus manos en los hombros, medio en protesta por lo inesperado del gesto, medio regocijándose por la atrevida acción.

Nadaron juntos un buen rato y fueron a descansar cerca de una pared rocosa formada por grandes pedruscos apilados en forma de pirámide. Allí él la sentó, la peinó con sus dedos, echándole toda la melena hacia atrás y, mientras iba con su lengua a sorber las gotas de mar que caían de su nariz, pestañas y barbilla, logró desanudarle el sujetador del bikini y atárselo a su muñeca.

—Papi, no podré volver a la playa si lo botas al mar, ya lo sabés...

—Y yo no podré volver a España si te cojo aquí mismo con esos cántaros de miel que me tienen loco, ya lo sabés...

Santolaya atrajo hacia sí a la muchacha mientras el mar chocaba bravío contra su espalda. Esta, que siempre tenía la gana hecha para que él la tomase en cualquier esfera sólida, líquida o gaseosa, se medio tumbó, clavándose los pedruscos en la espalda y esquinó el tanga brindándole su concha en marejada con olor a caléndulas y aspérulas marinas. Él no se lo pensó dos veces y, a riesgo de caerse, por lo resbaladizo de los cantos sobre los que se mal sostenía en pie, se bajó el bañador y la penetró con prontitud, zambullendo el rostro en sus senos cubiertos de espuma, como si quisiera esconderse del mundo y de la realidad. Se corrió de inmediato y, jadeante aún, se aplicó con esmero en bambolear las entretelas de Olga, para que ella también pudiera sentir el golpe del mar recorriéndole el espinazo. Logró sofocarle los gritos de placer a base de besos que le llenaban la boca de sabor a sal, nácares y esencias de erizos. Cuando la tempestad de sus cuerpos hubo concluido, como al final de una larga borrachera, Íñigo se abrazó al cuello de Olga, mientras ella se recomponía el bikini, y se echó a llorar sobre ella.

—Papi, no me haga esto, que tendría que ser yo la que estuviese como una Magdalena.

—Si tú supieras, preciosa, lo que te voy a echar yo de menos por esos mundos… Si tú lo supieras.

—Lléveme con usted, Íñigo, lléveme. Yo me quedo en su casa esperándole a que vuelva de la guerra…

—No tengo casa, Olga. Yo no tengo casa. Tuve una hace mucho tiempo en Saigón y me la destrozaron. Después jamás he tenido ya un lugar donde parar. Ahora voy al País Vasco, allí en el norte de España. Descansaré unos días, me harán un chequeo médico y vuelta a…

—¿Estará vos con la flacucha? ¿Estarán ustedes dos juntos?

—Ven, vamos a salir del agua. Nunca entendí por qué tantos temores tuyos con mi compañera. ¡Tú misma lo dices: está flaca! Y lo más importante, Olga: es mi amiga. Solo mi amiga. Nada más.

—Pues usted la mira. No como a mí, pero la mira…

Íñigo dio la mano a Olga y lentamente, como dos novios primerizos, salieron hacia la playa en silencio hasta que el cámara quiso poner sosiego en las turbulencias que acechaban a su amante.

—Olga, Arregui y yo hemos pasado mucho juntos. Es lógico que haya un entendimiento entre ambos, aunque sea a regañadientes a veces. Ya sabes qué genio nos gastamos los dos. Ella tiene su vida, ahora se casará, tendrá hijos, irá de corresponsal a Bruselas, París, pues habla francés mejor que español desde pequeña. Estaremos en contacto, seguro, pero no hay nada entre nosotros, solo amistad. Ella está loca por el estirado ese del alemán...

—¿Lo vé usted cómo le molestá el novio de la flacucha?

—El novio de la flacucha, el novio de la flacucha, paparruchas... La flacucha tiene un novio allá en España y este otro es...

—Ese otro es como yo, un río de paso, papi. ¿Es cierto eso, *verdá*?

—Por favor, Olga, no me lo pongas más difícil, vida mía. Ven, sequémonos y me cuentas tus planes de futuro, que los míos ya los sabes.

Tumbados y acodados en la arena el uno junto al otro, guardaron silencio durante un rato, como ordenando los pensamientos que lanzarían en la siguiente conversación. Ambos sabían que era el momento de hacer planes, si no juntos, al menos cada uno por su lado, pero contemplando ya el escenario de un país en postguerra. Fue Santolaya quien no se anduvo por las ramas y preguntó en primer lugar.

—Olga, ¿qué opciones tienes para ganarte la vida con el país tal y como está? La casita de La Libertad que nos mostraste y alquilamos no es tuya según nos dijiste. ¿Qué harás ahora?

—Marchar para los Estados Unidos, papi. Como tantas otras guanacas.

Santolaya empalideció. Conocía lo que era saltar la triple frontera: la de Guatemala, la de México y la de Estados Unidos. Sabía de primera mano que aquello era un infierno, sobre todo para las mujeres, pues casi ninguna llegaba al destino final. Muchas de ellas eran asesinadas antes siquiera de llegar a México.

—No, Olga, no. Migrar para saltar Guatemala y meterte en el infierno de ese tren de mercancías atestado de gente huyendo de la miseria, eso sí que no. Lo conozco de sobra. Eso es muerte segura.

—O eso o irme a la casa rosada a atender a hombres.

—Caminemos por la orilla —ofreció Santolaya muy serio.

Íñigo Santolaya conocía muy bien aquel peligroso recorrido. Antes de acompañar a Arregui en su labor como corresponsal de guerra grabó en esas tres fronteras, e incluso lo hizo en el interior del tren de la muerte para una productora sueca.

Sabía que Tecúm Umán, la primera frontera, la que da el paso desde Guatemala a Ciudad Hidalgo, en Chiapas, era un hervidero humano lleno de riesgos. Allí vio hombres y mujeres de cuerpos doblados y miradas fijas que avanzaban sinuosos por las callejuelas. Salían de burdeles y chamizos, de cantinas y agujeros, abandonando el amparo de la noche para vislumbrar, a lo lejos, el hocico de La Bestia. El sonido del silbato electrizaba la precaria calma que la oscuridad proporciona a la muga. Rodeaban el ferrocarril, que gruñía lento como queriendo aprensar toda la fuerza de aquellos que se le acercaban. Largo cual pesadilla y de un gris plomizo, advertía, sin duda, a los que le aguardaban la inmediata llegada de un destino duro e incierto. Observó cómo cientos de sombras lo acechaban entre los desperdicios: libraban matojos, brincaban pedruscos, tensaban músculos y venas, se zafaban a jirones de las ropas que quedaban presas en el ramaje; mientras el tren incrustaba poco a poco su cornamenta en lo que un día fue una estación.

—No permitiré que te devore La Bestia de hierro de la compañía Chiapas-Mayab. No lo permitiré —dispuso muy serio— tienes, porque yo te lo voy a ceder, el vehículo. Lo podrás vender y también te dejaré dinero en metálico de lo ganado estos meses atrás. Si te administras bien podrás montar en el puerto un puestito de…

—¿Y vivir sola en este país? Mi familia está en los Estados Unidos… Mi hermana y dos sobrinos.

—Sí. Vivir sola un tiempo, Olga. Sí. ¡Joder! Ojalá lo de

Yugoslavia sea una broma de un año de trabajo, que no tiene pinta de eso la verdad, pero si...

—Si, ¿qué? ¿Retornará usted? ¿Volverá acá a por mí? ¿A San Salvador? ¿Cuánto debo esperar? ¿Un año, dos, tres?

Santolaya no tuvo respuesta, así que optó por abrazarla. Deslizó sus dedos por la larga cabellera de Olga y aspiró el salitre que manaba de aquel cuerpo inquieto por el temor a la soledad, a la miseria y a la ausencia. Cerró los ojos y besándole la mejilla, mientras la apretaba contra sí, volvió a evocar el precipicio mortal grabado en aquel tren.

Rememoró en su mente cómo los migrantes, en voz baja, se solían desear suerte, cómo palpaban el poco dinero que pudieron coserse al pantalón, en medio de una respiración entrecortada. Distinguió en su memoria cómo todo ello era preludio de un abordaje al abismo: sierras de hondas neblinas, calor ardiente, insectos que taladraban la piel, lluvias sin final, sueños quebrados por la policía de migración, la temida migra, fatídicos asideros, cansancio extremo. Todo eso le aguardaba a Olga y, como único acompañante, en los más de dos mil kilómetros que hay hasta llegar al Norte, el cruel mordisco del hambre espoleándole el alma.

Revivió en esos instantes pegado a ella cómo, con el sonido del traqueteo, todos los migrantes comenzaban a correr, parejos, hasta que el de más fiereza o el de mayor temor trepaba a cualquiera de los furgones. A pesar de la desesperación nadie gritaba, nadie jadeaba, nadie lloraba. Al disponerse a saltar, empujar, amarrar se iniciaba la lucha por la supervivencia, por el techo más seguro, por un hueco entre vagones, por colgarse de alguna escala. Mientras, la luna, excitada, acrecentaba con su fulgor los rencores de la jungla.

Dentro de su mente reapareció aquella luz del alba que poco a poco se alojaba en el tren, mientras este con sus pitidos finales anunciaba la última oportunidad para abandonar las orillas del Suchiate, el río Satanás, tal y como fue bautizado por los olvidados que lo cruzaban para llegar a

México. Recordó al hombre que pereció y cuyo cuerpo fue zarandeado entre las ruedas del ferrocarril tras recibir un golpe al subir a un lugar más alto; o aquel otro, al que la sangre en las manos le hizo desprenderse de una argolla roñosa; o aquella mujer que yacía en el terraplén después de que le propinaran un cabezazo por defender su posición tras ser violada. Fue la misma que, durante la espera y desde la timidez de unos ojos que ya no sabían llorar, le contó parte de su vida, sin que Santolaya supiera de qué modo ayudarla o cómo hallar una palabra de consuelo.

Cuando las luces del convoy dijeron adiós en ese tramo de selva, caliente desde primera hora, decenas de manos, alzándose por ambos flancos, pedían aún aferrarse a un reducto, a un exiguo canto o saliente. Muchachos con menos de trece años a los que la esperanza de huir de la miseria les obligaba a seguir corriendo; hombres tirados de cuajo a tierra, con los rostros desfigurados porque osaron encaramarse a los mejores puestos, a aquellos que copaban las mafias, e incluso alguno que, con ojos y puños inyectados en una mezcla de envidia y rabia, se volvió a levantar y persistió en su empeño de subir al tren.

Gentes que huían de la guerra y de la miseria en un vagón repleto de bidones malolientes, sujetos en grietas, en esquinas grasientas, eso fue lo que grabó Íñigo Santolaya antes de llegar a El Salvador: la partida hacia Veracruz de una muerte que transcurre sobre raíles.

—Espérame un año. Volveré. Te lo prometo. Volveré a por ti. No te vayas a los Estados Unidos. Espérame.

—Un año.

—Sí. Si no he vuelto en un año...

—A la casa rosada no quiero ir.

—¡No, Olga, no! A la casa rosada nunca más. Si en un año no he vuelto te ayudaré a que busques a tu familia en los Estados Unidos, pero no en ese recorrido de muerte. Ven acá, preciosa, yo miraré por ti, aunque ahora me vaya lejos.

—Bien, aquí me quedaré pues, esperándole.

Olga salió de entre sus brazos para mirarle fijamente e hizo gestos de asentimiento que tranquilizaron al cámara. Agarrados de la mano, Santolaya delante y Olga detrás de él, volvieron a subir la estrecha gradería de piedra, consiguiendo llegar hasta el vehículo que habían dejado aparcado hacía ya horas.

En silencio, Santolaya se cambió de ropa y contempló con una mirada entre la delicia y la congoja cómo se desnudaba Olga dentro del vehículo para retirarse el bikini mojado y vestirse de nuevo. Una vez listos, echaron un último vistazo al Pacífico que les había acogido esa tarde, se besaron con ternura y arrancaron hacia el aeropuerto de Comalapa.

—No me gustan las despedidas, Olga —acertó a decir Íñigo a medio camino del aeropuerto—. Marcharé rápido hacia el *check-in*. Sin mirar atrás.

—Sí, papi, lo que usted diga.

—Tomaré un carro para todo esto que me llevo de vuelta y no me pararé. Si me paro, entonces…

—Papi, le he dicho que sí, que yo a usted le conozco, que llevo durmiendo a su lado mucho tiempito y sé cómo va a hacer lo de marcharse…

Cuando ya faltaban apenas cuatro kilómetros para llegar a Comalapa Íñigo ralentizó la velocidad y se mostró cabizbajo. Olga llegó a pensar que esa dejadez al volante llevaría a algún disgusto de última hora en forma de accidente.

—¿Qué pasa ahora, amor? —le dijo mientras acariciaba su mejilla.

—Me acordaba de una frase que me dijo Arregui cuando la acompañé a este mismo aeropuerto en su regreso a España, hace una semana.

—Ya salió la flacucha…

—Me dijo que las despedidas eran un honor. Un honor, porque resultaban indispensables y preparaban para el reencuentro.

—La flacucha tiene don de palabra. Eso sí lo tiene, papi. Déjeme achucharle ahora antes de que parquee.

—¿Qué harás con el todoterreno, preciosa? Tú no sabes conducir...

—No se preocupe, amor. Me las arreglaré.

Santolaya dejó el vehículo aparcado a pocos metros de la entrada al aeropuerto. Salió veloz para tomar un carro en el que colocar todo su voluminoso equipaje, cosa que le llevó bastante rato porque llevaba muchos bultos. Olga no se movió del asiento del copiloto, tan solo esperó y observó los pasos y gestos del que había sido su compañero esos últimos años de guerra. Santolaya, en total silencio, sacó un sobre con un fajo de dinero de uno de sus bolsillos, dejándolo en el regazo de Olga y, después, posó las llaves del todoterreno en sus manos. Todo ello lo hizo de manera taciturna y mecánica, sin mirarla de frente. Dos lagrimones que le cayeron por las mejillas fueron la única señal del calvario por el que estaba pasando con esa despedida. Se dio media vuelta y, sin decir palabra, empujó su equipaje dirigiéndose recto hacia la zona de salidas de pasajeros.

Justo antes de cruzar las puertas correderas que daban acceso al *check-in* se paró y volvió su mirada hacia la zona donde había dejado el vehículo con Olga dentro. Un joven se le estaba ofreciendo para conducir, acodado en la ventanilla de la cabina, y llevarla de regreso, supuso, a la casa del puerto de La Libertad. Inspiró con fuerza para recomponerse, intentó erguir el cuerpo sin gran éxito y, de nuevo, repitió en su cabeza las palabras de Arregui sobre el honor de las despedidas. Chascó la lengua con desgana y, mientras iba al mostrador del personal de tierra, pensó que el honor radicaba en las experiencias junto a los seres queridos, más que en la desaparición de nuestras vidas de esas mismas personas. Después, tomó su pasaporte en la mano y se secó las lágrimas con los puños de su camisa.

LOS CABALLEROS DE BAMBERG

—Lo que peor llevo es que yo no pude despedirme de tu madre.

—Ni ella de ti. ¿Hemos pasado ya Núremberg?

—Sí, hace cincuenta kilómetros. Estamos a punto de llegar.

Cuando Helmut Kuntz y yo llegamos a la estación de Bamberg era de noche. El frío arreciaba y Helmut sacó una bufanda polar de su maleta para colocármela al cuello.

—Gracias, qué frío tan tremendo… Corta hasta el aliento. ¿Siempre es así?

—Te acostumbrarás. Es solo cuestión de tiempo. Tomaremos un taxi para llegar hasta, más o menos, el número 24 de *Karolinenstraße*. Ahí cerca está mi estudio de arquitecto, que es también vivienda. Algo habrá en el frigorífico para cenar…

Helmut Kuntz le pidió al taxista que enfilase por *Ludwigstraße*, no sin cierta discusión, porque el conductor estaba empeñado en llevarnos por una ruta más corta a partir de *Luitpoldstraße*. Al final ganó la opción de Helmut, ya que logró explicar con convencimiento que el propósito era pasar por *Marienbrücke*, que, además, era uno de los puentes preferidos de mi madre. Supe que ella había estado con Kuntz en aquella ciudad que, en ese momento, se presentaba ante mí como la madrastra fría y desconocida que yo nunca tendría.

Marienbrücke lucía iluminado como una postal que desafiara al tiempo. Según nos acercábamos pude apreciar su belleza nocturna. La ciudad a cada metro se me fue haciendo más amable, más hermosa. Nos dirigimos al *Bergstadt*, uno de los tres barrios de esa Roma entre colinas que es Bamberg. Paramos ante una gran casa de piedra gris de dos pisos que estaba en cuesta. Tenía un enorme portalón sobre el que había un escudo que no logré descifrar a esas horas, ni discernir si se trababa de familia, de conmemoración o de ciudad. Me bajé con rapidez, pues deseaba conocer el lugar donde Kuntz vivía y cuál sería mi habitación, si no para siempre porque desconocía en esos momentos cómo iba a transcurrir mi futuro próximo, al menos para las siguientes semanas o meses.

Helmut se despidió cortésmente del taxista con un apretón de manos, tomó su maleta a pulso y abrió el portón. Ante nosotros se mostró todo un espacio diáfano en medio de la incertidumbre de la oscuridad. Un patio interior en cuadrilátero, compartido por varios edificios que lo acotaban, fue la carta de presentación del que sería mi improvisado hogar.

—Aquí, a la izquierda. No hay ascensor, pero solo son dos pisos —me señaló Helmut con el dedo hacia arriba.

Al volverme hacia él me sobresalté casi sin querer. Una pequeña loseta dorada brillaba en mitad de la noche a la luz de un foco, justo en la puerta de entrada al edificio. No pude avanzar, algo me lo impedía, una fuerza extraña que no había conocido antes. Kuntz se dio cuenta de mi perplejidad, dejó la maleta en el suelo y esperó pacientemente a que yo leyese aquellas letras.

HIER WOHNTE
GUSTAV LIEBERMANN BÜTTNER
JG. 1899
DEPORTIERT 1943
ERMORDET IN AUSCHWITZ

Tras una larga pausa en la que no pude ni pestañear, Helmut tomó la palabra:

—Esta fue la realidad de mi país durante años: intolerancia, Holocausto, fanatismo, xenofobia, racismo, muerte... Y no debemos olvidarlo.

—Ya. En mi tierra también. Me contó mi madre que... ¡pero allí seguimos con los muertos en las cunetas!

—Vayamos dentro. No hace noche para permanecer aquí fuera. Podremos hablar mucho durante estos días. He aparcado los trabajos pendientes. Estaremos tú y yo, mano a mano, al menos dos semanas, para tu adaptación a este lugar. Estaré a tu lado. Todo irá bien.

Con el cansancio propio de aquellas horas subimos los dos tramos de escalera hasta que nos topamos con una puerta muy moderna, que desentonaba un poco con el entorno austero de piedra y madera del edificio. Helmut abrió la cancela con la mejor de sus sonrisas.

—*Et voilà!* Está usted en su casa, señor Arregui.

La casa de Helmut Kuntz era grande. Contaba con un enorme espacio de más de doscientos metros cuadrados formando un rectángulo bajo un techo altísimo, todo ello circundado por seis ventanales, tres que daban al norte y otros tantos al sur. Justo a la entrada, en la parte izquierda, una cocina americana bien equipada, con mostrador y tres asientos. Más adelante, sin ni siquiera un biombo de separación, una gran área de trabajo con dos formidables mesas de dibujo, un caballete, escuadras, cartabones, regletas, compases, cúteres, lápices y blocs. También una colosal mesa de madera maciza estilo imperio con un par de ordenadores y material de oficina. De seguido, con apenas una alfombra como línea divisoria, una cama tipo colonial con dosel que, sin embargo, no distraía del conjunto, a ratos caótico, a ratos divertido y compacto.

—Pero, ¿dónde voy a dormir yo? —pregunté un tanto confundido.

—Mira a tu derecha, muchacho —sonrió Kuntz—. Siempre intuí que, tarde o temprano, acabarías viniendo a esta casa. Te preparé una habitación cerrada ahí al fondo, junto al aseo. Eso sí, solo tenemos un baño... —rio— nos tendremos que turnar.

Me acerqué a una de las dos únicas puertas correderas que había en aquella vivienda límpida y tornadiza. La primera, efectivamente, era un formidable cuarto de aseo con una gran bañera de piedra de río junto a la ventana. Al lado, dos lavabos de estilo victoriano con su grifería intacta reposaban bajo un espejo elíptico enmarcado en nácar, que señalaba con su brillo la nobleza de la estancia.

—Si no te importa, entro ya a darme un baño caliente antes de conocer mi cuarto y retirarme a descansar.

—Adelante, Asier, prepararé algo de cenar, aunque sea un par de tostadas y un vaso de leche caliente con miel.

Aquella noche cené poco, pero a gusto. Helmut preparó tostadas con jamón de Parma y, mientras él bebió un poco de *Jägermeister*, a mí me dio un tazón de leche con miel de espliego y unas galletas muy curiosas, *Lebkuchen*, a base de jengibre, cardamomo, canela y clavo, extraordinariamente olorosas, que nunca olvidaré y que siempre, desde entonces, han sido mi desayuno favorito.

Más tarde, cuando apenas faltaba un cuarto de hora para la medianoche, ya sentados en la banda que hacía las veces de cuarto de estar, justo enfrente de la zona de oficina, retrepados en un sillón de piel beige, que no desmerecía por belleza a la mesa de cristal sustentada en raíces de castaño de Indias, dio comienzo una de las conversaciones pendientes entre él y yo.

—Asier, y ahora que ya sabes que yo desconocía las vicisitudes conyugales que pasaron Libertad e Imanol, y que, por tanto, no pude hacer nada para salvarla de aquella agresividad que le hizo tanto daño...

—Algo sabrías —interrumpí con el último sorbo del tazón de leche.

—Algo sospechaba, sí, certezas, ninguna. Pero dime, hijo, ¿cómo fue la separación entre ambos? De eso sí que no tengo ni la menor sospecha y me preocupa el grado de sufrimiento que, muy probablemente, tuvisteis que soportar. Quiero ayudarte, a partir de ahora estás a mi cargo y...

—Fue horrible. Al menos para mí, Helmut.

—¿Tanto?

—Sí. Yo no puedo hablar por mi madre. Su interior, lo que ella sintió con una separación tan violenta, solo nos los podría contar teniéndola aquí delante. Y ella ya no está. Te puedo decir lo que viví yo.

—¿Y qué viviste?

—Viví lágrimas. Viví dolor. Muy grande. Mi padre, el que siempre había ejercido como tal, de pronto, en un espacio de tiempo que a mí se me hizo corto, pasó de mirar a mamá con embeleso a empujarla, maltratarla con desprecios, insultos, zarandeos... Era espantoso ver aquellas escenas de griterío encendido y malos modos entre ellos.

—Me imagino, hijo, me imagino.

—El colmo fue el día que mi padre, bueno Imanol, ya sabes... a veces no sé cómo referirme a él y creo que aquí hay pendiente una cuenta que me afecta directamente y es una prueba de paternidad, porque no se me puede tener así...

—Ya hablaremos de la prueba de paternidad mañana. ¿Qué pasó el día que se fue de casa Imanol?

—Cualquier chaval de once años espera no ver a su padre sacar las maletas delante de sus propias narices, como remarcando el abandono, como haciéndolo más cruel. La visión de la ausencia a esa edad puede ser, es, demoledora...

—Me conmueve la madurez con la que te expresas, Asier.

—Me ha tocado pasar mucho..., quizá sea por eso.

—¿Qué ocurrió exactamente?

—Pues que sin ningún tipo de miramiento hacia la que, al fin y al cabo, había sido su compañera durante más de once años ni hacia mí, a quien había criado, salió de casa en medio de una escandalera en la que no reparó en detalles: alboroto, indiscreciones a grito pelado, humillaciones a mi madre, desatenciones y ridiculeces hacia mí y todo un conjunto de despropósitos que no le deseo a nadie y menos a un niño de esa edad.

—Ya. Un espectáculo dantesco...

—Sí, nunca mejor dicho. Y ahora, Helmut, no sé tú, si deseas quedarte aquí recostado antes de irte a la cama, pero yo quisiera ver mi habitación y echarme a dormir. Date cuenta del tute que llevamos en el cuerpo desde París...

—¿Del qué? ¿Tute? Ah, bueno sí, una de esas palabras que no conozco en castellano. Ven conmigo, te mostraré tus aposentos, como diría tu madre...

La habitación donde viví durante mi juventud en casa de Helmut Kuntz era un auténtico prodigio de decoración y buen gusto. Incluso hoy en día, desde este apartamento en Tokio, que es desde donde escribo, echo de menos esa casa.

Mi cama estaba sobre el suelo, en la parte de arriba de la estancia, sobre un tatami tipo futón al que se accedía subiendo varios escalones bajo dos lucernas. En aquel instante me pareció como si me hubiese estado esperando ahí desde hacía décadas. Antes de llegar a ella, a un lado vi un magnífico armario ropero de cuatro puertas de olmo y nogal del siglo XVIII, que en su día había sido restaurado por la esposa de Helmut. Justo enfrente un piano de cola de C. Bechstein maravilloso y, junto a él, una mesa de estudio clásica, antesala de un mueble-librería que ocupaba toda la pared desde el suelo hasta el techo. Se hallaba repleto de libros que mi madre le había ido enviando desde España a Helmut durante todos los años de relación: Zweig, Roth, Galdós, Hernández, Rossetti, Pavić, Böll, Bachmann, Arendt, Celan, Lorca, Alberti, Pavel, Éluard... Ambos la conocíamos y sabíamos que era una bibliófila irredenta, así que no me sorprendió toda aquella colección de obras. Una alfombra *Aubusson* de lana teñida de añil y varios pufs completaban la centralidad de ese escenario en el que viví y estudié hasta marchar con veinte años junto a Aratani hacia la *Universität für Musik* de Viena.

Esa primera noche en Bamberg nos abrazamos una vez más y nos tiramos *ipso facto* a nuestros respectivos lechos, si bien preferí dejar la puerta abierta para sentir la compañía de Helmut cerca de mí, como queriendo tener constancia, de alguna manera, de su presencia a mi lado, de que no iba a dejarme solo en esa nueva vida que iniciaba en Alemania.

A la mañana siguiente un fuerte aroma a chocolate caliente fue lo que me despertó y no la claridad del día que ya inundaba todo el habitáculo y mi propio corazón. No estaba solo, estaba con Helmut Kuntz, el hombre al que mi madre amó.

—*Guten Morgen, Freiheit.* ¡Así solía despertar a tu madre! Hoy, sin embargo, una variación en esta sonata de la vida: *Guten Morgen*, Asier…

—*Bonjour*, Helmut, ya no sé en qué país vivo. Adoro las variaciones *Diabelli* de Beethoven… Luego quizá me ponga al piano.

—Aquí tienes: *Knieküchle* que acabo de comprar para ti. Pruébalos, te gustarán. Están hechos a base de mantequilla, harina, azúcar, huevos y vainilla. Ah, y también te he hecho chocolate. Después pasearemos por el centro histórico para que te vayas haciendo a tu nuevo barrio…

Sin duda fue uno de los desayunos más gratificantes y opíparos de toda mi vida. Tras vestirnos ambos con ropa deportiva, nos dirigimos hasta la orilla izquierda del río Regnitz, a la pequeña Venecia de Bamberg, un barrio de pescadores con casas bien conservadas de entramado y colores diversos. Después de dar una vuelta en barca por el canal contemplando la arquitectura decidimos pararnos en el puente donde se halla el *Altes Rathaus*, un lugar que a mi madre le encantaba, tal y como me corroboró Kuntz, ya que en su testamento pedía que fuera allí y en el río Sumpul de El Salvador donde se lanzasen sus cenizas.

—¿Cuándo lo haremos? —pregunté.

—¿El qué, hijo?

—Echar sus cenizas al río Regnitz...

—¿Dónde están las cenizas de tu madre?

—En el piso de la Torre de Atocha, en San Sebastián, guardadas en una caja de coral que ella compró en uno de sus viajes en el mercado de San José de La Habana.

—Que el coral del Caribe guarde los restos de tu madre... No se me ocurre una manera mejor de que estén custodiados, muy propio de ella.

—¿Cuándo iremos a recoger sus cenizas para traerlas aquí?

—¿Acabas de llegar y ya quieres iniciar el camino de regreso?

—Prometí que...

—Sí, y yo. Pero mira, primero estarás hasta agosto aprendiendo alemán, aquí te hará falta. Luego, podrás incorporarte en septiembre al *Gymnasium* que tenemos cerca de casa, el Káiser Heinrich, ya veremos en qué curso te colocan... Después...

—O sea, que ya lo tienes todo programado. ¡Y sin preguntarme! ¡Qué alemán eres!

Ambos prorrumpimos en una estentórea carcajada, sin percatarnos del grupo de turistas japoneses que pasaban por el puente y que nos miraron con estupefacción. Nos dirigimos entonces a la pasarela de *Geyerswörth* y allí, acodados en la barandilla delante de unas plantas heladas por el frío, con unas vistas increíbles sobre el Regnitz y el antiguo ayuntamiento, Helmut me contó por qué a mi madre le gustaba tanto aquel lugar que se alzaba sobre las aguas de un río de apenas cincuenta y ocho kilómetros, afluente del Meno.

—A tu madre le entusiasmaba unir orillas, aunar saberes, personas, culturas... Era vasca, pero se sentía salvadoreña y hablaba un alemán y un francés perfectos, aprendidos con los años —comenzó a relatar Helmut—. Por eso le gustaba venir a este sitio en concreto y contemplar el *Altes Rathaus*, que es un poco como ella…

—Cuéntame más, ¿por qué está ahí en mitad del puente? ¿Existe algún otro ayuntamiento en el mundo en medio de dos orillas? ¡Es un ayuntamiento-isla!

—Que yo sepa no —explicó Kuntz ladeándose, sorprendido por mi afán por conocer la historia del monumento—. Se cuenta que, por lo visto, los artesanos y comerciantes vivían en la orilla noreste, sin embargo, el obispo habitaba la suroeste y en ningún caso quiso ceder terreno para que la ciudadanía tuviera su lugar de representación. Así que los pobladores de Bamberg empezaron a clavar estacas en esta parte del río, creando una isla donde erigieron el ayuntamiento…

—Increíble.

—Desde 1386 este ayuntamiento, símbolo del poder ciudadano, tiene la corriente de un río bajo sus pies… Y representa el triunfo de las gentes comunes frente al poder de la Iglesia.

—¿Y eso era lo que entusiasmaba a mi madre?

—Bueno, tu madre miraba este puente con los ojos de la reconciliación. Decía que si la representación de la ciudadanía podía estar en medio de dos orillas, la paz era posible en el País Vasco…

—Pero a día de hoy decenas de periodistas siguen amenazados por ETA, tal y como lo estuvo mi madre, sobre todo durante sus estancias en París para informar sobre las políticas antiterroristas del Estado galo y de su colaboración con el Gobierno de España…

—Lo sé, hijo, lo sé. En aquella época estaba con ella en el hotel de París que ya conoces. Calleja, su amigo periodista, también amenazado por ETA, creo que ya andaba por Madrid escoltado. Alguna vez me la tuve que traer a Bamberg por el peligro que corría tras sus crónicas desde París, que eran incendiarias como ella misma —suspiró Kuntz—.

En esta ciudad se alojaba en un pequeño apartamento que puso a su disposición mi aparejador, que, aun siendo de Granada, lleva aquí trabajando más de veinte años.

—Lo que viene a ser un picadero, ¿no?

—O un refugio, según se mire. Venga, vayamos a la catedral, allí te he de mostrar algo importante para mí —respondió Helmut con una actitud conciliadora ante lo que fue un exabrupto por mi parte.

En apenas cinco minutos recorrimos los pocos metros que separaban el *Obere Brücke*, parándonos en *Fortunata Brunnen* para observarla con rapidez y, por nuestra misma calle, *Karolinenstraße*, llegamos hasta la *Domplatz*, presidida por la archiconocida catedral de Bamberg.

Nos adentramos en ella por la Puerta de María, a la derecha de la fachada principal. El edificio gótico-románico con sus cuatro torres, sus bóvedas, sus pilares, el impresionante fresco del ábside y sus obras de arte; más de un milenio de pétreos símbolos, fueron explicados por Helmut Kuntz con la sabiduría de un arquitecto que vivía al lado de aquella joya del tiempo.

En un determinado momento Helmut tomó asiento y volvió su mirada y todo su cuerpo hacia la estatua de El Caballero de Bamberg, colocado en una de las pilastras de la catedral. Me dijo que era del siglo XIII y estaba tallada en piedra arenisca en un tamaño muy próximo al natural. Me volví, al igual que él, para contemplarla despacio.

—Lleva corona —observé— ¿tal vez un rey?

—Posiblemente Enrique II el Emperador. El manto que sostiene en su brazo, la silla de montar con los estribos largos y el arnés del caballo nos indican que quizá estuviera policromada.

—Con todas las obras de arte que hay aquí: las sepulturas del emperador y su esposa, el retablo… ¿por qué nos hemos parado en esta precisamente?

—Esta es una especie de *Adventus*, un tipo de escultura

que se recuperó del Antiguo Imperio Romano y es la primera vez en la historia del arte que aparece un caballo con...

—¡A ver, Helmut! Que sí, que sabes muchas cosas sobre el jinete de Bamberg, que es vecino tuyo, pero a mí lo que me intriga es por qué precisamente nos hemos sentado aquí los dos delante de él. ¿Por qué?

—Por su serenidad.

Después de esa afirmación, Helmut Kuntz dejó de mirar al jinete y se giró hacia mí. Noté sus ojos clavados en mi rostro, mirándome con amor, buscándose en los ángulos de mi faz, encontrándose, tal vez, en algún recoveco de mi cara. Llegó un punto en el que me sentí algo incómodo...

—¿Y ahora qué pasa, Helmut? ¿Pasa algo? ¿Por qué me miras así?

—Yo también le escribí una carta importante a tu madre. De entre las muchas que nos intercambiamos, solo una se conservó. Todas las demás se destruían para no poner en peligro mi matrimonio —suspiró con hondura—. Fue una contestación a la que ella tituló *La persistencia del rojo*. La mía no llevaba título, pero ahora quizá sí se lo pondría.

—¿Qué título le pondrías ahora a esa carta?

—Núremberg tras de mí.

—¿Cómo?

—Yo también perdí a toda mi familia, Asier.

—¿Como mi madre?

—Yo ni siquiera tuve una Aurori, una abuela, como tu madre.

—¿Y cómo no me lo has dicho antes?

—Precisaba la serenidad de mi vecino, del Jinete de Bamberg. Sé que tú estás empeñado en que nos hagamos la prueba de paternidad, pero para mí no es importante. Creo firmemente en que la paternidad no es un hecho biológico, sino un ejercicio de responsabilidad y de amor. Ahora te tengo junto a mí, a pesar de ser ya un hombre mayor... No hay que olvidar que naciste cuando yo tenía cuarenta y ocho años y tu madre veintiuno menos que yo. Pero, mientras viva, yo puedo darte todo mi tiempo, mi cariño: quiero que seas feliz, que te sientas respaldado. Tu madre me decía siempre aquello de «que sea un hombre de provecho». Me da igual que seas hijo biológico de Imanol o mío, a partir de ahora yo seré tu padre. A mí me criaron gentes que ni siquiera supieron mi nombre, me tuvieron que poner uno nuevo...

—¿Quién te crio? ¿De verdad que Helmut no es tu nombre? ¡Qué me estás contando!

—Me criaron miembros de la resistencia. ¿Has oído hablar alguna vez de la Rosa Blanca?

ELLACURÍA VIVE

—¡Rosas blancas! ¿No querías rosas blancas de Obdulio? Pues te he traído un esqueje, para que lo plantes en tu nuevo nidito de amor y, también, la cinta con la entrevista que le hicimos a Ellacuría en agosto del ochenta y nueve. Una joya que no se ha emitido, Líber... Tú verás. No estaba perdida, la encontré antes de partir...

Santolaya se había instalado en un hostal hasta que el teléfono sonase y le enviaran a los Balcanes. Era algo que ya tenía confirmado, solo faltaban la llamada y el billete de avión con su nombre y el de su nueva compañera de trabajo. Libertad Arregui había pasado a hacerle una visita, darle la bienvenida y despedirse una vez más de él, antes de ir a la última prueba de su vestido de novia.

—Con Emma te llevarás bien, me han dicho que es un encanto.

—Niña, ¿vemos esto juntos? Y resolvemos qué hacer con esta cinta tras el visionado. Lo de tu decisión de seguir con la boda, ya ni lo comento...

—Hazme sitio en esta cochambre de sillón que te han plantado en la habitación. ¿Acaso no podías pagarte algo mejor?

—Oye, Líber, desde que te vas a casar con ese tipo estás muy estirada, ¿no?

—Enciende y calla.

Como ustedes pueden ver nos encontramos junto al padre Ellacuría en un despacho del Centro Monseñor Romero. Son las diez de la mañana del diez de agosto. Este jesuita vasco, admirado por su obra filosófica, su compromiso con los más pobres, su mediación para la resolución del conflicto bélico que desangra este país ha tenido la amabilidad de recibirnos para la realización de una breve entrevista en primicia durante este momento crucial de la historia de El Salvador.

—Buenos días, padre. Le diré que utilizo la palabra padre con un doble sentido, porque en el colegio de San Sebastián en el que me eduqué había verdadera devoción por su trayectoria y he crecido admirándole, considerándole como a un padre.

—Gracias, Libertad. Qué nombre más bonito el suyo. Para mí es un gusto estar con ustedes y decir gracias, Libertad; también en mi caso tiene un doble sentido. Estamos viviendo momentos decisivos en este país y anhelamos la libertad, zafarnos de la violencia y la miseria e ir, como pueblo, a un auténtico proceso de liberación.

—Padre, en pocas palabras, para que lo entiendan hasta los más profanos, ¿qué es la Filosofía de la Liberación?

—Bien, no es fácil responderle en dos frases. Pero, básicamente, la liberación es el descubrimiento de la verdad, es hacerse cargo de la realidad, conocerla de manera consciente. Se trata de una filosofía que tiene como objetivo desenmascarar aquellas estructuras que oprimen a los seres humanos. Todo el saber debiera estar al servicio de esa liberación social, política y personal.

—¿Podría decirme mediante qué instrumentos se logra eso?

—Sin duda, y, en primer lugar, está el pensamiento crítico que parte de la investigación científica, a través de la cual se diagnostican las causas reales de la injusticia y, a partir de ahí, podremos plantear alternativas de solución. También, por supuesto, mediante una función creadora, como instrumento que genera conciencia colectiva. Aprender a vivir en comunidad, en sociedad, satisfaciendo las necesidades entre todos, creando, en definitiva, bien común.

—El diálogo como instrumento también ha sido señalado por usted como primordial. En esta guerra que nos acontece y, en general, de cara a la situación que se vive en todo el mundo, ¿qué podemos hacer para rehumanizar la sociedad?

—Bien, como ya he expuesto en otras ocasiones, nadie debe tener derecho a lo superfluo si a la mayoría le hace falta lo más básico. El señalamiento de la miseria y de los atropellos de los derechos humanos a los que se somete a las mayorías sociales es algo irrenunciable. El mayor exponente de la deshumanización es la guerra. Por ello, desarrollar un proceso de diálogo, en medio de este conflicto armado en el que nos hallamos inmersos, es una exigencia ética que tiene que culminar dando a luz un nuevo modelo de convivencia social basado en la justicia y la equidad.

—Padre, por último, para acabar, ¿la paz es posible?

—Cuando el primer principio es la toma del poder, a costa de lo que sea, con una violación permanente, no solo de los derechos humanos sino de una maltrecha legalidad, hecha a medida de las élites desde hace décadas, es que las cosas se están haciendo mal. El poder oligárquico es ahora el mismo que abortó hace años la justa y necesaria reforma agraria. Ante ellos yo redacté un ya conocido editorial titulado «A sus órdenes, mi capital», a partir del cual se me amenazó a mí y al resto de jesuitas, colocándonos bombas en la universidad, más la terrible persecución de los escuadrones de la muerte, financiados por esas mismas fuerzas oligárquicas, que han detentado siempre el poder por encima del gobierno. Se ve que no hay voluntad de un acuerdo definitivo y justo para todos los salvadoreños. La paz solo será posible si se piensa en el pueblo, se trabaja por el pueblo y para el pueblo. Agarrar el poder, caiga quien caiga, asesinando, nunca será la solución para este país. La paz solo se construye desde la justicia. Y la justicia solo se logra transformando la sociedad al poner la vida de los seres humanos en el centro.

—Padre Ellacuría, nos despedimos, no sin antes manifestarle de nuevo nuestra gratitud por el tiempo que nos ha brindado, lo mucho que hemos aprendido de sus palabras y la necesaria apuesta por la paz en El Salvador y en el mundo, también en nuestra tierra común, el País Vasco. Muchas gracias de corazón.

—Ha sido un gusto estar con ustedes. Cuídense y sean felices.

Santolaya pulsó el botón para finalizar la reproducción mientras contenía la respiración. Se retrepó de nuevo en el sillón, porque había estado durante toda la emisión rígido, en posición recta; en cambio, Libertad Arregui permaneció serena y pensativa.

—Está claro que Ellacuría tiene una vigencia absoluta, se podría decir que vive, de hecho, pervive, para este siglo y para los que vengan. Y es evidente que este documento audiovisual, más aún tras su asesinato, debe ser emitido —aseveró muy seria.

—¿Lo llevo yo a la tele o lo haces tú?

—Lo llevas tú, Santolaya. Te recuerdo que en tres días me caso.

Santolaya se puso en pie y tomó de las manos a Libertad haciendo que ella también se irguiese. Se aproximó a ella y la estrechó entre sus brazos besándola en el cuello. Después la miró a los ojos y sin soltarla volvió a intentar jugar a los dados con el destino y que este no le separase de ella:

—Vente conmigo a la guerra de los Balcanes, Líber. Cuando entregue este documento en la tele será todo un acontecimiento. Podré pedir entonces que seas tú la que vengas conmigo a Belgrado o a Sarajevo. Podemos estar juntos allí.

—No más guerras, Íñigo. No más trotes.

—Pero si ha sido tu primera guerra, niña. ¿Ya estás cansada? Si vienes conmigo viviremos nuevas experiencias, tal vez incluso me llegues a querer.

Libertad tomó su chamarra, se enrolló una bufanda al cuello, se colgó la bandolera e hizo ademán de salir por la puerta de forma airada.

—No te vayas, venga, Líber, no te enfades… Menuda despedida vamos a tener…

—No me enfado, Íñigo, pero sí me voy. Tú no solo te vas al lugar más peligroso del mundo en estos momentos, tú lo que quieres es que yo bombardee mi vida con más y más guerras. Y eso sí que no. Me voy. Cuando vuelvas de allá, me llamas.

—¡Si vuelvo!

—¡Vas a volver seguro, Santolaya!

NÚREMBERG TRAS DE MÍ

—Volver a Núremberg. Y contigo, Asier. Quién me lo hubiera dicho hace unos años.

—Primera excursión, tras llevar unas semanas en Bamberg. Me apetece.

Helmut y yo hicimos un giro tras descender una bajada muy empinada y entramos en la calle *Am Ölberg*, que está justo debajo de las murallas, en la parte sur de la fortaleza de la ciudad de Núremberg. Era un día de marzo en el que la primavera ni se asomaba, pero el sol hizo su entrada por la mañana, al menos de forma testimonial, sin calentar mucho. Vimos unos bastiones que hacían las veces de jardín y salimos hacia una escalera a la izquierda. La bajamos y Helmut se detuvo ante la casa de Pilatus, un suntuoso edificio entramado con un extraordinario San Jorge y su arnés.

—Es increíble cuántos de los edificios de piedra y madera resistieron las destrucciones de la Segunda Guerra Mundial en esta zona del casco antiguo. No pasó lo mismo con mi casa, que estaba situada en *Burgschmietstraße*.

—Sobre eso me quieres hablar hoy, ¿verdad, Helmut?

—Primero quiero que leas despacio esta carta que te entrego. No está exenta de intimidades entre tu madre y yo que, supongo, a tu edad ya no te sorprenderán. Yo entraré a la casa de Durero, hoy convertida en museo. Era también un lugar muy querido por tu madre, le encantaba ese pintor. Ahora nos sentaremos tranquilamente en una terraza, pediremos algo y cuando estés preparado podrás entrar a buscarme y me dirás cuál es tu decisión, si nos hacemos o no la prueba de paternidad.

—Es solo una muestra de saliva, ¿no?

—Te tomarán, si así lo quieres, una muestra de la mucosa bucal con un ligero frotamiento en la parte interna de la mejilla. El doctor Kremer nos espera en su laboratorio a una llamada que yo le haga, solo debemos tomar el U1 desde *Lorenzkirche* y bajarnos en *Eberhardshof,* unas seis paradas calculo, más o menos diez minutos y nos ponemos allí.

Estando ya en *Tiergärtnertorturm,* una plaza de aspecto medieval con edificaciones de tipo defensivo que forman parte de la fortificación de Núremberg desde el siglo XIII, nos sentamos en una larga mesa con un precioso mantel blanco, justo en frente de la casa de Durero. Pedí dos *Orangensäfte,* que era lo único que conseguí aprender a decir en alemán durante esos pocos días.

—Muy bien, veo que vas avanzando —dijo Kuntz—. Aquí te dejo para que tengas intimidad. Voy al museo. Si en una hora veo que no has entrado, saldré yo. No tiene pérdida si acudes a buscarme: estaré en el segundo piso, que es el taller donde trabajaba el pintor. Te espero. Tranquilo.

Aguardé a que Helmut Kuntz traspasara la puerta de la *Albrecht-Dürer-Haus,* di un sorbo a mi zumo de naranja y abrí el sobre, presidido por la frase *Núremberg tras de mí* escrita a mano recientemente, y extendí las páginas dobladas, no sin cierto temblor de manos.

Bamberg, 31 de agosto de 1993

Querida mía,

Hace casi un año me comunicaste por carta que habías sido madre. Desde las últimas navidades hasta este verano nos hemos visto cuatro veces. Cuatro maravillosas, inolvidables y escasas ocasiones de gozarnos. Sé que Imanol y tus nuevas obligaciones no te permiten vernos más. No obstante, quiero expresar que te echo de menos y lo mucho que me gustaría conocer al niño.

Lo cierto es que no paro de pensar en ti. Te veo aún tumbada, abierta de par en par sobre ese edredón de funda de satén que nos ponen en el hotel. Siempre dispuesta a acompañarme, espectacular como tú eres. Vestida de rojo, que sabes que me enloquece, con ese palabra de honor que no se te cae, que tanto me gusta cuando lo llevas sin ropa interior. Al colocarte frente a mí en El George degustando las ostras Tarbouriech de Marseillan con su vinagreta de pepino y la trufa de limón, me cuesta una barbaridad mantener la compostura. Rememoro, una y otra vez, cómo te descalzas un pie y subes tu pantorrilla hasta alcanzar mi sexo con el empeine y me frotas todo el deseo hasta excitarme. Los otros comensales nos observan, pero a ti te da igual, solo yo sé que es tu coño lúbrico quien suelta más jugos que las mollejas de cordero de Aveyron que suelo pedir, así que empapas la *tapisserie*, dejando un olor a melocotón de montaña, mora y nopal que llevo metido en la sien desde nuestros tiempos de San Salvador. Chuparte después, en el hotel, es el mejor de los postres. Supone retornar a nuestros revolcones en la selva de Metapán, donde te entregabas como la felina que eres, arañándome la espalda en medio de aquella tierra volcánica tan tuya, tan nuestra.

Es así, no ceso de evocarte en tu sensual prodigalidad, incluso ahora que sé que crías un hijo con ayuda de Imanol y su familia y que estás exhausta por tanto trabajo. Para colmo, las amenazas que te llegan de ETA y que tan preocupados nos tienen. Tu labor de periodista no debe virar respecto a la línea que elegiste: verdad, justicia y reparación para todas las víctimas. Para todas.

Espero no aumentar tu grado de desasosiego por lo que te voy a contar ahora. Es necesario que lo conozcas y que te replantees tu decisión sobre el pequeño. No me dices nada: si es mío o no, pero, al menos, deja que le conozca. No merezco la angustia que supone para mí no verle o no saber si es hijo nuestro, concebido cuando estuvimos juntos en la UCA. Y es que, Libertad, yo, como tú, ahora lo vas a saber, también perdí a toda mi familia.

Núremberg ha estado tras de mí, persiguiéndome. Núremberg es mi infancia, pero no mi patria. Siempre perduró en la recámara de la mente. En mí constantemente ha habido una angustia tamizada. Un dolor que, como el tuyo, partía de la orfandad. ¿Jamás te extrañó que nunca hablase de mi familia? Solo tenías ojos y oídos para saber si mi esposa y yo seguiríamos, esa era para ti toda mi familia. Pero hubo un antes, una infancia, una adolescencia, un sufrimiento ligado al abandono y preguntas, muchas preguntas, mucho dolor, como el tuyo, como el que ya conoces y todavía adviertes. Como el que sientes, al igual que yo, en el centro de este pecho cómplice.

Los dos sabemos que solo el coraje puede hacer que transijamos con ese tormento, pero el arrojo en ocasiones tiene los días contados. Se desvanece en medio de las circunstancias que nos transitan. No es perenne.

¿Cuántas fueron las horas que pasamos en la cama del hotel desentrañando los resortes de ese necesario coraje? Sí, ese valor que te conforma y del que yo también eché mano durante mi vida al estar marcado por las mismas carencias que tú.

Siempre quise que fueras libre. Porque cuando yo no esté, cuando falte, deberás seguir, continuar sin mí. El grado de intensidad del amor que detentas es lo que me vuelve loco. Esa forma de amar a bocajarro.

Me cuesta evocar mi infancia, porque me sabe a muerte y a ruinas, a bombas y hambre. Hambre, ¿te suena de algo? Yo también lo pasé.

Espero que, después de lo que te voy a relatar, entiendas que preciso conocer a Asier. Fue mi padre adoptivo, Josef

Huber, uno de los libreros que colaboró con la organización anti-nazi denominada La Rosa Blanca, quien me detalló todo esto que paso a explicarte someramente. Ya tendremos ocasión de hablarlo en persona.

De Sophie Scholl y su hermano, compañeros de Huber y miembros de la resistencia, hemos hablado varias veces, no así del hombre que me acogió y crio como a un hijo. El horror de Núremberg, de esa batalla, de esos ametrallamientos, de la cantidad de vidas humanas que allí se destruyeron, del boquete que supone en el centro del alma haber perdido a toda la familia en una tragedia tal, tú sabes bien que no tiene olvido posible, que permanece de por vida.

El diecisiete de abril del año en que nací el séptimo ejército de los Estados Unidos ya se había apoderado de los barrios de *Veilhofstraße* y *Woehrd*. Tras capturar el aeropuerto, al norte, empezaron los terribles bombardeos. Mi madre acababa de parir en lo que fue la casa familiar, junto al número ocho de *Burgschmietstraße*, hoy allí hay un hotel que tú conoces. Yo tan solo tenía quince días y descansaba a su lado, pues mi padre, que era uno de los efectivos que permanecieron junto a Holz, el primer mando en la defensa de la ciudad, se encontraba en el interior de la estación de policía.

Durante la mañana del dieciocho de abril cientos de miles de bombas se lanzaron indiscriminadamente y sin cesar en la vieja ciudad. En ningún momento hubo clemencia para la población civil que se hallaba en sus casas aterrorizada y sin escapatoria posible. La gran mayoría de los edificios de esa zona quedaron hechos escombros en apenas tres jornadas de detonaciones, ráfagas de disparos y alarmas, incluso el histórico castillo.

El miedo, Libertad. El miedo es la emoción más paralizante de todas. El miedo al hambre y la precariedad, el miedo a un régimen totalitario que mataba a la disidencia en la guillotina sin ningún tipo de reparo ni compasión; el temor a perder la vida, la casa, el trabajo, los seres queridos… El miedo ¡a la libertad! es el arma que usan los tiranos para subyugar al pueblo. La población de Núremberg primero sufrió el hecho de que Hitler y el nazismo la tomase como símbolo de sus atroces operaciones, después vino el aniquilamiento de la ciudad por parte de los aliados. ¿Quiénes fueron los que realmente perdieron? Las gentes de Núremberg. Y de entre esas gentes, los humildes, los que ni tan siquiera tenían un agujero en el que resguardarse de aquel infierno de proyectiles.

Mi madre murió en los primeros bombardeos, a mi padre le dispararon cuando las tropas estadounidenses invadieron el edificio de la policía. Fue un episodio de resistencia tan atroz que, además de artillería pesada, los bombardeos aéreos no cesaron hasta la rendición total de la ciudad por parte del segundo mando militar, el coronel Wolf.

Los días siguientes te los puedes imaginar: asaltos a casas y comercios, violaciones masivas, humillaciones, ejecuciones en la calle...

Un grupo de soldados estadounidenses al mando del general O'Daniel inspeccionó la calle donde tuvo lugar mi nacimiento. Los niños supervivientes en Núremberg en aquellos días salían de entre los escombros arrastrándose, algunos fueron confundidos con ratas y les patearon. Cuando uno de aquellos soldados sintió mi lloro entre las ruinas me sacaron en medio de una gran polvareda, de entre los despojos y los restos humanos, de entre la basura. Ahí estaba yo con el llanto desconsolado del hambre y de la muerte, pero vivo.

Al principio nos llevaron a todos los huérfanos a grandes carpas atendidas por mujeres voluntarias que habían sobrevivido a la masacre. Alguna de ellas, desconozco quién, me dio de mamar durante unos meses mientras criaba a su propio hijo. Anduve de mano en mano, sin el calor de una madre o un padre, durante el primer año de vida. No pude echar a andar hasta los dieciséis meses, síntoma típico de abandono y de la falta de atención: nadie me puso en vertical para ver si echaba las piernas, una tras otra hacia adelante, simplemente nadie se ocupaba de mí.

Josef Huber era librero en Núremberg, perseguido por el régimen nazi que le encarceló y le torturó, pero al no poder hallar pruebas suficientes contra él para ejecutarlo junto a su grupo y por haber pertenecido además a las Juventudes Hitlerianas de joven, le dejaron con vida, aunque vigilado. En Múnich prácticamente todos los miembros de La Rosa Blanca fueron sentenciados a muerte y llevados a la guillotina sin defensa o clemencia alguna.

Josef me encontró en un portal, atendido por una anciana a punto de morir por tifus. Conocía a mis padres, que le habían llegado a comprar a escondidas durante la guerra libros de Stefan Zweig. Se hizo cargo de mí sin pensárselo. Esperó largas colas para poder darme un mendrugo de pan o medio tazón de sopa. Trabajó en la reconstrucción de la ciudad llevándome a su espalda, me enseñó a leer y a escribir, consiguió ropa de escolar para mí y, en definitiva, sin ser mi padre, me quiso como tal y me sacó adelante sin que nadie se lo pidiera, por puro amor.

Justo cuando yo ingresaba en la Universidad Técnica de Múnich para estudiar Arquitectura un proceso bronconeumónico se lo llevó por delante, debido a las secuelas que le quedaron en los pulmones tras las terribles torturas a las que fue sometido.

Jamás podré honrar a ese hombre lo suficiente por todo lo que hizo por mí, por su entrega. Nunca le conocí otra dedicación que no fuera la de atenderme y educarme, jamás tuvo una mujer a su lado. Pareciera como si su sentido de la vida tras la guerra, tras la resistencia, tras todo lo que padeció fuera sacarme a mí adelante, con vida, como miembro de un pueblo alemán nuevo, que ama la justicia, la paz, la fraternidad…

Nunca le sentí como otra cosa que no fuera mi padre. La biología no hizo mella en nosotros. De ahí que ahora me esté cuestionando muchas cosas con respecto a Asier. Mi intuición, casi infalible, bien lo sabes tú, me dice que lo concebimos los últimos días de diciembre en El Salvador, aunque solo tú tienes la última palabra. Tú eres la única que sabe si es hijo de Imanol o mío.

La crianza no viene marcada por la biología de una manera indeleble. En este mundo hay hombres y mujeres que la ejercen con todo el amor del mundo sin tener una ligazón de sangre con sus pequeños. Y al revés, existen hombres y mujeres que no se ocupan de los seres que han traído al mundo. Sabes que con mi esposa no podré ser padre nunca. No obstante, quiero que sepas que nada me haría más dichoso que ser el padre de Asier.

Y, desde luego, siempre estaré aquí o allí, dispuesto a darle todo lo que necesite. Tú fuiste la que me explicaste esa vieja historia sobre el término «amor», que yo sigo manteniendo que viene de amma, madre, y de ahí «amore», amistad... Tú fuiste quien me habló de esa leyenda vasca en la que ama-madre y ur-agua se unían para formar Madre Agua, «amaur» y, de ahí, quizás, la palabra francesa «amour», que evocas siempre en mitad de la selva, porque fue allí donde nació todo, el amor a la vida, a la tierra, a los ríos, a mí...

De ahí que te pida que permitas el sumergirme con ese pequeño que tienes ahora mismo entre los brazos dentro del río de la vida, en la Madre Agua, para fluir juntos en el cauce que la vida nos debe.

Te quiere,

Helmut

Fueron dos lágrimas insolentes las que mojaron la carta, que doblé con parsimonia justo al terminar su lectura; pero el llanto fue a más. Así que lloré con ganas un cuarto de hora, en silencio, sin que nadie de la terraza donde me hallaba reparase en ello. Era un sollozo de pena, pero también de emoción por haber encontrado a Helmut.

Me daba todo igual en ese momento, solo quería entrar en la Casa-Museo de Durero y abrazar a aquel hombre. No comprendí, ni entonces ni ahora, por qué mi madre no fue clara ni con él ni conmigo en vida. Las razones aún las sigo escudriñando: el miedo a perder cierto estatus, el miedo a que la relación con Helmut o con Imanol se alterara, el miedo a sí misma... No lo sé. No lo sabremos nunca.

Al acercarme a la entrada del museo vi que Helmut salía. Me vio y nos abrazamos y besamos de una manera que todavía recuerdo como si fuera hoy mismo. Hubo lágrimas, zozobra, fusión de dos almas al fin unidas por el destino.

No fuimos a hacernos ninguna prueba de paternidad, nunca nos hizo falta. Tampoco juzgamos a Libertad Arregui y su decisión de no revelar cuál de sus hombres fue mi padre. Tuve dos padres, así de sencillo. Hasta los once años me crio Imanol. Tras el abandono, tuve la suerte de encontrar, gracias a mi madre, otro padre. ¿Cuál de los dos fue el verdadero? Nunca me importó ya esa cuestión. La paternidad se ejerce, no se ostenta porque sí. Helmut estuvo a mi lado todos esos años, queriéndome.

Pasado el tiempo, Kuntz murió de puro anciano, mientras miraba desde el ventanal frente a su cama un horizonte al que llamó Libertad. Caminaba a diario hasta el puente sobre el río Regnitz en Bamberg, ya que, según decía, era su manera de evocarla selvática y sonriente.

LAS CENIZAS BAJO EL RÍO

—Cada tarde, sin faltar una, he venido aquí pensando que mi madre no descansaría hasta que sus cenizas reposasen bajo un río… Y hoy, por fin…

—Dos ríos, el Sumpul y el Regnitz —me corrigió Helmut.

Era un sábado soleado de septiembre, cuando las temperaturas ya habían empezado a menguar, pero la luz todavía se dejaba querer sobre el río de Bamberg. Helmut sacó el manuscrito de Libertad de su maletín al llegar al puente y, de manera muy solemne junto a mí frente a la barandilla, dio comienzo a la lectura de un texto y un poema escogidos por mi madre para ese momento. Yo sostenía, apoyada en mi torso y con las manos, la caja de coral que habíamos traído hacía una semana desde San Sebastián y que contenía sus cenizas. Helmut dio comienzo al acto de despedida con sus versos.

En todos los ríos busco tu nombre
Tu nombre entre las aguas
Las aguas entre mí
En mí tu nombre son todos los ríos

Las despedidas nunca fueron mi fuerte. Vosotros lo sabéis mejor que nadie. Espero que ya os hayáis encontrado, así lo deseo. Desde mis cenizas os imagino erguidos en el puente, espero que, sonriendo, porque sabéis que nunca me gustaron los lamentos. Menos aún si son lágrimas derramadas en mi memoria. Mi memoria solo desea los colores y los olores de este río, de todos los ríos que atravesé, con las flores de las riberas escoltándome en mi tenue posado hacia la corriente que me lleva.

Recordarás, Helmut, cómo nos despedíamos en el hotel de París: a veces ni me movía de la cama. Tú creías que estaba dormida, cuando lo único que ocurría era que cerraba los ojos a nuestra realidad intermitente, a nuestro amor por fascículos. Evitar la despedida y tan solo escuchar el sonido final de la puerta que se cerraba suponía un salvoconducto para lo nuestro. Otras veces me colocaba desnuda en el quicio de la puerta, a esperar a que tú salieras impecable del baño, con ese porte tuyo inigualable, con el azul resplandeciente de unos ojos que parecen zafiros, más tu elegancia natural. Entonces, todavía soñolienta, me creía la manceba de la canción *Ojos verdes* que te tarareaba cuando ibas a cruzar el umbral para marcharte. Aquellas coplas a mí me servían para exorcizar desasosiegos, ahora lo sé.

Con todo, debo darte las gracias por el goce con el que me adornaste siempre el tálamo. La *germanidad* en el lecho, si bien es gustosa, imaginativa, eficaz, como vosotros queruscos forjados en el espíritu de Hermann y su carácter indomable, ya mencionado por Tácito, aún sin el desvarío de esta península mía, procura una intensa plenitud. Quizá todo tenga que ver con el clima, como tú bien me señalaste. Tú tienes interiorizado que recorrer el cuerpo de una mujer y hacer equilibrios de placer sobre esa improvisada almadía que es nuestra piel y sus reacciones lascivas supone vadear un cauce lleno de pasión, sensibilidad y conocimiento.

La perfección en el amor no existe, lo sabemos. Y yo, en esa imperfección que he vivido, he sido inmensamente feliz. Me he sentido querida, a pesar de las circunstancias que nos rodeaban. No podéis ni imaginar en cuántas ocasiones me dije «Hay que ir olvidando, Libertad», siempre con el propósito de renunciar y encubrir lo que sentía a raudales.

O en cuántas otras traté de buscar estar completada contigo, Helmut, o contigo, Asier. Hasta que descubrí que esa unidad del ser reside en una misma.

Jamás podré decir que dejo esta vida sin ser amada y sin amar. No puedo olvidar aquella vez que me tomaste en brazos en la playa para cruzar un pequeño charquito de agua, las noches locas en la *avenue* George V de París, aquel baile en el teatro romano de Verona, el paseo por las ruinas de la antigua Cartago, los fados en Lisboa, las noches bajo los soportales coloniales de la Cuenca ecuatoriana o nuestras conversaciones, en las que mezclamos con total desparpajo la física, la biología y la filosofía, esas disciplinas tan imprescindibles, ¿verdad, Helmut?

La selva siempre estuvo bajo mi piel desde que llegué a El Salvador. No pude hacer otra cosa que enamorarme de ti en aquel país. Todavía recuerdo cómo recorrías mis piernas a lametazos, aunque estuvieran taladradas por los zancudos. «Son heridas de guerra», decías. Me sacabas fotografías a traición, para «remarcar ese carácter indómito». Yo, sin embargo, siempre me pregunté dónde aprendiste un castellano tan bueno.

Tras los huracanes, los volcanes y todas las tragedias vividas, que se llevaron por delante a miles de personas, y aquellos incesantes terremotos; tras la niña de Arcatao o aquella otra criatura, de la que nunca supimos su nombre, que se murió en mis brazos mientras volabas con el Cherokee y aquel cargamento de antibióticos caducados que nunca llegaría a tiempo de salvarla; tras el ron de medianoche, tras Weizsäcker, Ellacuría, la Escuela de *Frankfurt* y aquel libro de física cuántica cuyas fórmulas te atreviste a corregir mientras me mirabas salir de la ducha imitando a alguna *femme fatale*; tras las carcajadas aquella madrugada en que te confesé que me hubiese gustado ser soprano, de haber tenido voz y de no haber sido profesora de Comunicación, periodista, correctora y tantas cosas que he sido; tras ese *Nessun Dorma* perenne de noches inacabables, por haber vencido, he vencido hasta a la muerte.

Entro al quirófano con la seguridad de haberte querido de manera inconmensurable, de haber defendido mi profesión hasta sus últimas consecuencias, de haber padecido la amenaza de los violentos sin perder un ápice de mi ética profesional, por muy escondida que estuviera en Bamberg en excesivas ocasiones; a resguardo, sí, pero sin poder pasearme contigo por la calle. Sola en el apartamento a la espera de que cruzases la puerta para saciarnos el cuerpo y el alma.

No juzgo impropia de ti la decisión de mantenerte casado y de no compartir tu vida por entero conmigo, yo que hubiese recorrido, y de hecho lo hice, océanos y mares por ti. No me juzgues, por tanto, en mi soberana decisión de no revelar quién es el padre de Asier. Los dos sois padres de mi hijo. Imanol le crio hasta que nuestro matrimonio se rompió, le quiso con dedicación, ahora tú y él estáis unidos y sabréis amaros como padre e hijo. No todas las madres pueden procurar a sus hijos dos padres en caso de faltar ellas, pero ya ves que yo sí. Ni siquiera la ausencia nos va a separar cuando tomes un puñado de mis cenizas y las arrojes con brisa, pues parte de ellas volverán a impregnarse sobre la tapeta de tu camisa, decididas a buscar cobijo en tu corazón para siempre.

Helmut paró la lectura. Bajó la cabeza hasta el pecho, respiró hondo y vi cómo dos lágrimas descendían por su cara, no pudiendo continuar con el texto. Así que decidí tomar el manuscrito y ser yo quien siguiera, no sin antes entregarle el cofre de coral, que él se dispuso a abrir.

Asier, a pesar del peligro que corríamos, acariciaste mis entrañas y el darte la vida fue pura emoción. Llevarte dentro de mí ha sido lo mejor que me ha ocurrido. A los médicos hay que hacerles caso lo justo; que me lo digan a mí que he estado tantas veces a punto de morir que, cuando lo he hecho, casi ni lo hemos creído.

Estoy orgullosa del amor de madre que te tengo. Me supone una plenitud difícil de explicar. Algo que siempre me acompañó en los momentos de lucha o de despedida, como el de ahora. Que sepas, hijo, que asiento a eso que me indicaste con seis años: «Es que las mamás de los otros niños no son como tú». Porque las otras no se iban a recorrer selvas o no escribían crónicas, reportajes, libros, versos; o no amaban sin medida al hombre que supo posar mariposas en su vientre o no mudaban de piel en cada noche de luna llena. Sin embargo, no hace tanto tiempo, mientras lloraba a tu abuela en el aniversario de su fallecimiento, me regalabas un poema de Espronceda enmarcado, y acudes a mi regazo, como el cachorro que para mí siempre serás, cuando hay algún problema.

Ahora podrás acudir al amparo del hombre que fue el aire que respiré en esta vida que se me escapa. Vale, pongamos que no fui como las otras madres. Pero tú tampoco eres un hijo como los demás, todos somos únicos, lo sabes gracias a Bakunin, Arendt, Fernández-Armesto y esos autores delirantes a los que te gusta leer. No me quitaré méritos en lo que respecta a tus lecturas, pero nos reímos juntos al divagar sobre el tan traído gen rojo. «Con faldas y a lo rojo», te solté la última vez. Y tú te desternillaste un buen rato. En humor, has salido a tu madre. No es nada baladí que, como pianista, también en casa de Helmut, puedas seguir con tu pasión por Chopin, Liszt o Tchaikovsky. En Alemania hay muy buena tradición pianística. Lo comprobarás.

Fustigarse con cuestionamientos, en las actuales circunstancias, sobre cómo lo podría haber hecho mejor contigo, Asier, es inútil. Antes que madres somos mujeres, y como tales sentimos. Y antes que mujer, en mi caso, soy superviviente. No fue fácil compaginar la maternidad con mi profesión, la vida laboral con tu educación y crianza, y, esto último, con el amor, el cual conlleva siempre un mínimo de entrega al otro.

En cualquier caso, he olvidado las refriegas que surgieron entre nosotros al comienzo de tu adolescencia, por mucho que algunas nos dolieran. Los adolescentes creéis que estáis en posesión de la verdad y los adultos pensamos que vuestras acciones suponen un desafío a la autoridad y una falta de cariño patente a quien os procuró la vida. Estoy segura de que cuando seas padre tendrás preocupaciones, vicisitudes, anhelos y cuestiones que resolver no muy distintas a las que yo he sentido contigo.

Me gustaría que pudieras valorar en su justa medida el esfuerzo que hice por transmitirte que la bondad, la justicia y el conocimiento son nuestra bandera.

Y bueno, no esperéis más para hacerme llegar a las aguas donde habitaré.

Helmut se colocó hombro con hombro conmigo. Mis manos temblaron al tomar sus cenizas entre mis dedos. El ligero viento del oeste, al que en Alemania denominan *Föhn*, hizo que mi madre se posase en el río como si fuese lanzada teniendo en cuenta una especie de proporción áurea, en medio del extraño y silencioso ambiente que nos circundaba. Nos quedamos viéndola discurrir por el fluir del agua camino de la mar.

—¿Cuándo podremos ir hasta el Sumpul para arrojar estas pocas cenizas que quedan en el fondo del cofre? —pregunté.

—Eso quizá lo tenga que hacer la siguiente generación. No me veo con fuerzas para regresar a lugar donde la conocí —y tras esta aseveración de Helmut entonamos al unísono sus últimas palabras escritas.

Yo, mujer de alma en fuga, risa y congoja, mujer que me siento, plena y sola como una explanada, reconozco mi veneración por la vida que voy a dejar.

Admito mi devoción por el devenir humano, por el sudor que corona mi frente al cabo del camino, por los febriles días en los que la postración parecía ganar terreno a la voluntad y no lo consiguió. Acepto las derrotas y las renuncias que me atravesaron.

Yo manifiesto, de forma libre y rotunda, que aprendí de todo lo que supuso superación. Que rescaté del olvido los agravios para convertirlos en experiencias. Que me sumergí en las abundantes fuentes de la sabiduría. Que retocé sobre la arcilla fresca y con ella me embadurné estando exhausta de tanto amar.

Yo confieso que volvería a vivir.

Proclamo desde este irreal testamento que he amado la vida a rabiar.

La película de mi vida, en blanco y negro, va pasando más lentamente de lo que imaginaba. Los juegos de la infancia, los primeros cuentos, aquella amiga invisible que se asentó en la inocencia y guardó mis secretos. Todo ello en la vorágine del túnel, sin espacio y sin tiempo, que me conduce hasta un nuevo punto de partida.

Nunca hubo acto de contrición al que no se le impusiese una penitencia. Como mi peculiar rito no puede ser menos, mi alma y yo queremos entonar una sutil letanía. Es hora de invocar a todas y cada una de las veces en que perdimos el sentido a base de gozar. Clamo por los recuerdos de encuentros en los que el regocijo, la despreocupación y la calma se mezclaron. Bramo por las extraordinarias veladas que viví junto a las amistades, en las que lo mismo se hablaba de Harold Bloom, que de rutas por explorar. Me llevo adheridas a los ojos del alma las risas, los despertares y las palabras.

Parece que se intensifica la luz. Me sobreviene un mecer inesperado e intuyo que, al final del sendero, me aguarda una recóndita cala, como aquella en la que, una noche de San Juan, escuché por primera vez *Vuelvo al Sur*, de Piazzolla. Es curioso que sea esa y no otra la melodía que me esté acompañando.

Sí, ahí está, a lo lejos se puede ver la fina arena, la invulnerable eternidad de la que hablaba Borges, su tiempo cósmico. Me sumo en el imponderable fluir, enunciando mi credo.

Creo en la duda. Creo en la Literatura. Creo en los sueños. Creo en mi tierra. Creo en vosotros dos.

Al final, no rezo más que esa vieja canción porteña que resume en su letra quién soy, de dónde vengo y adónde voy...

Vuelvo al sur
como se vuelve siempre al amor
vuelvo a vos
con mi deseo con mi temor
llego al sur como un destino del corazón
soy del sur
como los aires del bandoneón
sueño al sur
inmensa luna
cielo al revés
busco el sur
el tiempo abierto y su después
quiero al sur
su buena gente, su dignidad
siento al sur como tu cuerpo en la intimidad
vuelvo al sur
llego al sur.

Sur.
La selva bajo mi piel.

A MODO DE EPÍLOGO

SINOPSIS

Llámame Libertad reconstruye la vida de Libertad Arregui, periodista de éxito a finales de la década de los ochenta del siglo pasado y comienzos del presente siglo. Es la historia de una testigo excepcional, que vivió en primera línea el asesinato del gran pensador Ignacio Ellacuría y de sus compañeros jesuitas en la UCA a manos del ejército salvadoreño, así como los desplazamientos de refugiados entre las fronteras de Centroamérica. Constató en sus múltiples reportajes masacres como las de El Mozote y la del río Sumpul, donde hace poco fueron vertidas parte de sus cenizas. Vivió inundaciones y exhumaciones de víctimas de la olvidada guerra de El Salvador. Pero, además, es el relato de una mujer cuya familia sufrió la represión franquista, que padeció en carnes propias la violencia de los años de plomo dentro del conflicto vasco, siendo una de las muchas corresponsales perseguidas por informar. Lidió con una relación fuera de las normas convencionales de convivencia en pareja, convirtiéndose durante veinte años en la amante del afamado arquitecto bávaro Helmut Kuntz, autor del edificio de la Filmuniversität en Göttingen, donde Ada Kuntz, nieta de Libertad Arregui, ha realizado sus estudios cinematográficos.

Llámame Libertad es un recorrido, una corriente alterna, en la que la magnitud y el sentido de lo narrado varían cíclicamente: desde la Centroamérica de finales de los ochenta e inicios de los noventa hasta el comienzo del siglo XXI en Europa y el País Vasco. Todo ello jalonado por una concepción distinta del amor, la lucha por la supervivencia, el valor del compañerismo y una revisión necesaria del concepto de paternidad.

La película propone el hallazgo del coraje como forma de vida. Y lo hace a través del viaje de un hijo, el padre de la propia cineasta, que transita entre la sobriedad y la rebeldía, la adversidad y el encuentro, desde el País Vasco-francés hasta Alemania, descubriendo, a través del legado de su madre, que renacer es siempre nuestro destino.

NOTAS DE LA DIRECTORA DE CINE ADA KUNTZ-NAKAMURA

Llámame Libertad comienza narrando cómo mi abuela, la reportera Libertad Arregui, retransmitió para la televisión vasca los sucesos que dieron lugar a la matanza de la UCA, justo cuando daba comienzo un juicio-pantomima contra los acusados. A partir de ahí, se van alternando confesiones sobre su vida y acontecimientos que tuvieron lugar durante su estancia en la guerra de El Salvador. Llevar esta historia al cine, en lo que es mi ópera prima, resulta uno de los retos más estimulantes que he tenido en mis veinte años de vida. Todo ello con la dificultad que conlleva trasladar el propio manuscrito que ella le dejó a mi padre, Asier, más los testimonios de él mismo y de mi abuelo Helmut Kuntz, al lenguaje cinematográfico.

La reconstrucción de la trayectoria profesional y vital de Líber Arregui ha sido posible gracias a los trabajos de la historiadora y profesora en la UCA Alba Arangoiti, salvadoreña descendiente de vascos. Sus investigaciones me han permitido acudir a propuestas estéticas poco convencionales con un planteamiento del tempo cinematográfico basado en los recuerdos, las crónicas y el viaje que hizo mi padre desde el País Vasco hasta Alemania, tras el fallecimiento de Arregui. El tiempo del pasado vivencial aparece de un modo no lineal, con una discontinuidad espacio-temporal que aprendí de mi madre, la compositora japonesa Aratani Nakamura.

Mi intención es que los espectadores sientan que cada momento de la película puede ser el final y la apertura de todo, de ahí que la disposición cronológica sea a saltos y vaya de una fecha a otra, sin orden aparente, pero, a su vez, se mantenga la línea narrativa que desemboca en el principio y en el desenlace de su vida.

Hacer cine, en este año 2058, en medio de una segunda pandemia y frente a un totalitarismo que asola Europa, como ya ocurriera durante la Segunda Guerra Mundial, es una auténtica proeza. Como directora me siento comprometida con la capacidad evocadora del arte para transmitir lo que fueron los sentimientos y valores ligados a la verdad y la justicia que Libertad Arregui siempre defendió.

FIN

AGRADECIMIENTOS

A Mauricio Gaborit y Héctor Samour, catedráticos de la Universidad Centroamericana de El Salvador, que me enseñaron que el conocimiento y la bondad son el camino a seguir en la vida.

A Juan San Martín, director de 601 Producciones, y a Helena Taberna, directora de cine, que me asesoraron sobre el mundo audiovisual y cinematográfico.

A Ana Ibarra, Maite Sota, Iosu Lázcoz, Miguel Izu, Carlos Bassas, Tomás Yerro periodista y escritores/as que me animaron a culminar esta novela.

A Aitor Olleta, Patxi Gerriko, Antonio Aretxabala y Carlos Ollo, que, en el día a día de esta novela, me procuraron ayuda y colaboración sin pedir nunca nada a cambio, por pura amistad.

A mi hijo Raúl, que es el ser humano por quien daría la vida una y mil veces.

Gracias a todos.

CONCLUYÓ LA IMPRESIÓN DE ESTE LIBRO,
POR ENCOMIENDA DE ALMUZARA, EL 14
DE FEBRERO DE 2022. TAL DÍA DE 1972,
EN ECUADOR, EL EJÉRCITO DERROCA AL
PRESIDENTE JOSÉ MARÍA VELASCO IBARRA.
LA JUNTA GOLPISTA ES PRESIDIDA POR EL
GENERAL GUILLERMO RODRÍGUEZ LARA.

La Fundación para la Protección Social de la OMC tiene su origen en 1917, cuando nace como Colegio de Huérfanos primero y posteriormente como Patronato de Huérfanos. Su misión es la protección social de los médicos colegiados de toda España y sus familias a través de prestaciones, ayudas y servicios que les permitan afrontar situaciones de riesgo y vulnerabilidad social. Para ello, ofrece en su Catálogo Anual un conjunto de prestaciones, ayudas y servicios en materia asistencial, dependencia, discapacidad, conciliación de la vida personal y profesional, para la prevención, protección y promoción de la salud del médico y para la protección del médico en el ejercicio profesional.

Tras cumplir en 2017 un siglo de existencia, la Fundación continúa su labor con el concurso inestimable de sus protagonistas: los médicos socios protectores, que la hacen posible con su aportación solidaria; los beneficiarios, que representan la materialización de su misión, sus órganos de gobierno, y todos aquellos donantes y colaboradores que contribuyen a su crecimiento.

Respondiendo a su compromiso de informar y divulgar su labor entre el colectivo médico y la sociedad en su conjunto, la Fundación convoca anualmente el *Premio de Novela Albert Jovell,* a la vez que estimula la actividad literaria, tan arraigada entre el colectivo médico.